Dasquian

Der schwarze Drache

Fantasy Liebesroman

Jenny Foster

ISBN-13: 978-1981446742
ISBN-10: 1981446745

Inhalt

Teil 1: Die Reise

Prolog

Das Lachen der drei Schicksalsgöttinnen hallte von den Wänden wider. Der blauäugige, hochgewachsene Krieger, der vor dem Altar stand, ballte die Faust und stieß sie gegen die Felswand. Den Schmerz schien er nicht zu bemerken, wohl aber das Verstummen der drei Schwestern, die sich in provokanter Pose vor ihm auf dem kalten Stein rekelten. Der Lichtschein der Fackeln tauchte alles in das grünliche Licht, das so typisch für die Energie aus Mikroorganismen war. Er vermisste die Sonne auf seiner Haut, die Wärme, die sie spendete, und ihren warmen Glanz. Seine Aufmerksamkeit wurde zurück auf die Frauen vor ihm gelenkt, als die Älteste, Atropos, ihn anlächelte. Etwas in ihrem Gesichtsausdruck ließ den Widerspruch auf seiner Zunge ersterben. Vorerst zumindest. Es war, dachte er, entweder ein sehr gutes Zeichen oder ein sehr schlechtes, je nachdem, wohin die Laune die Göttin tragen würde.

»Du willst dich deinem Schicksal widersetzen, Drachenkrieger?« Träge streichelten ihre langen Finger das Haar der jüngsten Schwester. Die mittlere richtete sich mit katzengleicher Anmut auf, seufzte und sprang mit einem Satz von dem steinernen Tisch. Sie landete lautlos vor ihm und obwohl Kreatos sich nach all den Jahren, in denen er den Schwestern diente, an ihre übermenschlichen Fähigkeiten gewöhnt haben sollte, war ihm ihre Nähe unangenehm.

»Ich bitte euch um Gnade«, sagte er leise und bemühte sich, zuversichtlich zu klingen. Die Götter liebten nicht die Zaudernden, sondern schenkten ihre Gunst den Mutigen, die dem Schicksal unerschrocken ins Gesicht lachten. »Nicht für mich, sondern für meine Frau und meinen Erstgeborenen. Verschont sie, ich flehe euch an.«

In Atropos' hellen Augen erstarb der Funken Interesse, der Kreatos für einen Augenblick mit wilder Hoffnung erfüllt hatte. Unsanft schob sie den Kopf der Schwester von ihrem mageren Schenkel und stand ebenfalls auf. Anders als Lachesis, die mittlere Schwester, bewegte sie sich stets bedächtig. Kreatos fand das noch unheimlicher als die abrupten Bewegungen von Lachesis, aber am wenigsten konnte er sein Unbehagen in Gegenwart der Jüngsten im Zaum halten. Klotho hatte die Augen einer Blinden, reinweiß, manchmal ins Bläuliche spielend, und doch schien sie genau zu wissen, was um sie herum geschah. In seiner Verzweiflung wandte sich der Drachenkrieger nun an Lachesis, die begonnen hatte, um ihn herum zu tänzeln. Hätte er es nicht besser gewusst, dann hätte er angenommen, sie wolle ihn streicheln. Die Vorstellung ihrer schmalgliedrigen Hände mit den schmutzigen Fingernägeln auf seiner Haut war kein Gedanke, bei dem er verweilen wollte. »Ich habe euch all die Jahre treu gedient«, hob er an. »Ich habe in euren Diensten spioniert, gefoltert und gemordet. Ich bin zu fernen Planeten gereist und habe sie Eurem Willen unterworfen. Ich verlange …«

Diesmal war es Klotho, die antwortete. Ihre Stimme klang rau und sie sprach stockend, als wäre sie nicht mehr vertraut mit dem Gebrauch ihrer Zunge. »Du verlangst etwas von uns?«, unterbrach sie ihn und Kreatos fühlte, wie sich die Haare an seinem Körper aufrichteten. »Du vergisst dich, Mensch«, schnarrte sie. »Wir sind Göttinnen und du wagst es, etwas zu fordern?«

Stolz richtete sich Kreatos auf. Er reckte das Kinn und dachte an seine Frau, die er sterbend zurückgelassen hatte; an seinen Sohn, der die Brust seiner Mutter verweigerte. Er hatte nur eine Möglichkeit, sie zu retten. Er musste das Herz der grausamen Göttinnen erweichen. Oder gab es noch eine weitere Möglichkeit? Mittlerweile schmiegte sich Atropos an ihn und Lachesis streichelte seine blanke Brust. Ihre kühlen Finger tasteten seine

Muskeln auf eine Art und Weise ab, die ihm immer weniger gefiel, doch er wagte nicht, sich ihrer Berührung zu entziehen.

»Du solltest nicht so streng mit ihm sein«, gurrte Lachesis nun. Ihr helles Haar fiel ihr in zwei prächtigen Zöpfen über die spitzen Brüste, deren Bewegungen unter dem dünnen Gewand deutlich sichtbar waren. Kreatos schluckte. Seine Frau und sein Sohn lagen im Sterben und er sann über die Brüste einer Göttin nach! »Er hat nicht unrecht mit dem, was er sagt. Erinnert ihr euch an das Geschick, mit dem er Sokrates aus dem Weg geräumt hat. Der alte Narr war überzeugt davon, das Gift freiwillig zu trinken.«

»Das stimmt, er ist einer unserer besten Krieger«, pflichtete Atropos ihrer Schwester bei. Kreatos' Herz begann wild zu pochen. Sollte das Glück ihm hold sein?

»Hört doch endlich auf mit dem Gerede«, mischte sich nun Klotho ein. »Wie üblich vergesst ihr, dass Reden uns nicht weiter bringt.« Er hatte gar nicht bemerkt, dass sie ebenfalls aufgestanden war und nun direkt neben ihm stand. Sie war die Kleinste von allen und so zierlich, dass er sie mit einem Schlag hätte töten können, wäre sie keine Göttin. Sie legte ihm die Hand auf den Arm und er konnte gerade noch einen Laut des Erstaunens unterdrücken. Anders als die Hände ihrer Schwestern waren ihre Finger warm, ja beinahe heiß. Er drehte den Kopf, nur ein kleines bisschen, und sah sie an. Aus der Nähe betrachtet wirkte sie keineswegs so furchteinflößend, wie Kreatos angenommen hatte, sah man von ihrem milchig-trüben Blick ab. Ihre Haut war hell, als wäre sie lange Zeit nicht mit dem Sonnenlicht in Berührung gekommen, aber sie war ja auch eine Tochter von Nyx, der Nacht. Niemand wusste, wer der Vater der Schwestern war, ob es ein Gott war oder ein Mensch wie er.

Klothos Haar hatte die Farbe von Wein, nur … vielfältiger. Manche Strähnen leuchteten in der hellen Glut der Abendsonne, andere wiederum schienen dunkel wie Blut zu sein. Ein leichter Druck auf seinem Arm lenkte ihn von diesen finsteren Vergleichen ab. Er senkte den Blick auf ihre feingliedrigen Finger, die auf seiner gebräunten, behaarten Männerhaut wie gebleichte Knochen wirkten. Nein, wie Marmor, dachte er und spürte, wie er sich unter ihrer Berührung entspannte.

Sie zog seinen Kopf herab und näherte ihren Mund seinem Ohr. Klothos süßer Atem streifte die Haut seines Halses und er fühlte, wie das Blut in seine Lenden schoss. »Wie viel bist du bereit, uns im Austausch für das Leben deiner Frau zu geben?«, wisperte sie. »Ich spinne den Schicksalsfaden deiner Frau und deines Sohnes, Lachesis bemisst ihn und Atropos schneidet ihn. Ich kann meine Schwestern vielleicht überreden, es noch ein wenig hinauszuzögern.«

Wie in einem Traum taten sich die Möglichkeiten vor ihm auf. Er würde sehen, wie sein Fleisch und Blut heranwuchs, wie sein Sohn zum Mann wurde. Er würde seine Frau noch einmal in den Armen halten und ihr sagen können, wie sehr er sie liebte. Kreatos wollte auf die Knie fallen, um seiner Dankbarkeit Ausdruck zu geben, aber der feste Griff der jüngsten Schwester hinderte ihn daran. Stattdessen streichelte sie ihm das lange schwarze Haar aus dem verschwitzten Gesicht und zog ihn an ihren warmen Körper. Das Blut rauschte in seine Ohren und am Rande seines Bewusstseins hörte er die anderen beiden Schicksalsgöttinnen zischen. Es war ihm gleichgültig. Alles was zählte, war die Göttin, die ihre Hüften mit sanftem, aber stetigem Druck an ihn presste. Er war so hart, dass er Angst hatte, sich auf seinen Chiton zu ergießen, wenn sie sich noch einmal bewegte.

Sie senkte die Lider, bis von dem Weiß ihrer Augen nichts als ein schmaler Spalt zu sehen war. »Schenk mir einen Sohn und wir werden das Leben deiner Frau und deines Sohnes verschonen«, flüsterte sie. Fasziniert beobachtete Kreatos ihre kleine, rosafarbene Zungenspitze. Sein zum Bersten praller Schwanz zuckte verlangend, als sich Klotho die Lippen leckte. Erst als die Worte der Göttin in sein Bewusstsein sickerten, erinnerte er sich, warum er eigentlich in die Höhlen hinabgestiegen war. »Ich tue alles, was du willst«, flüsterte er und fragte sich, warum sie ausgerechnet ihn als Vater ihres Kindes erwählt hatte statt eines Gottes. Sicher war jeder, gleich, ob Gott oder Mensch, begierig darauf, sie in seinen Armen zu halten.

Jetzt trat sie einen Schritt zurück und sah ihn unter den halb geschlossenen Lidern an. Er wusste, dass sie ihn nicht sehen konnte, nicht so, wie ein anderer Mensch ihn mit den Augen wahrgenommen hätte, aber gleichzeitig ahnte Kreatos, dass Klotho viel mehr sah, als er sich vorzustellen wagte. »Wenn ich dir einen Sohn schenken soll, musst du mehr als ein Mensch sein. Bist du dazu bereit, mein Drachenkrieger?«

Er nickte stumm und ohne nachzudenken.

Klotho lächelte und wie zur Antwort darauf begann sein Rücken zu prickeln. Nein, es juckte zwischen seinen Schulterblättern und etwas … bewegte sich unter der Haut, stach und kniff und zwickte und wollte hinaus. Kreatos griff mit seinem Schwertarm nach hinten, versuchte die Stelle zu erreichen und sog erschrocken die Luft ein. Was war das? Die Haut auf seinem Arm wurde schuppig und dunkel. Er fiel auf die Knie und diesmal hielt Klotho ihn nicht davon ab. Kreatos öffnete den Mund, um zu schreien oder die Göttin um Hilfe zu bitten, er wusste es nicht.

Und dann war er kein Mensch mehr, sondern etwas anderes. Ein Teil seines Verstandes war noch immer da, aber er steckte in einem riesigen Tierkörper fest. Er wandte seinen von den Veränderungen schmerzenden Kopf der Schicksalsgöttin zu und sah, wie sie zufrieden die Lippen verzog.

»Jetzt bist du wirklich und wahrhaftig mein Drachenkrieger. Der erste seiner Art.« Sie schnippte mit den Fingern, um seine Aufmerksamkeit auf sich zu lenken. Kreatos – wenn das noch sein Name war – hatte begonnen, sich in der Höhle umzuschauen. Die Fackeln an den Wänden, für die er vor wenigen Minuten noch dankbar gewesen war, flackerten in tausend verschiedenen Tönen von Rot über Orange bis Gelb. Und die Gerüche! Sie drohten, ihn zu überwältigen. Er roch die Algen, die Energie erzeugten, indem sie sich vermehrten, und sogar hier tief unter der Erde meinte Kreatos, die versengte Vegetation auf der Erdoberfläche wahrzunehmen. Er sog die Luft ein und fühlte, wie sich die fremdartigen Nüstern blähten. Es war erschreckend, wie viele Informationen ihm ein schlichtes Einatmen vermittelte. Klotho, die direkt vor ihm stand, legte die flache Hand auf seine schuppige Brust und sah ihm in die Augen. »Mein wunderbarer

Drachenkrieger, mein wildes Biest«, flüsterte sie. Kreatos senkte den Kopf auf ihre Schulter und atmete den Duft ihrer Haut ein. Sie war bereit, sie war fruchtbar und sie wollte ihn. Er spürte, wie sich seine Schuppen aufrichteten, wie um ihn noch größer und stärker erscheinen zu lassen, und schüttelte sich. Klotho schnippte mit den Fingern, um seine Aufmerksamkeit auf sich zu ziehen.

»Ich will, dass du dich zurückwandelst«, befahl sie ihm und bevor er protestieren konnte, merkte er, wie seine Knochen sich verschoben, die Schuppen in seinem Körper verschwanden und er wieder er selbst war. Nein, das stimmte nicht, dachte er und legte den Kopf schief. Er spürte die Macht der Verwandlung in sich, wie einen wärmenden Feuerball oder wie eine Sonne, die ihn mit ihrer Macht erfüllte. Er wusste, er sollte sich wundern über das Ausmaß von Klothos Macht oder sich wehren dagegen, dass sie aus ihm ein Wesen gemacht hatte, das halb Mensch, halb Biest war. In Wahrheit jedoch fühlte sich Kreatos so gut wie schon lange nicht mehr, beinahe schon unbesiegbar.

Und dann erkannte er, woher dieses Hochgefühl kam. Er dachte an seine Frau und seinen Sohn und fühlte nichts als eine vage Verwunderung darüber, dass er noch vor wenigen Sekunden etwas wie Liebe für diese beiden Menschen empfunden hatte. Alles, was jetzt sein Herz und seinen Körper erfüllte, waren Lust und Begehren. Er wollte Klotho und es war ihm vollkommen gleichgültig, ob ihre beiden Schwestern ihm dabei zusahen, wie er sie nahm. Vielleicht würde er, war seine Lust auf die Jüngste erst einmal gestillt, auch die beiden anderen beglücken. Jetzt aber … er trat auf Klotho zu. Dem alten Kreatos wäre seine Nacktheit nach der Rückwandlung unangenehm gewesen, nicht jedoch dem Drachenmann, der er jetzt war. Er streckte den Arm aus, fasste die Göttin am Arm und drängte sie an die raue Wand der Höhle. Kreatos umfasste ihren Hintern mit beiden Händen, hob sie hoch und drang in einer fließenden Bewegung in sie ein. Sie war feucht und warm und eng und so dauerte es nicht lange, bis er seinen Samen in sie ergoss.

Er zog sich abrupt aus ihr zurück und drehte sich um. Atropos und Lachesis starrten ihn mit schreckgeweiteten Augen an, als er auf sie zutrat und nach der mittleren Schwester griff. Er war schon wieder bereit, sich fortzupflanzen. In seinem Inneren erwachte die brennende Kraftquelle zum Leben, formte sich zu einer schuppenbewehrten Gestalt und flüsterte ihm aufpeitschende Obszönitäten zu.

»Was habt ihr getan?«, zischte Atropos und hob die Hand.

Kreatos kümmerte es nicht. Doch dann beging er den Fehler, Atropos in die Augen zu schauen. Das Wesen in ihm fauchte, als es sah, wie die Göttin die Augen verdrehte, bis nur noch das Weiße zu sehen war. Sein Glied schrumpfte und er fühlte sich keineswegs mehr unbesiegbar. Jede Spur von Wärme floh aus seinem Körper, als Atropos zu sprechen anhob. Die mittlere Schwester gesellte sich an ihre Seite. Auch ihr Gesicht war zu einer Grimasse des Abscheus erstarrt.

»Ich verfluche dich, Kreatos. Ich verfluche dich, meine Schwester Klotho, und den Sohn, den ihr gerade gezeugt habt. Ihr habt etwas geschaffen, das gegen die Gesetze der Götter verstößt. Du wirst eine Abnormität gebären, Schwester, die halb Mensch, halb Tier ist.«

Kreatos fühlte, wie das Tier in ihm sich fauchend und grollend zurückzog. Die Worte der ältesten Schwester klangen bedeutungsschwer und eine Welle aus Furcht und Zorn ließ ihn erzittern. Klotho stand mit starrem Blick neben ihm. Lachesis fiel ein und in einem monotonen Singsang verkündeten sie sein Schicksal. »Deine Nachkommen sollen ohne die Liebe einer Frau leben, fern von der Erde, bis ihr Volk stirbt. Und auch du, Schwester, bist verflucht, ihn zu lieben, wenn seine Knochen längst zu Staub geworden sind und du ihn in jedem Drachenmann suchst und niemals finden wirst.«

Er sank auf die Knie.

Kapitel 1

Jora

Jora Rhodes stand vor dem Gebäude, in dem das Verbindungsbüro untergebracht war. Heute war ihre letzte Chance, ihre Unterschrift unter den Vertrag zu setzen, der ihrem Vater ein sorgenfreies Leben schenken würde – und mehr als das. Er bekäme, wenn Jora sich erst verpflichtet hatte, überhaupt erst eine Zukunft, die über sein 50. Lebensjahr hinausreichte.

Sie sah an dem grauen, stahlverkleideten Klotz hinauf und fragte sich zum hundertsten Mal, wer ihr eine Garantie dafür gab, dass es ihrem Vater auch wirklich gut ging, sobald sie selbst nicht mehr auf der Erde weilte. Ihre Mutter war vor drei Monaten abberufen worden und Jora erinnerte sich noch genau an den herzzerreißenden Schmerz im Gesicht ihres Vaters und an ihre gemeinsame Hilflosigkeit. Sie ballte die Fäuste und versuchte, genügend Mut zu finden, um das drohend vor ihr aufragende Gebäude endlich zu betreten. Ihrer Mutter hatte sie nicht helfen können, aber sie konnte etwas dafür tun, dass sie nicht noch einmal zusehen musste, wie ein Elternteil einem gnädigen Tod zugeführt wurde, nur weil er keinen Nutzen mehr für die Gesellschaft hatte. Jora musste nichts anderes tun, als sich ein Herz fassen, hineingehen, den Vertrag unterzeichnen und den Dingen ihren Lauf lassen. Möglichst noch heute, denn Morgen stand Papas fünfzigster Geburtstag an und damit die Abberufung aus dem Leben.

Nun, es half nichts. Diese und alle anderen Fragen konnte ihr vielleicht der Sachbearbeiter beantworten, mit dem sie in … sie warf einen Blick auf ihre Armbanduhr und erschrak. Ihr Termin war in genau zwei Minuten! Jora hatte wieder einmal zu lange nachgedacht oder vor sich hin geträumt, wie ihre Mutter sagen würde. Ihre Füße verfielen von selbst in einen raschen Trab, der fast schon einem Galopp ähnelte. Die Plätze auf dem Schiff nach Cors waren begehrt und Jora blieb keine Zeit zum Zögern. Jetzt oder nie! Die Tür glitt mit einem leisen Surren zur Seite. Rasch hielt sie das rechte Handgelenk mit ihrem Code vor den Scanner am Transportsystem und betete, dass nicht ausgerechnet heute ein Systemausfall das Gebäude und die Büros lahmlegte. Nach wenigen Sekunden, die Jora wie Stunden vorkamen, gab der Scanner die Sperre frei und sie trat in die gläserne Kabine, die sie direkt zum zuständigen Sachbearbeiter transportieren würde. Das bekannte Schwindelgefühl, das mit der physischen Überführung einherging, war heute besonders stark, wahrscheinlich weil sie so aufgeregt war. Das Armband, mit dem ihre Körperfunktionen überwacht wurden, hatte heute Morgen beim Aufwachen einen zu hohen Blutdruck und einen viel zu schnellen Herzschlag gemeldet. Also hatte Jora auch noch einen Abstecher in die medizinische Abteilung ihres Wohnblocks machen müssen, bevor sie endlich zu ihrem Termin aufbrach. Merkwürdigerweise fühlte sie sich trotz der verabreichten Medikamente kein bisschen ruhiger.

Sie trat aus dem Transporter und wäre beinahe wieder zurückgesprungen, als ihre Füße den weichen Boden betraten. Der gesamte Gang war mit feinstem dunkelrotem Teppich ausgelegt, von dem ein Quadratmeter wahrscheinlich mehr kostete, als sie in einem Monat verdiente. Hatte man erst einmal ein paar Schritte gemacht, war es wunderschön, fast als würde man auf Wolken gehen. Aber Jora war nicht hier, um die Weichheit des Bodenbelags zu genießen. Sie hob den Blick und suchte nach der Tür, hinter der man sie erwartete. Auf einem normalen Amt wäre sie jetzt von einem der Beamten empfangen worden, aber hier schien alles anders zu sein. An den Wänden hingen goldgerahmte Porträts von Männern in stolzer Haltung. Doch da es nur eine Tür gab, trat sie darauf zu und suchte vergebens nach einem Scanner, der ihr Eintreten autorisiert hätte. Alles, was sie sah, war ein Drachengesicht aus Metall, das einen Ring im Maul trug und sich etwa eine Handbreit über ihrem Kopf befand. Ihr wurde kalt. Dieses Ding hatte sie schon einmal gesehen, und zwar in ihrem Traum. Dort war es ungleich größer, aber die lang gezogene Schnauze, die spitzen Zähne, die aus dem aufgerissenen Maul ragten und die bösartig funkelnden Rubinaugen hätte sie überall wiedererkannt. Sie zögerte. Wenn sie in der Nacht vor dem Tor stand, bewegte sich der Ring wie von einer unsichtbaren Kraft drei Mal gegen die Tür, die sich daraufhin wie von Geisterhand öffnete. Ob die kleine Ausgabe ebenfalls dazu geschaffen war, um Eintritt zu erbitten? Jora war nur die Scanner gewohnt, sie wusste nicht, ob sie vielleicht ein ungeschriebenes Gesetz bracht, wenn sie den Drachen berührte. Egal, wenn sie nicht bald in diesem Büro war, dann nahmen die Dinge ihren Lauf und alles Ringen um eine Entscheidung war vergebens gewesen. Jora hob die Hand und ließ den Ring drei Mal gegen die Tür fallen. Sie neigte den Kopf und lauschte. Anders als im Traum schwang die Tür nicht wie von Geisterhand auf. Was sollte sie tun? Sprach da jemand?

Das dumpfe Murmeln von der anderen Seite war bestimmt eine Aufforderung. Sie fasste sich ein Herz und trat ein. Beinahe hätte sie erleichtert aufgelacht, denn im Gegensatz zu dem protzig zur Schau gestellten Wohlstand auf dem Flur sah es in dem Büro so aus, wie man es von Behörden kannte – und vor allem war es nicht das dornige Labyrinth, das sie aus ihren Träumen kannte. Ein extrem aufgeräumter Schreibtisch mit einem PC, daneben eine Tasse, deren undefinierbarer grüner Inhalt dampfte. Der Mann hinter dem Schreibtisch war ebenfalls keine Überraschung. Es war ein müde und abgekämpft wirkender Mann, dessen stattliche Größe Jora selbst in der sitzenden Position deutlich ins Auge fiel. Er trug eine Brille und am liebsten hätte Jora ihn gefragt, warum er in seiner Position keine medizinische Augenkorrektur bekam. Alle Behandlungen, die mit dem Job zusammenhingen, mussten nicht aus eigener Tasche bezahlt werden. Als Lehrerin für die Kleinsten war sie selbst in der beneidenswerten Position, dass ihr körperlicher Zustand jederzeit überwacht wurde. Kinder waren trotz der in den letzten Jahren explodierenden Geburtenrate ein kostbares Gut und die Regierung ging keinerlei Risiken ein, was das Wohlbefinden der kleinen Menschen anging. Leider setzten die Kinder, die das Licht der Welt erblickten, gleichzeitig die erlaubte Lebensspanne der anderen herab. Je mehr Kinder es gab, die nachrücken und ihre Pflicht am Staat erfüllen konnten, desto weniger Lebenszeit wurde den Alten zugestanden.

Es hatte Jora nie gestört. Bis zu dem Tag, als ihre Mutter abtransportiert worden war, hatte sie das System immer als gerecht empfunden.

Ein trockenes Husten lenkte ihre Aufmerksamkeit zurück in die

Gegenwart. »Jora Rhodes«, stellte der Mann fest und deutete nachlässig auf den Besucherstuhl. »Sie haben sich für die Teilnahme am Projekt Surrender entschieden?« Diesmal war es eine Frage. Plötzlich um Worte verlegen, konnte Jora nichts tun als nicken, aber mehr schien der Mann auch nicht zu erwarten. Sie wusste nicht einmal den Namen des Beamten, in dessen Händen nun ihr Schicksal lag. Er drückte eine Taste auf dem Keyboard und sie sah ihr Passbild in seinen Brillengläsern. Es war das scheußliche, auf dem ihr Gesicht besonders rund und ihr dunkles Haar besonders strähnig erschienen.

»Wie ist ihr Name?«, unterbrach sie seine Lektüre. Sicher betrachtete er ihre Akte nicht zum ersten Mal, oder doch?

»Liaison Officer Raynor«, antwortete er und warf ihr über den Rand der Brille einen stechenden Blick zu. Jora runzelte irritiert die Stirn und glättete sie sofort wieder, um nicht sein Missfallen zu erregen. Es war mehr als wichtig, dass sie in das Programm aufgenommen wurde. Trotzdem blieb die Frage bestehen: Warum gab sich ein Angehöriger des Militärs als Beamter aus?

»Wie ich sehe, haben Sie sich im allerletzten Moment entschieden, an dem Projekt Surrender teilzunehmen.« Jora nickte und schwieg. Liaison Officer Raynor stellte das Offensichtliche fest und dazu gab es von ihrer Seite aus nichts zu sagen. Sie hatte das unbehagliche Gefühl, dass er lediglich laut nachdachte oder versuchte, sie unauffällig auf einen bestimmten Punkt ihrer Bewerbung hinzusteuern, der ihm nicht stimmig erschien. Vielleicht sollte sie schnell anfangen, ihre Fragen zu stellen, damit sie nicht doch noch abgelehnt wurde.

»Darf ich Sie etwas fragen, Liaison Officer Raynor?« Bewusst sprach Jora ihn mit seinem Titel an und schob ihre erste und wichtigste Frage gleich hinterher. »Was wird mit meinem Vater geschehen? Wer gibt mir eine Garantie dafür, dass er nicht doch abberufen wird, sobald ich auf dem Weg nach Cors bin?« Beinahe hätte sie statt abberufen die verbotene Vokabel exterminiert verwendet, aber Jora hatte sich gerade noch rechtzeitig daran erinnert, mit wem sie sprach. Er mochte aussehen wie ein vertrockneter mittelalter Bürokrat, aber er war ein Soldat – und die waren regierungstreu bis zum Tod.

»Dafür stehe ich mit meinem Ehrenwort«, antwortete er mit hochgezogenen Augenbrauen. Jora wusste, sie wandelte auf einem schmalen Grat, aber sie musste Gewissheit haben. Sie würde nicht ihr bisheriges Leben fortwerfen und sich als Zuchtstute für eine Rasse außerirdischer Drachenshifter zur Verfügung stellen, wenn ihr Vater nicht in Sicherheit war.

»Wäre es möglich, mir regelmäßig Nachrichten von ihm zukommen zu lassen? Ich weiß, Cors liegt am Rande unserer Galaxie, aber sicher besteht die Möglichkeit, auf einem Handelsschiff eine Audio- oder Videobotschaft mitzunehmen.« Jora hob trotzig das Kinn, aber zu ihrer Überraschung lächelte Raynor sie beruhigend an.

»Selbstverständlich ist das möglich. Die Frauen, die am Projekt teilnehmen, werden von unserer Regierung und von den Corsianischen Drachen hochgeschätzt. Wenn sie ihrer Pflicht erfolgreich nachkommen, besteht sogar die Möglichkeit, ihren Vater nachkommen zu lassen.«

»Wie definieren Sie erfolgreich?«, fragte Jora, bevor sie sich zügeln konnte.

Jetzt gerieten seine sorgsam komponierten Gesichtszüge doch etwas aus der Fassung. Sein Lächeln schien zu verrutschen, seine Augen weiteten sich für den Bruchteil einer Sekunde, bevor sich Raynor wieder im Griff hatte. »Nun, Sie müssen verstehen, die Corsianische Gesellschaft besteht fast ausschließlich aus Männern, die in einer archaischen Struktur leben, trotz ihrer fortgeschrittenen Technik und ihrer außerordentlichen Fähigkeiten.«

Super. Sie würde sich gleich dazu verpflichten, unter einem Haufen Barbaren zu leben, die sich in Drachen verwandeln konnten. Die Vorstellung, wie sie als Grundschullehrerin inmitten grunzender, hochgewachsener, haariger und schuppiger Drachenwandler von einem fremden Planeten lebte, kitzelte ein hysterisches Lachen in ihrer Brust wach. »Jedenfalls«, fuhr Raynor fort, »können Sie sicher sein, als Mutter eines zukünftigen Drachenkriegers eine hohe Wertschätzung zu erfahren.

Selbst wenn sie ein Mädchen zur Welt bringen, wird man Ihnen Respekt entgegenbringen.«

Jora hatte geahnt, dass es schwierig werden würde, um es einmal vorsichtig auszudrücken, aber Raynors Worte vermittelten ihr eine Ahnung davon, wie man auf Cors mit Frauen umging. Sie holte tief Atem und ballte die Fäuste, aber so, dass der Mann vor ihr es nicht sah. Selbst ein Mädchen, ja? Nun, es half nichts, wenn sie jetzt die Worte herausließ, die ihr auf der Zunge lagen. Denk an deinen Vater, ermahnte sie sich. »Gut zu wissen«, erwiderte Jora also bewusst ausweichend. »Ich werde ihn also zu mir holen, wenn ich ein oder zwei Kinder zur Welt bringe. Und bis dahin werden Sie sich darum kümmern, dass er ein gutes Leben hat.«

»Selbstverständlich. Sobald Sie ihre Unterschrift unter das Dokument setzen, werde ich alles Notwendige veranlassen. In der Seniorenresidenz ist bereits ein Platz für Ihren Erzeuger reserviert.«

»War das nicht ein wenig voreilig?«, fragte Jora. »Sie wussten doch gar nicht, wie ich mich entscheide.«

»Sie, Miss Rhodes, sind die perfekte Kandidatin«, erwiderte er und setzte die Brille ab. Nun bemerkte sie erst, wie wach sein Blick war. Und diesen Mann hatte sie für müde und abgekämpft gehalten? Bestimmt war die Brille aus Fensterglas und er trug sie, um seinen Scharfsinn zu kaschieren. »Sie haben die medizinischen Tests bestanden«, begann er aufzuzählen. »Sie sind keine Jungfrau mehr.« Das Blut schoss Jora in die Wangen. Dieser Teil des Interviews war ihr extrem peinlich gewesen, aber sie hatte auch die Fragen nach ihren sexuellen Vorlieben und ihren Aktivitäten wahrheitsgemäß beantwortet. Nicht, dass es da viel zu erzählen gab. »Sie sind erfahren im Umgang mit Kindern. Und nicht zuletzt haben Sie die psychologischen Tests bestanden – fast.« Das letzte Wort bewirkte, dass ihr Puls schlagartig schneller wurde.

»Heißt das, Sie wollen mich doch nicht?« Das Luftschloss vom Weiterleben ihres Vaters brach vor Joras Augen in sich zusammen.

Sie schloss die Augen, damit Raynor nicht die Tränen sah.

»Das habe ich nicht gesagt, Miss Rhodes. Ich würde nur gerne erfahren, wovon Sie jede Nacht träumen.«

Verdammt. Er hatte sie bei der einzigen Auslassung erwischt. Es gab nur eines, was sie dem Psychologen während ihres Interviews nicht anvertraut hatte und das war der Mann, der sie fast jede Nacht im Traum heimsuchte. Selbst jetzt, in diesem trübseligen Büro, sandte der Gedanke an ihn einen Schauer aus Lust und Angst durch ihren Körper.

»Versuchen Sie nicht, mich zu belügen«, warnte Raynor sie. Jeder Anschein von Nachsicht war aus seinem Gesicht verschwunden. »Mir liegen sämtliche Schlafprotokolle der letzten sechs Monate vor. Aus ihnen ist ersichtlich, dass Sie jede Nacht zur gleichen Zeit beginnen zu träumen. Ihr Herzschlag beschleunigt sich, ihre Gehirnwellen zeigen einen starken Anstieg an Aktivität. Kurz darauf zeigen die Sensoren, dass sie körperlich erschöpft sind und das dürfte eigentlich nicht sein. Nicht, wenn sie nur träumen. Also, entweder sagen Sie mir jetzt in allen Einzelheiten, was sie träumen oder wir cancel ihre Teilnahme am Projekt Surrender, trotz ihrer exzellenten Voraussetzungen.« Ungeduldig trommelte er mit den Fingern auf der Tischplatte. »Wenn es Sie erleichtert, dann versichere ich Ihnen, dass ich nicht persönlich an Ihren Träumen interessiert bin. Es ist nur eine Anomalie, die mir ins Auge gesprungen ist und ich muss sichergehen, dass ich bei der Auswahl keinen Fehler mache.« Raynor nahm ihre Unterlagen und schob den Stapel Papier zusammen, bis die Blätter ordentlich übereinander lagen. »Vielleicht nehmen Sie ja eine der neuen, nicht nachweisbaren Drogen, die für eine Stimulation während der Nacht sorgen?«

»Nein«, erklärte Jora und blickte auf ihre Hände hinab. Sie schüttelte den Kopf. »Ich nehme keine Drogen.« Sie durfte jetzt nicht scheitern und holte tief Luft. »Ich mache Ihnen einen Vorschlag. Ich unterschreibe jetzt und gleich. Sie lassen meinen Vater in die Seniorenresidenz bringen, und zwar ebenfalls auf der Stelle. Und ich erzähle Ihnen alles, woran ich mich erinnere.« Was nicht viel war, aber genug, um sich dafür zu schämen.

Jora war sich bewusst, dass sie hoch pokerte, aber seine Worte von der perfekten Kandidatin gaben ihr die nötige Zuversicht, um den Bluff zu probieren. Sie hatte nichts zu verlieren und alles zu gewinnen.

»Deal«, erwiderte Raynor so schnell, dass sie irritiert aufsah. Er griff nach seinem Intercom und tippte ein paar Befehle, die er mit seinem Daumenabdruck autorisierte. Er schob ihr das Pad mit dem Dokument herüber und Jora unterzeichnete ebenfalls mit ihrem Daumenabdruck.

Er lehnte sich entspannt zurück und forderte sie mit einem Nicken zum Sprechen auf. Jora senkte den Blick und sah auf ihre Hände. »Es ist wirklich nicht viel«, begann sie. »Ich laufe durch ein Labyrinth aus Hecken. Die Zweige haben Dornen, die mich stechen.« Stechen war eine harmlose Umschreibung für die Weise, wie sich die langen Stacheln in ihre Haut bohrten. Ihr Puls beschleunigte sich. »Alles, was ich weiß ist, dass ich weitergehen *muss*. Ich darf nicht anhalten oder etwas Schlimmes wird passieren.« Sie schwieg und hoffte insgeheim, dass Raynor genug gehört hatte.

»Weiter«, sagte er knapp. »Was ist dieses Schlimme, von dem Sie wissen, dass es geschehen wird?«

»Ich kann es nicht sehen, nur fühlen«, fuhr sie fort und spürte, wie der Traum nach ihr griff. Sie musste nur die Augen schließen und schon war sie wieder dort, rannte und keuchte und wehrte sich gegen die Büsche, die auf geheimnisvolle Weise zu leben schienen. »Ich habe Angst und kann nicht erkennen, wohin ich laufe.« Sie zögerte kurz und überlegte, was sie ihm als Ablenkung erzählen konnte, damit er nicht die ganze Wahrheit aus ihr herauspresste. Denn das, was sie im Inneren des Irrgartens erwartete, gehörte ihr allein. »Ich weiß auf eine schwer zu beschreibende Weise, dass ich nicht allein bin. Jemand oder etwas ist bei mir.«

»Diese … nennen wir es einmal Präsenz, greift also nicht ein, sondern beobachtet nur? Oder hilft sie Ihnen?« Raynor hatte die Augenbrauen zusammengezogen, sein Blick wirkte nachdenklich.

»Von Hilfe kann keine Rede sein«, stellte Jora klar. Das war nicht die reine Wahrheit. Diese stumme Präsenz vermittelte ihr den Eindruck, ihr zur

Seite stehen zu können, aber nur dann, wenn sie eine Gegenleistung dafür bekam. Manchmal, wenn sie im Traum bis zur Erschöpfung gerannt war, glaubte sie, eine kleine, verhüllte Gestalt zu sehen, die auffordernd ihre Hand ausstreckte. Trotzdem hätte Jora sie einem anderen Menschen nicht beschreiben können, selbst wenn sie es gewollt hätte. Was sie viel mehr in Angst versetzte als dieses merkwürdige Geisterwesen war das, was im Inneren des Irrgartens auf sie lauerte. »Ich laufe immer weiter, tiefer hinein in das Labyrinth. Dort erwartet mich etwas, das noch viel schlimmer ist. Es fühlt sich an wie ein hungriges Raubtier. Alles an ihm ist dunkel und gefährlich.« Ein Schauer rann ihren Rücken herab, als sie sich an eine wilde Kreatur erinnerte, die vollkommen schwarz war – bis auf die Stelle an der sie das Herz des Biestes vermutete. Dort pulsierte ein blaues Leuchten, das inmitten all der Dunkelheit ein tröstlicher Hoffnungsschimmer für sie war, von dem sie kaum die Augen wenden konnte. Sie schluckte trocken und wagte nicht, Raynor anzusehen. »Der Traum endet an dieser Stelle.« Ihre Brust hob und senkte sich viel zu schnell.

Dann hob Sie den Kopf und sah Raynor an, der den Blick gesenkt hielt und seine Brille polierte.

»Das ist interessant, aber kein Hinderungsgrund für Ihre Teilnahme«, sagte er und mied ihren Blick. Jora hatte das drängende Gefühl, dass ihr etwas Wichtiges entging, aber sie wusste nicht, was an ihrem Traum so bedeutsam sein konnte. »Sie sind ab sofort offiziell Teil des Projekts Surrender.« Die Verbindung aus Erleichterung und Angst vor einer ungewissen Zukunft ließ sie schwindelig werden. Selbst wenn Jora jetzt sagte, dass sie sich anders entschied – was sie nicht tun würde –, dann hatte er das Recht, sie unter Einsatz von Gewalt auf das Schiff nach Cors bringen zu lassen. Ihr wurde kalt und sie merkte, wie ihr die Farbe aus dem Gesicht wich, als Raynor seinen letzten Satz sprach.

»Ihr Flieger startet in einer halben Stunde. Machen Sie sich bereit für den Aufbruch in eine neue Welt, Jora Rhodes.«

****

Dasquian

Die rothaarige Hetäre seufzte leise, als Shor Dasquian nach seinen Hosen griff. Ihre Hand lag auf seiner nackten Schulter, aber mit einem kurzen Zucken streifte er ihre Finger ab. »Tut mir leid, Baby, es geht nicht anders. Die Vorbereitungen für die Ankunft der Frauen gehen in die heiße Phase und da darf ich nicht fehlen.«

»Bist du sicher?« Sie richtete sich auf und schmiegte ihre nackten Brüste an seinen Rücken, während er auf dem Rand des Bettes saß und seine Stiefel schnürte.

»Lass es, Syna«, knurrte Dasquian. »Für solche Spielchen habe ich jetzt keine Zeit.« Er stand auf und reckte sich, um die letzten Spuren der körperlichen Trägheit abzuschütteln. Er sah im Spiegel, wie die Hetäre hinter ihm einen Schmollmund zog, der so gar nicht ihrer Art entsprach. Die Liebesdienerinnen von der Venus, die Cors alle vier Wochen mit ihrem fliegenden Bordell ansteuerten, waren normalerweise höchst professionell und gestatteten sich keine Emotionen. Vermutlich hatte er seiner Vorliebe für die Rothaarige einmal zu oft nachgegeben und sie hatte *Gefühle* für ihn entwickelt. Dem musste er einen Riegel vorschieben – und zwar so gründlich und schmerzlos für Syna, wie es möglich war.

Dasquian drehte sich herum und nahm ihr Gesicht in seine Hände. »Du weißt, dass dies hier ein Ende haben wird, sobald die Frauen ankommen?« Sie versuchte, sich seinem Griff zu entwenden, aber er blieb unerbittlich. »Ich kann es dir leicht machen, Sweetheart«, sagte er und senkte seinen Blick in ihren. Ihre hellgrünen Augen zuckten hin und her. Sie wusste, was jetzt kam.

»Bitte, lass mir wenigstens die Erinnerung an das Gefühl«, bat sie fast unhörbar. »Ich verspreche, ich werde dich nie wieder ansprechen, sobald du mit deiner Gefährtin verbunden bist. Ich schwöre es bei meiner Göttin, wenn du willst.« Er zögerte. Waren das Tränen in ihren Augen? Die Tränen einer gottgeweihten venusischen Hetäre waren mit Geld nicht aufzuwiegen. Sobald sie die Augen verließen, kristallisierte die Flüssigkeit und konnte aufgefangen werden. Um die kleinen Steine rankten sich zahllose Legenden und Dasquian kannte die Kristalle nur vom Hörensagen. Angeblich weinten Hetären nur um ihresgleichen, aber niemals um einen Mann. »Bitte«, flehte sie noch einmal und Dasquian blinzelte.

»Psst«, flüsterte er und packte ihren Kopf. Was er tat, war zu ihrem Besten, sagte er sich. Eine Liebesdienerin, die Gefühle für einen Kunden hegte, war verdorbene Ware und wurde aus der Tempelgemeinschaft ausgestoßen – wenn sie Glück hatte. War ihre Liebe zu stark, wurde sie zum Tode durch die Steinigung verurteilt. »Es geht nicht anders, das weißt du. Versuch, dich zu entspannen. Es tut nicht weh.« Es tat weh, aber er wollte sie nicht noch mehr ängstigen. Inzwischen zitterte sie am ganzen Leib, versuchte aber nicht mehr, seinem Griff zu entkommen.

Dasquian fühlte, wie das Blau seiner Augen verschwand und dem Schwarz des Drachens Platz machte. Die Farben verschwanden aus seinem Blickfeld, bis er alles in Grauschattierungen sah, untermalt von den leuchtenden Wirbeln ihrer aufgewühlten Emotionen. Seine Wirbelsäule knackte, als der Schuppenkamm aus seiner Haut brach, und er straffte sich. Das sollte genügen. Er senkte den Kopf, bis sich ihre Lippen fast berührten, und atmete ein. Syna sträubte sich, aber das half ihr nichts. Er war stärker, auch wenn es nicht allein seine physische Überlegenheit war, die sie nachgeben ließ. Der Drache in ihm war ein schwarzes Biest, dessen Kraftquelle die Gefühle anderer Wesen waren. Der Drache grollte leise, als Dasquian ihm Synas Emotionen zu schmecken gab, und ließ sich willig von seinem Herrn und Meister zu dem Gefühl leiten, das Dasquian aus ihr lösen wollte. *Jetzt*, flüsterte er und ließ die Zügel ein wenig lockerer. Sein Drache reagierte ohne das leiseste Zögern und trank. Erst als Dasquian sicher war, dass auch der letzte Funken Liebe zu ihm erloschen war, rief er ihn zurück. Mit einem leisen Laut der Zufriedenheit kehrte das Biest zurück und rollte sich zusammen.

Dasquian fing Synas Körper auf und bettete sie sanft auf die Liege. Sie würde jetzt eine halbe Stunde schlafen, vielleicht auch träumen, aber danach würde sie nichts mehr für ihn empfinden, was über ihre professionelle Beziehung zueinander hinausging. Er grinste, als er daran dachte, dass er nun beim nächsten Andocken des Schiffes nicht auf ihre Dienste verzichten musste. Bis die irdischen Frauen eintrafen und das verdammte Theater losging, das sein Vater sich ausgedacht hatte, blieben ihm mit ein bisschen Glück noch zwei Nächte, in denen er sich richtig austoben konnte. Denn die Frau, die ihn seit einiger Zeit in seinen Träumen heimsuchte und die er auf absurd intensive Weise begehrte, konnte er nicht haben. Sie war nichts als ein Traumgebilde und existierte nur in seiner Fantasie.

Kapitel 3

Jora

Schweißgebadet schreckte Jora auf. Für einen kurzen Moment hatte sie Schwierigkeiten, sich zu orientieren, aber dann erinnerte sie sich wieder, wo sie war. Sie und neunundneunzig andere Frauen befanden sich auf dem Raumschiff, das sie nach Cors bringen würde.

Die Welt, die sie erwartete, war eine Mischung aus Vertrautem und Fremdem. Die Verantwortlichen für das Projekt Surrender hatten dafür gesorgt, dass die Frauen während der Reise ein genau bemessenes Maß an Informationen erhielten. Beim Betrachten des knapp 45-minütigen Films, der ihnen in kleinen Gruppen gezeigt wurde, hatte sie das Gefühl, einen hochkarätigen Werbespot anzuschauen. Muskulöse Drachenmänner streiften durch eine Landschaft, die der Erde vor der großen Umweltkatastrophe ähnelte. Kristallklare Seen, wogende Wälder und saftig grüne Wiesen waren die Kulisse. Der größte Unterschied lag in der Tierwelt. Als zum ersten Mal eine geflügelte Frau durch das Bild flog, atmeten die Betrachterinnen kollektiv ein. Der Erzähler aus dem Off identifizierte das Wesen als Harpyie und noch während sie sahen, wie einer der Drachenmänner das Wesen mit einem geschickten Wurf seiner Schlinge einfing, blendete der Film zu weiteren exotischen Tierwesen über. Jora erkannte eine Sphinx, die sich bewegungslos am Rande eines Sees sonnte, und wenn sie sich nicht täuschte, liefen im Hintergrund Zentauren durch das Bild. Sie schluckte und wusste nicht, ob sie sich freuen sollte über die abenteuerliche Welt von Cors oder ob ihr diese mythischen Kreaturen Angst machten. Als der Film sich dem Ende näherte – Jora erkannte es am salbungsvollen Ton des Erzählers – zeigte die Kamera einen Blick in den Himmel von Cors. Das war der bisher schönste Anblick für Jora. Unendlich viele Sterne funkelten auf dem nachtschwarzen Himmel, wie sie von der Erde aus durch den erstickenden Smog seit Jahren nicht mehr sichtbar gewesen waren. Die männliche Stimme berichtete, dass die Drachenwandler mit ihren Nachbarn weitgehend in friedlicher Koexistenz lebten, sogar mit denen, die in einem ähnlich patriarchalisch geprägten System lebten wie sie. Die »Argal von Charon X6«, die explizit erwähnt wurden, waren Adlerwandler, fuhr der Berichterstatter fort, und nur ein weiteres Beispiel für die fantastische Vielfalt des Universums. Die letzten beiden Minuten waren den warmherzigen Willkommensworten eines Mannes gewidmet, der sie als »Chasko, der Chancellor von Cors« im Namen seiner Männer willkommen hieß und den Frauen zu ihrer mutigen Entscheidung gratulierte. Seine sonore Stimme wirkte beruhigend, aber Jora hatte das Gefühl, dass seine Augen sich tief in ihre Seele bohrten. Sie war froh, als die Vorführung vorbei war.

Morgen um diese Zeit würden sie alle eine Ahnung davon haben, wie die Corsianischen Drachenmänner wirklich waren. In den ersten Wochen nach ihrem Aufbruch hatten noch alle wild spekuliert, denn keine einzige von ihnen hatte jemals einen Drachenwandler in der Realität gesehen. Bis auf Jora und zwei weitere Frauen schienen sie sich jedoch mehr oder weniger auf ihr neues Leben zu freuen. Was nicht verwunderlich war, denn wenn die Bilder des Films typisch für das waren, was sie auf Cors erwartete, dann stellte das Leben auf dem fernen Planeten für die meisten von ihnen eine eindeutige Verbesserung dar.

Einige waren verurteilte Schwerverbrecherinnen, die auf diese Weise ihre Freiheit zurückbekamen. Andere flohen vor gewalttätigen Männern, wieder andere ließen nichts über ihre Gründe verlautbaren. Eines hatten sie jedoch alle gemeinsam: Sie sahen dem Leben an der Seite eines Drachenmannes mit freudiger Erwartung entgegen, was vor allem an deren angeblich makellosem Körper lag und ihrer Fähigkeit, jede Frau nach allen Regeln der Kunst im Bett zu verwöhnen. Jora hielt das für ein gezielt gestreutes Gerücht, denn weder im Film noch in den Broschüren wurde diese Fertigkeit erwähnt.

Wann immer sie hörte, wie sich zwei oder drei von ihren Mitreisenden kichernd über die angeblichen körperlichen Vorzüge der Männer unterhielten, fragte sie sich, ob diese Frauen eigentlich bewusst nicht darüber nachdachten, wie ungewiss ihre Zukunft in Wahrheit war.

Seit ihrer Ankunft auf dem Schiff waren sie auch körperlich auf ihre Aufgabe als zukünftige Partnerinnen der Drachenshifter und Mütter ihrer Kinder vorbereitet worden. Ihnen war Blut abgenommen worden, man hatte sie gründlich untersucht und körperlich optimiert, sofern die Frauen zugestimmt hatten. Ein diskreter Hinweis vonseiten des Chirurgen, der die »besseren Chancen« bei der Wahl eines attraktiven Partners erwähnte, hatte genügt, dass sich die meisten von ihnen unters Messer legten. Das Ergebnis bestand darin, dass nun 90 von hundert Frauen wie der wahr gewordene feuchte Traum eines pubertierenden Jünglings aussahen: Eine Sanduhrfigur, komplett epiliert und Haare, die bis zur Mitte des Rückens rieselten wie ein fluffiger Wasserfall. Auch Jora hatte sich bereitwillig einer der Kosmetikandroidinnen anvertraut, aber den Chirurgen vehement abgelehnt. Manchmal, wenn sie sich sehr einsam fühlte, trotz der anderen Teilnehmerinnen am Projekt Surrender, stellte sie sich vor, wie sie als letzte im Auswahlprozess übrig blieb und einen alten, hässlichen oder brutalen Mann bekam. Vielleicht schickte man sie auch als unvermittelbar wieder zurück auf die Erde. In solchen Augenblicken fragte sie sich, ob es wirklich so schlimm war, wenn sie sich unters Messer legte, ihre Brüste vergrößern und hier und da ein Pölsterchen entfernen ließ. Sie würde doch innerlich dieselbe Jora bleiben, selbst wenn ihre Oberweite das Shirt zu sprengen drohte und ihr Po in eine Hose passte, die eine Nummer kleiner als ihre normale Größe war. Diese Momente gingen jedoch schnell wieder vorbei und sie versuchte, zuversichtlich zu sein, dass sie trotz ihrer immer noch üppigen Kurven das Gefallen eines freundlichen Mannes finden würde. Alt durfte er sein und er musste keinen Schönheitswettbewerb gewinnen, überlegte sie oft. Sie hatte keine übermäßig hohen Ansprüche, aber wenigstens die Aussicht auf ein Quäntchen Glück war doch wohl nicht zu viel verlangt, oder?

Denn das war der Punkt, der sie am meisten ängstigte. Niemand machte sich die Mühe, ihr und den anderen zu sagen, welches Leben sie wirklich erwartete. Nicht einmal wurde erwähnt, auf welche Weise man gedachte, sie mit dem passenden Partner zusammenzubringen. Es war durchaus möglich, dass die Frauen bei ihrer Ankunft verteilt wurden wie … wie Waren. Oder dass die Drachenmänner wie Berserker um sie kämpften. Nein danke; Jora hatte keine Lust, zwischen die Fänge zweier Drachenmänner zu geraten. Die Servicemitarbeiter auf dem Raumkreuzer, denen sie ein paar Fragen stellte, wussten es nicht und von den Offizieren beantwortete keiner Joras Fragen.

Ihr blieb nichts anderes übrig, als sich wie alle anderen auch in Geduld zu üben.

Mit einem Seufzer warf sie einen Blick auf die Uhr. Es war früh, das Schiff lag noch in tiefem Schlaf. Jora zog die dünne Decke bis ans Kinn und kuschelte sich noch einmal in ihr Kissen. Ob die anderen Frauen wohl von der Zukunft träumten? Und ob das Träumen half, mit der Realität fertig zu werden oder war die Ernüchterung anschließend umso grausamer? Vielleicht sollte sie auch einmal probieren, sich ihren Drachenshifter zurechtzuträumen. Wie sollte er sein?

Jora schloss die Augen. Vor ihrem geistigen Auge erschien das dornige Labyrinth aus ihren nächtlichen Träumen und prompt begann ihr Herz wie wild zu klopfen. Jeder Traum lief gleich ab, aber das war es nicht, was sie in Unruhe versetzte. Es war die Intensität, mit der sie etwas erlebte, das nicht real war.

Es begann stets damit, dass sie vor einem riesigen Tor stand, zu dessen Seiten sich eine meterhohe, dornige Hecke erstreckte. Es schien für Riesen gemacht und selbst im Traum fragte sich Jora, wie irgendjemand es schaffen sollte, dieses monströse Metallgebilde zu bewegen. In der Mitte des Tores riss ein verzerrtes Drachengesicht sein Maul weit auf und entblößte den Ring, der sich durch den Unterkiefer wand. Ihr Blick wurde magisch angezogen von den roten Augen, die weit auseinanderstanden und sich eigentlich nicht bewegen sollten. Egal wie oft Jora vor das Tor trat, den Kopf in den Nacken warf und hinaufstarrte, es war stets ein Schock, wenn der Drachenkopf zum Leben erwachte und ihren Blick erwiderte. Die roten Augen rollten in ihre Richtung. Ein träges Blinzeln später bewegte sich der Ring gegen das Metall. Ein Laut, der irgendwo zwischen einem Ächzen und einem Schrei lag, ertönte und die beiden Flügel des Tores schwangen auseinander. Jora erwartete, dass sich hinter dem Tor eine riesige Ebene erstreckte, vielleicht eine Wüste oder sanfte Hügel, aber was sie sah, war nichts als ein schmaler Pfad, zu dessen Seiten dorniges Grün emporwuchs. Alles in ihr sträubte sich dagegen, einzutreten, aber irgendwie, auf eine vertrackte Weise, wusste sie, dass sich hinter den Hecken etwas verbarg, das ihr wichtiger als ihr eigenes Leben war. Also trat sie ein.

Sobald Jora die ersten Schritte getan hatte, schwang das Tor zu und sie war allein. Sie fühlte die Schweißtropfen, die ihr den Rücken herunterrannen, und den Sog, der von ihrem Ziel ausging, das irgendwo hinter den Büschen mit den bösartigen Stacheln lag. Sie rannte los. Je näher sie der Mitte des Irrgartens kam, desto drängender spürte sie die Gegenwart jenes Wesens, von dem sie Raynor berichtet hatte. Je näher sie Cors kam, desto mehr glaubte sie, es erkennen zu können. Manchmal meinte sie auch, die verhüllte Gestalt näherkommen zu sehen, aus den Augenwinkeln und nur, wenn sie sich konzentrierte.

Zuerst hatte sie den immer wiederkehrenden Traum als ein Symptom von Stress abgetan, der sich in ihrem Kampf gegen die spitzen Dornen manifestierte. Doch je öfter sie träumte, desto weiter kam sie im Inneren des umschlossenen Areals voran und desto weniger erholsam wurde ihr Schlaf. Sie hatte ihre Vorgesetzten gebeten, ihre Stundenzahl zu reduzieren und als das nicht half, begann Jora, ein Schlafmittel zu nehmen. Das setzte sie ab, sobald sie merkte, dass sie sich zwar nicht mehr an die Träume erinnern konnte, aber immer noch vollkommen groggy nach dem Aufwachen war. Eine Freundin, der sie von ihren nächtlichen Abenteuern berichtete, gab ihr dann schließlich den guten Rat, im Traum aktiv zu werden. »Ich kenne das«, hatte Lynda gesagt und traurig gelächelt. »Bei mir ist ein Monster, das sich unter dem Bett versteckt. Erst als ich angefangen habe, es darunter hervorzuziehen, ließen die Albträume nach.«

Jora hatte sie zweifelnd angesehen, aber sie hatte begonnen, den Rat umzusetzen und versucht, sich Gegenstände in den Traum hineinzuweben, die ihr im Kampf gegen das Gestrüpp nützlich erschienen. Als es ihr endlich gelang, eine Schere mit hinter das Tor zu nehmen, hätte sie beinahe geweint vor Freude. Doch leider fielen Scheren, Sägen und Messer auseinander, sobald sie die Werkzeuge im Traum benutzte. Der Rost rieselte ihr durch die Finger, Metall zersprang in Einzelteile. Da hatte Jora begriffen, dass ihr nicht anderes als ihre Hände blieben, um sich gegen die Hecken zur Wehr zu setzen. Die Dornen hatten begonnen, nach ihr zu greifen, je weiter sie vordrang. Das Grün schien auf eine teuflische Weise intelligent zu sein, denn manchmal wuchs es aus dem Nichts empor und versperrte ihr den Weg.

Sie merkte, wie sie den merkwürdig berauschenden Zustand zwischen Schlaf und Wachen hinter sich ließ und immer tiefer in das Traumgewebe hineinglitt. Sie stellte sich dem Drachen am Tor, lief hindurch und wandte sich nach rechts. Bislang war alles wie immer: Es zog sie tiefer und tiefer in die Mitte, ohne dass Jora wusste, was sie dort erwartete. Auch das unsichtbare Wesen machte sich bemerkbar, zuerst in dezentem Abstand, dann näherrückend. Obwohl sie schon so oft die immer gleichen Wege entlanggelaufen war, erkannte sie nur selten etwas wieder. Entweder ähnelten die Wege einander auf verblüffende Weise oder sie veränderten sich, verschoben sich, sodass sie in jedem Traum aufs Neue das beängstigende Terrain erkunden musste. Sie versuchte, an den Drachenshifter zu denken und spürte, wie sie tiefer und tiefer in den Schlaf glitt.

Sie hob die Hand, als eine Ranke auf sie zu schnellte und unterdrückte einen Schmerzenslaut. Die Dornen hatten einen langen Schnitt auf ihrer Hand zurückgelassen, der jetzt leise pochte. Zurück zu ihrem Drachenmann – wie sah er aus? Und wo war er? Vielleicht war er es ja, der in der Mitte des Irrgartens auf sie wartete. Dies hier war nicht die Realität, sondern ein Traum und sie hatte es in der Hand, ihn zu ändern. Sie musste nur fest daran glauben!

In dem Moment, in dem sie den Entschluss gefasst hatte, spürte sie die Veränderung. Zuerst war es nichts weiter als eine Empfindung des Wohlwollens, die von der stummen, nur manchmal sichtbaren Präsenz ausging, die sie nun schon so lange durch die Gänge verfolgte. Dann gesellte sich ein Ziehen hinzu, wie von einem starken Magneten, der direkt zu ihrer Seele zu sprechen schien. Das Herzrasen war wieder da, in doppelter Stärke war es zurückgekehrt. Das Bedürfnis, ihn zu sehen, das

Wissen, das im Herzen der Gänge der Mann wartete, den sie sich wünschte, ließen sie vorwärts jagen.

Und dann sah sie ihn.

Er war der schönste Mann, den sie jemals gesehen hatte, aber er machte ihr auch Angst. Alles an ihm war dunkel und gefährlich. Sobald Jora ihn sah, wusste sie, dass sie ihn liebte, nein, mehr als das – sie hatte keine andere Wahl als ihn zu lieben. Ihr Herz, ihre Seele, alles gehörte ihm, ganz und gar, und sobald sie ihn gefunden hatte, würde auch ihr Körper ihm gehören. Ein Schauer rann ihren Rücken herab, als sie die Mischung aus Lust und Angst erkannte, die sie immer weiter vorantrieb.

Nun war sie nur noch ein paar Meter von ihm entfernt. Er hatte den Kopf gesenkt und verwehrte ihr den Blick auf seine Züge, aber sie sah, dass er von einem Netz gehalten wurde. Obwohl er gefangen war, strahlte er eine Stärke aus, eine Unbeugsamkeit, die ihn unverwechselbar machte. Sie streckte die Hände nach ihm aus. Sie wusste instinktiv, wenn sie ihn befreite, ließ sie ein Wesen auf die Welt los, das man nicht beherrschen konnte, eine wilde schwarze Kreatur. Im Traum ertasteten ihre Hände ein Messer, von dem sie nicht wusste, wo es hergekommen war. Gerade als sie sich ihm nähern wollte, um seine Fesseln zu lösen, merkte Jora, dass sie aufwachte. Mit kalten Fingern griff die Verzweiflung nach ihr, doch es war zu spät. Sie konnte nichts tun, als ihn zu beobachten, während sie unbarmherzig von ihm fortgerissen wurde. Sie öffnete den Mund, um nach ihm zu rufen, aber kein Laut drang über ihre Lippen.

In dem Augenblick hob er den Kopf und sah ihr geradewegs in die Augen.

Hinter ihm erschien eine unförmige, tiefschwarze Silhouette, die sich pulsierend ausbreitete, nur um sich dann in ihn zurückzuziehen. Seine düstere, sogar grausame Ausstrahlung, erfüllte sie mit namenloser Angst, aber noch viel mehr beunruhigte sie, wie sehr sie zu ihm wollte. Er strahlte eine sexuelle Energie aus, die ihren Körper zum Vibrieren brachte wie die gespannte Saite eines altmodischen Musikinstruments und gleichzeitig versicherte ihr das blaue Leuchten in seiner Körpermitte, dass ihr durch seine Hand nichts geschehen würde. Jora glaubte, blaue Augen in einem kantigen Gesicht zu erkennen, einen sinnlichen Mund und eine Nase, die scharf und habichtartig aus dem Gesicht sprang. Es war mehr eine Ahnung als Wissen, aber seine Züge hatten sich ihr tief eingeprägt.

Dabei war er nichts als ein Traum. Ein Mann, den sie sicher nie treffen würde, der vermutlich nicht einmal existierte. Was vermutlich auch gut war, denn je näher Jora ihm kam, desto mehr verlor sie die Kontrolle über sich. Es war ein Fehler gewesen, sich ihren Drachenmann auszumalen, dachte sie, während ihr Puls sich langsam beruhigte und sie das Aufwachen näher kommen spürte. Von nun an würde sie jeden Mann an ihm messen und wissen, dass er nichts als ein Produkt ihrer überhitzten Fantasie war.

Wie sollte sie jemals glücklich werden, wenn sie in den Armen des Mannes lag, der der Vater ihrer Kinder war, während sie von einem anderen träumte?

****

Dasquian

Thuban versetzte ihm einen Tritt mit dem Rist, den Dasquian zu spät hatte kommen sehen und er konnte gerade eben noch verhindern, dass die Wucht des Stoßes ihn zu Boden beförderte. Er und sein Freund hatten sich zum Training auf der Lichtung verabredet, um die Zeit bis zur Ankunft der irdischen Frauen totzuschlagen.

Unter den Drachenmännern herrschte eine angespannte Stimmung, die selbst die beiden Freunde erfasst hatte. Seit Dasquians Vater Chasko, der Chancellor von Cors, angekündigt hatte, dass die Frauen in Absprache mit den Ministern für Wissenschaft und für den Erhalt ihrer Spezies den Planeten schon in den nächsten Tagen erreichten, brodelte die Gerüchteküche. Über die Jahrhunderte hinweg hatten die Paarungsspiele immer seltener stattgefunden, bis sie irgendwann gar nicht mehr anberaumt wurden. In den letzten Jahrzehnten waren die Amazonen von Thaskar ihre Quelle für fortpflanzungsfähige Weibchen gewesen, die sich nach der Geburt des zweiten Kindes stets zurück auf ihren eigenen Planeten begaben. Es war ein unkompliziertes Arrangement gewesen, das allen Beteiligten nutzte: Die Jungen blieben auf Cors bei ihren Vätern, sofern sie innerhalb der ersten sechs Lebensmonate die notwendigen Voraussetzungen zeigten, und die Mädchen kehrten mit den Müttern nach Thaskar zurück. Doch nun waren die Linien der beiden Rassen zu eng miteinander verwandt, um weiterhin gesunde, überlebensfähige Kinder zu zeugen. Bereits die letzte Generation war von einer hohen Kindssterblichkeit geprägt gewesen, sodass Chasko und seine Minister begonnen hatten, diskrete Nachforschungen anzustellen. Die Erde lag am entgegengesetzten Ende der Galaxie und es war eher der zufälligen Entdeckung eines vom Kurs abgekommen irdischen Raumschiffes zu verdanken gewesen, dass die genetische Kompatibilität der weiblichen Menschen und der Drachenshifter erkannt wurde. Zum ersten Mal seit Jahrhunderten versuchten die Drachen, sich dauerhaft an ein weibliches Wesen zu binden. Frisches Blut war vonnöten, um die Macht ihrer Spezies auf lange Sicht zu erhalten. Also hatten Chasko und seine Ratgeber beschlossen, die Sache mit der Paarung diesmal anders anzugehen und eine neue Spezies ins Spiel zu bringen. Sie hatten einhundert Frauen von der Erde geordert, was exakt der Zahl der nächsten paarungsbereiten Generation entsprach. Und Dasquian war einer von ihr.

Dasquian duckte sich, um einem Fausthieb auszuweichen, und setzte seinerseits mit einem Aufwärtshaken nach. Thuban ächzte, hielt sich aber auf den Füßen. Dasquian nutzte den Augenblick der Schwäche, um mit einem Kick nachzusetzen, bevor er in den Clinch ging. Geschickt packte er seinen Freund, der genau so reagierte, wie Dasquian es vorausgesehen hatte, nämlich mit einem instinktiven Aufbäumen. Geschickt nutzte Dasquian die Kraft seines Gegners, um ihn zu Boden zu ringen und versetzte ihm einen tadelnden Hieb mit der flachen Hand, von dem er wusste, dass Thuban ihn kaum bemerken würde. »Hey, immer langsam. Wag es nicht, auch nur ein Gran von meiner Lebensenergie zu nehmen, sonst melde ich dich beim Chancellor und damit wärst du aus dem Wettbewerb um die Frauen ausgeschlossen.« Jeder Drachenmann hatte eine besondere Gabe, die sich in seiner Farbe spiegelte. Thuban zum Beispiel konnte die Energie eines anderen Lebewesens inhalieren, so wie Dasquian es mit Emotionen tat. Der Einsatz ihrer Kräfte war auf den Kampf mit richtigen Gegnern beschränkt und die Strafen für leichtsinniges Herumspielen mit ihren Kräften waren hoch. Gerade jetzt ging es um Selbstbeherrschung, hatte ihnen der Chancellor wieder und wieder eingebläut, wenn unter den jüngeren Männern die Stimmung umzukippen drohte. Nur ein Drachenmann, der seine Kräfte jederzeit unter Kontrolle hatte, wurde im Spiel um die Frauen zugelassen.

Mit einer geschmeidigen Bewegung ließ er Thuban zu Boden gleiten und reichte ihm dann die Hand. Beide Männer waren nassgeschwitzt und atmeten heftig, aber es hatte ihnen gutgetan, ein wenig von der Anspannung loszuwerden. »Lass uns Schluss machen«, schlug Dasquian vor und zog seinen Freund auf die Füße. »Sonst haben wir heute Abend keine Kraft mehr übrig, wenn die Frauen ankommen.«

Thuban schnaubte. »Sprich für dich selbst«, knurrte er und schüttelte sich einmal, dass die Schweißtropfen flogen. »Für meine zukünftige Frau werde ich immer genug Energie übrig haben. Wenn du jetzt schon erschöpft bist, wird mir wohl nichts anderes übrig bleiben, als dich bei deiner Auserwählten würdig zu vertreten.« Ein anderer als Thuban hätte für die Anmaßung dieser Bemerkung mit einem Fausthieb bezahlt, aber Dasquian kannte seinen Freund gut genug, um zu wissen, dass er ihn nur aufzog.

»Träum weiter«, grollte Dasquian und spürte, wie sich der Drache in seinem Inneren spielerisch regte. Thubans Stärke im Zweikampf lag in seiner Wendigkeit und Schnelligkeit, während der kräftigere Dasquian seine Siege durch Taktik und schiere Kraft erreichte. »Außerdem wäre der Einsatz deiner speziellen Fähigkeit ein unfairer Vorteil, für den du mit Ausschluss bestraft wirst.«

Er schlug den Weg in ihre gemeinsame Unterkunft ein. »Unentschieden?«, bot er großzügig an.

Thuban grinste und versetzte Dasquian einen leichten Hieb mit dem Ellenbogen. »Ich kann es kaum erwarten, die Frauen endlich zu sehen. Unser Verbindungsmann sagt zwar, sie seien sorgfältig ausgewählt worden, aber was ist, wenn sie alle hässlich sind?«

»Du solltest dir lieber Gedanken darum machen, was sie von *dir* halten«, erwiderte Dasquian und schlang sich das Handtuch um die Schultern. Der laue Wind trocknete den Schweiß so schnell, dass er es gar nicht brauchte. »Wenn deine Auserwählte dich nicht in ihr Bett lässt, weil sie dich abstoßend findet, wirst du ein Problem haben.« Für einen Moment huschten Selbstzweifel über Thubans Gesicht und Dasquian taten seine Worte beinahe leid. »Komm schon, das wird nicht passieren. Ich meine, sieh uns doch an. Wir sind gut gebaut, fit und im besten Alter. Wir wissen, wie man eine Frau so nimmt, dass sie Vergnügen an der Sache hat – warum sollten sie uns nicht wollen?«

»Den venusischen Hetären sei Dank«, grinste Thuban.

Dasquian wechselte schnell das Thema. Er hatte nicht das geringste Bedürfnis, an seine letzte Begegnung mit Syna zu denken. Nachdem er ihr die Liebe genommen hatte, war er noch einmal bei ihr gewesen, um zu prüfen, ob ihm auch kein Fehler unterlaufen war. Er hatte ihre Gefühle korrekt entfernt, aber der Sex war danach irgendwie … lebloser gewesen. Ihr körperlicher Genuss stand außer Frage, denn die glänzenden Augen und die geröteten Wangen waren nichts, das man vortäuschen konnte, aber die unstillbare Sehnsucht in ihren Augen war verschwunden. Der nächste Klient wartete bereits und ihm war die Lust vergangen, sie ein drittes Mal zu nehmen. Dasquian dachte an die beiden kostbaren Tränen der Hetäre, die er in einem Versteck aufbewahrte, bevor er Synas leeres Gesicht in die hinterste Ecke seiner Erinnerungen schob. »Ich habe gehört, dass die Frauen von der Erde sehr anspruchsvoll sein sollen, was die nicht-körperliche Seite der Liebe angeht«, gab er eines der Gerüchte wieder, die er gehört hatte. »Angeblich bestehen sie darauf, dass Sex nur in Verbindung mit Gefühlen angenehm für sie ist.«

Thuban neben ihm lachte, während er seinen Dolch zog und begann, die Pflanzen am Rande des Weges mit Hieben zu traktieren. »Dann werden wir eben einfach behaupten, wir liebten sie. Wo ist das Problem?«

Dasquian zuckte die Achseln. »Vergiss nicht, dass wir ihre Spezies nicht besonders gut kennen. Was, wenn sie eine Fähigkeit haben, die ihnen verrät, dass wir lügen oder sie werden nur trächtig, wenn das Kind in Liebe empfangen wird?« Thuban hielt inne, doch Dasquian ging weiter. Zum ersten Mal wagte er es, seine Zweifel laut auszusprechen und dabei wollte er seinem Freund nicht ins Gesicht sehen.

»Das ist doch Unsinn«, antwortete Thuban. Seine Stimme verriet, dass er sich darum noch keine Gedanken gemacht hatte. »Ich meine, das wäre evolutionstechnisch völliger Unsinn. Und ich glaube auch nicht, dass der Minister für Wissenschaft sein Okay zur Paarung mit menschlichen Frauen gegeben hätte, wenn das so kompliziert wäre.« Er schüttelte den Kopf. Mit seinen kurzen weißblonden Haaren und der hellen, silbrig glänzenden Haut würde Thuban wahrscheinlich keine Schwierigkeiten haben, eine Partnerin zu finden. An Dasquian selbst war alles dunkel. Sein Haar hatte einen Ton, der irgendwo zwischen Blau und Schwarz lag, seine Haut hatte selbst für einen Drachen eine außergewöhnlich dunkle Färbung und sein Drache war ebenfalls pechschwarz.

»Hey«, Thuban schlug ihm von hinten auf die Schulter, »war ich nicht eben noch derjenige, der gezweifelt hat? Du hast Recht, keine Frau wird uns beiden widerstehen können. Und wenn sie uns erst einmal in voller Pracht sehen ...« Er sprach nicht weiter und Dasquian musste sich auf die Zunge beißen, um seinem Freund nicht mit einer ätzenden Bemerkung die Zuversicht zu nehmen. Er selbst hatte gut reden, er war stets der Liebling der venusischen Hetären gewesen, die ihn gelegentlich sogar ohne Bezahlung verwöhnten.

»Spätestens heute Abend sind wir schlauer«, sagte er deshalb versöhnlich. Die Unterkünfte waren bereits in Sichtweite. »Lass uns duschen, etwas essen und dann ist es auch schon Zeit für die Versammlung. Du weißt, mein Vater hat ihnen zwei Tage zum Eingewöhnen gegeben, wir sollten uns also von unserer besten Seite zeigen. Und vor allem sollen wir uns in Zurückhaltung üben.«

»Ich dachte, sie wissen, worauf sie sich einlassen?« Thubans Stimme hatte eine ungeduldige Färbung angenommen. »Hat dein Vater dir irgendetwas gesagt, das ich wissen sollte?«

»Du weißt doch, wie er ist. Er vertraut nur einem einzigen Mann – und das ist er selbst.« Es gelang ihm nicht, die Bitterkeit aus seiner Stimme zu vertreiben. Nur selten nannte er ihn Vater und selbst in Gedanken nutzte er meist den Titel oder Vornamen. »Er hat mir unter vier Augen noch einmal nahegelegt, mich in Selbstbeherrschung zu üben, das ist alles.« Er beschleunigte seinen Schritt, doch Thuban hielt ihn am Ärmel fest, kurz bevor sie die Lichtung erreichten, auf der die Unterkünfte errichtet waren.

»Du ... träumst doch nicht mehr von dieser Frau, oder?«

Dasquians Kopf zuckte zur Seite.

Warum brachte sein Freund dieses Thema ausgerechnet jetzt zur Sprache? Thuban war der Einzige, dem Dasquian in einem Moment der Schwäche von seinen beunruhigenden Träumen erzählt hatte, in denen er beobachten musste, wie sich eine dunkelhaarige Frau durch das Labyrinth kämpfte, um zu ihm zu gelangen. Während er sich mit jeder Faser seines Körpers nach der Frau sehnte und ihr nicht helfen konnte, hatte er im

Traum genug damit zu tun, seinen Drachen unter Kontrolle zu halten. Das Biest in seinem Inneren brüllte und stemmte sich gegen seine Fesseln, während die Frau ihm näher und näher kam.

»Nein«, log Dasquian. »Das ist lange vorbei.«

Wenn gestern Nacht »lange her« war, dann hatte er die Wahrheit gesagt. Zeit war schließlich relativ, oder nicht? Doch sie hatten sich nicht umsonst lange Jahre eine Kammer geteilt.

»Weiß dein Vater von dieser Frau?«, setzte Thuban nach und runzelte die Stirn. »Manchmal sprichst du von ihr, als wäre sie real und nicht nur eine Frau aus einem Traum.«

»Du klingst schon wie mein Vater oder wie einer seiner Lakaien«, spuckte Dasquian zornig aus. »Ich wüsste nicht, was ihn dieser Teil meines Lebens angeht.«

Sein Freund sah nicht überzeugt aus. »Du darfst die Frauen von der Erde nicht an ihr messen, vergiss das nicht. Ich habe einfach Bedenken, dass die Bindung an eine reale Frau nicht stark genug sein wird.« Er sprach nicht weiter und das war auch nicht nötig. Dasquian zweifelte selbst daran, dass eine andere *ihr* das Wasser reichen konnte. Jeden Morgen nach dem Aufwachen erschien sie ihm lebendiger und wahrhaftiger. Mit jedem Traum versenkte sich ihre süße Gegenwart tiefer in seiner Seele. Sie war so sehr Teil von ihm, dass er manchmal nicht unterscheiden konnte, wo er aufhörte und sie begann.

Er riss sich aus Thubans Griff und lief weiter, ohne sich noch einmal umzudrehen.

Kapitel 4

Jora

Jora und die anderen Frauen hatten sich im Transporterraum versammelt und warteten nun darauf, dass sich das Tor öffnete. Das Stimmengewirr während des Landeanflugs war verstummt und nun herrschte eine unheimliche Stille in dem riesigen Raum. Als die surrenden Geräusche des Antriebs verstummten, hätte man eine Stecknadel fallen hören können. Spätestens jetzt wurde selbst der zuversichtlichsten Frau unter ihnen bewusst, dass sie gleich den ersten Schritt in ein völlig neues Leben tat.

Hinter ihnen ertönte das Zischen, mit dem die Türen auseinander glitten und wurde abgelöst von den einheitlichen Stiefeltritten des Wachpersonals. Jora sah, dass die Männer makellose Uniformen trugen und nur wenige Waffen bei sich hatten. Offensichtlich sollten sie eher eine Art Ehrengarde für die hundert Frauen darstellen als mit ihrer Waffengewalt beeindrucken. Zum ersten Mal fragte sie sich, was die Menschen auf der Erde wohl dafür bekamen, dass sie hundert Frauen abtraten. Sicher, sie persönlich hatte sichergestellt, dass ihr Vater weiterleben durfte, aber darüber hinaus? Was hatten die Regierung der Erde und die der Drachenshifter miteinander ausgehandelt?

Jetzt war es zu spät, um das herauszufinden. Jora ärgerte sich, dass sie nicht früher daran gedacht hatte, aber angesichts der Verschlossenheit der Crew wäre sie vermutlich ohnehin gegen eine Mauer des Schweigens geprallt, hätte sie unterwegs gefragt.

Nur noch wenige Sekunden, dann sah sie ihre neue Heimat zum ersten Mal. Für den Bruchteil einer Sekunde fragte sie sich, ob die Wachmannschaft wohl Aufstellung genommen hatte, um für Ordnung zu sorgen. Sie malte sich aus, wie draußen hunderte von Drachenmännern darauf warteten, sich eine Frau zu schnappen und mit ihr in die nächstgelegene Höhle zu fliegen. Ob sie überhaupt in ihrer Drachengestalt waren? Und wenn nicht, sah man ihnen die Drachen in ihrer menschlichen Gestalt an? Oder waren sie Mischwesen, halb Drache, halb Mensch? Jora merkte, wie ihre Knie weich wurden und sie kaum noch Luft bekam. Die Halle, die ihr gerade noch groß erschienen war, kam ihr auf einmal klein und stickig vor.

Gerade als sie dachte, sie würde jeden Augenblick das Bewusstsein verlieren, öffnete sich die Tür zur Außenwelt. Das Erste, was sie bemerkte, war die klare, frische Luft, die so anders als die auf der Erde roch. Gierig sog sie die kühle Brise ein, die ihre Haare durcheinanderwirbelte und die Parodie eines Kleides, in das man sie gezwängt hatte, zum Flattern brachte. Die Frauen in der ersten Reihe wollten sich in Bewegung setzen, aber sofort versperrten vier Wachmänner ihnen den Weg und die Vorwärtsbewegung kam zum Stillstand. Jora sah von ihrer Position am rechten Rand aus, dass sich der Kapitän des Raumschiffes an die Spitze der Menge gesetzt hatte. Auf sein Zeichen hin begannen die Wachen, jeweils zwei Frauen durchzulassen. Jora gehörte zu den Letzten, die das Schiff verließen und auf die Treppe traten, die hinunter auf den Boden von Cors führte. Mit der rechten Hand umklammerte sie das Metallgitter, während ihre Füße wie von selbst die Stufen fanden. Sie wagte kaum, den Blick zu heben und am liebsten wäre sie umgekehrt und hätte die Wachen gebeten, sie wieder in das Schiff zu lassen.

Erst als sie unten angekommen war, hob sie die Augen und nahm ihre Umgebung in sich auf. Die Wachen beeilten sich, sie wie Puppen oder Waren zum Verkauf ordentlich zurechtzurücken und gingen dabei nicht gerade sanft vor. Jora sah, wie ganz vorne sechs Männer begannen, die Reihe entlangzuschreiten. Sie alle waren hochgewachsen und überragten sogar die kräftigen Wachtposten um Haupteslänge. Ihre Gewänder flatterten im Wind, der Jora plötzlich frösteln ließ. Jedes Gewand hatte eine andere Farbe, die der Haarfarbe entsprach. Je näher sie kamen, desto mehr Einzelheiten entdeckte Jora. Sie hatten nicht nur verschiedene Haarfarben, auch ihre Haut schimmerte in den unterschiedlichsten Tönen. Der Anführer der Gruppe hatte goldenes Haar, trug ein goldenes Gewand und seine Hautfarbe entsprach ebenfalls einer blassen Variante dieses Farbtons.

Das war Chasko, der Chancellor, den sie alle schon in dem kurzen Film über Cors gesehen hatten. Gleich hinter ihm bewegte sich ein Mann, dessen Farbe eine warme Schattierung von Kupfer war, die Jora wunderschön fand, und danach kam ein silbriges Grau, das kühl wirkte. Jede Frau wurde vom Goldenen mit einem Handschlag und ein paar Worten begrüßt. Vielleicht, dachte sie, wurden sie als Frauen auf Cors wirklich hochgeschätzt. Aber würde das reichen, um auch glücklich zu sein?

Glück war nicht Teil des Deals gewesen. Vielleicht kam es von selbst, sobald sie ihren Sohn oder ihre Tochter im Arm hielt. Die Männer, die nun noch drei Schritte von ihr entfernt waren, wirkten zumindest nicht abstoßend und sie waren höflich.

Jetzt war der Goldene nur noch einen Schritt von ihr entfernt. Er wirkte kühler als auf Zelluloid, aber auch beeindruckender auf eine schwer fassbare Weise. Sie hörte, wie die Frau neben ihr verlegen ihren Namen murmelte und sah aus den Augenwinkeln hinüber.

»Willkommen auf Cors«, sagte er mit einer tiefen, überraschend sanften Stimme und reichte der Frau die Hand. Die Reaktion war verblüffend. Ein absurd seliges Lächeln breitete sich auf ihren Gesichtszügen aus, während ihre Schultern entspannt nach vorne sackten.

Was tat er mit ihr? Irgendetwas ging da vor sich. Nun knickste sie auch noch und Jora hörte, wie der Mann etwas murmelte, dass sie nicht verstand.

Jetzt war sie an der Reihe, was ihr die Gelegenheit gab, ihn genauer und ohne Scheu in Augenschein zu nehmen. Sie hob schüchtern den Blick und bemerkte, dass er älter war, als sie erwartet hatte – in Joras Kopf waren die Drachenmänner stets jung und ziemlich unbeherrscht gewesen – und ausnehmend freundlich lächelte. »Willkommen auf Cors«, sagte er und streckte ihr die Rechte entgegen. Ohne es zu wollen, verschränkte Jora ihre Hände hinter dem Rücken. »Danke«, antwortete sie und nickte.

Ein leises Lächeln glitt über seine Züge, als er weitersprach, die Hand immer noch ausgestreckt. Etwas in seinen Zügen kam ihr bekannt vor, sie wusste nur nicht, an wen er sie erinnerte.

Der Schwung der Nase, die leicht schräg gestellten blauen Augen und das Kinn mit dem Spalt … »Gib mir deine Hand«, unterbrach er Joras Gedanken und die Erinnerung verflüchtigte sich wieder.

»Warum?« Sie biss sich auf die Zunge. Das war kein guter Anfang, aber ihr Instinkt meldete sich zu Wort und flüsterte ihr zu, ihm besser fernzubleiben.

Er zog die Augenbrauen zusammen und beugte sich von seiner imposanten Höhe zu ihr herab. Er mochte alt sein, vielleicht sogar älter, als sie sich vorstellen konnte, aber er war keineswegs schwach. »Weil es die Höflichkeit gebietet«, sagte er. Als sie immer noch keine Anstalten machte, seine Hand zu ergreifen, drehte er sich ein wenig, sodass er sie von seinen Begleitern abschirmte und griff nach ihr, bevor sie sich wehren konnte.

Sofort floss die süßeste Ruhe durch ihre Glieder, die sie sich nur wünschen konnte. Alles würde gut werden, sagte eine Stimme in ihrem Kopf. Hier auf Cors würde sie glücklich werden, mit dem Mann an ihrer Seite, der ihr von den Göttern vorherbestimmt war. Morgen Abend würde sie gemeinsam mit den anderen Frauen in der großen Halle speisen und die Männer kennenlernen, die …

Mit einem Ruck riss Jora ihre Hand zurück. Sobald sie ihn nicht mehr berührte, löste sich ihre innere Ruhe wieder in Nichts auf. Sie spürte eine Bewegung hinter sich und duckte sich instinktiv, aber der goldgewandete Mann vor ihr hob die Hand. »Nicht«, sagte er und wer immer hinter ihr gestanden hatte, entfernte sich wieder. Jora sah, dass die Begleiter des Mannes ungeduldig darauf warteten, dass es weiterging, aber er ließ sich nicht aus der Ruhe bringen. »Ich habe versucht, dir die Ankunft auf meinem Planeten leicht zu machen«, sagte er leise. »Um deiner Mitreisenden willen bitte ich dich, ruhig zu bleiben.«

Jora öffnete den Mund, um etwas zu sagen, aber er sah sie mit der leisesten Andeutung einer Drohung an und gebot ihr mit einer Geste, zu schweigen. »Dir wird nichts geschehen«, versicherte er ihr, »wenn du dich an die Regeln hältst. Einstweilen verhalte dich bitte ruhig und besonnen wie deine Kameradinnen.« Er trat zur Nächsten und noch bevor Jora die

Gelegenheit hatte, etwas zu sagen, stand der nächste Mann vor ihr und begrüßte sie.

Ihre Gedanken überschlugen sich. Was ging hier vor? Warum wollte dieser Mann sie und die anderen Frauen willenlos machen? Oder war es so, wie er gesagt hatte und in seiner beruhigenden Berührung lag nichts als der Wunsch, ihr die Anpassung an die Lebensweise der Drachenmänner zu erleichtern?

Was auch immer sich dahinter verbarg, sie würde es herausfinden.

****

Jora schloss die Augen und blendete den ansteigenden Geräuschpegel im Speisesaal um sie herum aus. Der Chancellor von Cors und seine Minister hatten sie und die anderen Frauen in Empfang genommen und Chasko hatte versucht, ihren Gemütszustand zu beeinflussen – was ihm kurzzeitig gelungen war. Sie erinnerte sich an die Ruhe, die für die Dauer eines kurzen Augenblicks Besitz von ihr ergriffen hatte. Der Chancellor hatte zu ihnen gesprochen, bevor man ihnen in einem riesigen Festsaal etwas zu essen servierte, und ihnen das weitere Vorgehen erläutert: Die Frauen bekamen ein paar Stunden Eingewöhnungszeit, während der sie sich im Palast frei bewegen durften. In eindringlichen Worten warnte er sie vor den Gefahren, die außerhalb der steinernen Mauern auf sie lauerten und legte ihnen nahe, den See zu meiden. Nicht alle Kreaturen auf Cors seien so zugänglich, wie sie es von der Erde und ihren zahmen Tieren gewohnt seien. Die Wesen im Wasser seien sogar unberechenbar und gefährlich und wenn sie nicht eines schmerzhaften Todes sterben wollten, sollten sie sich nur in Begleitung eines Mannes nach draußen wagen. Jora erinnerte sich, dass sie mit sehnsüchtigem Blick durch die verglasten Fenster geschaut hatte, als das goldgewandete Oberhaupt der Drachenmänner weitersprach und ihnen von den jungen Drachenshiftern erzählte, die sie am nächsten Tag kennenlernen würden. Die nächsten Tage waren dem gegenseitigen Kennenlernen vorbehalten. Chasko benutzte tatsächlich das Wort »beschnuppern« und Jora hatte den Eindruck, dass er dies durchaus wörtlich meinte.

Je länger er sprach, desto ruhiger wurde sie und desto gebannter hing sie an seinen Lippen. Nur mit Mühe gelang es Jora, ihren Blick von dem älteren Drachenmann loszureißen und einige ihrer Schicksalsgenossinnen anzuschauen. Ihnen schien es nicht anders zu ergehen, sie schauten gebannt nach vorne und ignorierten so wie Jora das Essen auf den Tellern, die Getränke und schienen ihre Umgebung gar nicht wirklich wahrzunehmen. »Zwei Tage lang werdet ihr eure zukünftigen Gefährten kennenlernen. Am Morgen des dritten Tages werdet ihr einem Mann zugeteilt werden, mit dem ihr gemeinsam den Prüfungen unterzogen werdet.«

Er machte eine Pause und schien jede einzelne von ihnen bedeutungsvoll anzusehen.

Seine Worte hallten dumpf in Joras Kopf. Prüfungen? Davon war nie die Rede gewesen! Sie versuchte, die stumpfsinnige Glückseligkeit abzuschütteln, die ihren Körper erfüllte und zwang sich, eine Hand zu heben. Sofort wandten sich ihr die Blicke der vorne auf dem Podium versammelten Männer zu. Chasko runzelte für den Bruchteil einer Sekunde halb tadelnd, halb verblüfft die Stirn, bevor er ihr mit einem Nicken die Erlaubnis zu sprechen erteilte.

»Wie sehen diese Prüfungen aus?« Die Worte kamen ihr nur zögernd über die Lippen, aber je mehr sie sprach, desto klarer wurden ihre Gedanken. »Und wer sucht uns aus? Unsere zukünftigen Ehemänner oder einer von euch?« Sie rieb sich die Stirn und es war ihr gleichgültig, ob diese Geste in den Augen der Männer vor ihr Schwäche oder Unsicherheit verriet. Trotzig schob Jora das Kinn vor, wollte die Arme verschränken und ließ sie wieder sinken, als sich der eisblaue Blick auf sie senkte, fast schon spürbar wie ein immenses Gewicht.

»Über die Prüfungen werdet ihr alles erfahren, wenn es soweit ist.« Was für eine ausweichende Antwort – und so nichtssagend! »Die Entscheidung über eure zukünftigen Gefährten wird von den klügsten Männern getroffen, die Cors zu bieten hat.« Er deutete mit der Hand zu seinen Begleitern und dann auf sich selbst. »Habt keine Furcht, der Ältestenrat wird weise wählen.« Er machte eine Pause, als überlege er, wie viele Einzelheiten die Frauen wissen durften, während immer neue Fragen in Joras Kopf zu kreisen begannen. Noch bevor sie erneut nachhaken konnte, breitete der Chancellor die Arme aus und seine Minister neben ihm taten es ihm gleich. »Esst, meine lieben Gäste, und trinkt. Morgen habt ihr ausreichend Gelegenheit, euch umzusehen und alle Fragen zu stellen, die euch auf dem Herzen liegen. Der heutige Abend dient allein eurer Erholung.« Jora hatte den Eindruck, als ob er sie tadelnd ansähe, aber das konnte auch eine Täuschung sein, hervorgerufen von den flackernden Lichtern.

Wie unmündige Kinder durften sie nicht selbst entscheiden, mit wem sie den Rest ihres Lebens verbrachten. Ein letztes Mal, bevor sie sich dem Essen zuwandte, schaute Jora sich im Saal um. War sie die Einzige, der diese Bevormundung missfiel? Alle anderen Frauen schienen nichts daran zu finden, wie sie behandelt wurden.

Vielleicht lag es daran, dass sie ihren Liebsten bereits gefunden hatte, auch wenn es nur im Traum gewesen war. Immer wieder stand ihr seine Gestalt vor Augen, sah sie die düstere Sehnsucht und das brennende Verlangen in seinem Blick, als er den Kopf hob. Ein einziger Traum hatte genügt, um den Gedanken an einen anderen Mann als ihn unerträglich zu machen. Chaskos Worte bedeuteten ihr nichts, gleichgültig, in welch strahlenden Farben er ihre Zukunft auf Cors malte.

Chasko hatte sie ins Bett geschickt wie unartige kleine Mädchen und alles, woran Jora denken konnte, war der Mann, den sie nie würde kennenlernen.

****

Dasquian

Dasquian wälzte sich schlaflos auf seinem Lager. Sein Vater hatte das eigentlich für heute Abend geplante erste Zusammentreffen verschoben. Die Enttäuschung unter seinen Freunden war groß gewesen und selbst Thuban hatte seine übliche gute Laune verloren und sich kommentarlos unter der Decke zusammengerollt.

Ein Blick auf Chaskos Gesicht und Dasquian hatte gewusst, dass es ein Problem gab. Zwar hatte der Chancellor seine Männer beruhigt und gesagt, dass der emotional aufgewühlte Zustand der Erdenfrauen ein wenig Rücksicht von ihrer Seite nötig machte, aber Dasquian hatte sofort gewusst, dass er log. Seinem Vater war die Fähigkeit eigen, aufgewühlte Gemüter zu beschwichtigen, nicht zuletzt aus diesem Grund hatte man ihn schließlich zum Chancellor gewählt. Warum also ließ er die Frauen nicht in einen Zustand der Seligkeit abgleiten, bis sie vertraut mit ihrer Umgebung waren? Nein, da stimmte etwas nicht. Im Grunde spielte es keine Rolle, ob er und die anderen heute oder morgen auf die Frauen trafen, aber Dasquian schätzte es nicht, für dumm verkauft zu werden. Insgeheim war er sogar ein wenig erleichtert, dass ihm noch eine Nacht blieb, die er mit seiner dunkelhaarigen Traumschönheit teilen konnte, selbst wenn das bedeutete, dass er ein weiteres Mal dazu verdammt blieb, sie aus der Ferne zu begehren. Und doch … er drehte sich auf die andere Seite und bettete den Kopf auf den Arm.

Doch an diesem Abend wollte der Schlaf nicht kommen. Thubans regelmäßiges Atmen, das sonst so einschläfernd wirkte, erschien ihm lauter als sonst. Nebenan hörte er Thrisak und Fersul in hitzigem Flüsterton diskutieren und immer wieder klapperten Türen. Er hasste es, im Gemeinschaftsgebäude zu schlafen und konnte den Tag kaum erwarten, an dem er mit seiner Gefährtin eine eigene Kammer bezog.

Er setzte sich auf und lauschte. Die Frauen waren im Regierungspalast untergebracht, was Dasquian ein spöttisches Grinsen entlockte. Der Chancellor mochte den Jungdrachen noch sooft versichern, wie sehr er daran glaubte, dass sie über die nötige Selbstbeherrschung verfügten, aber er handelte nicht entsprechend. Was vermutlich, wie Dasquian sich eingestand, vernünftig war. Drachen, die noch nicht die Gefährtin fürs Leben gefunden hatten, reagierten empfindlich auf Sexualhormone und falls zufällig zwei Männer sich für ein Weibchen interessierten, konnte es zu einem Kampf auf Leben und Tod kommen. Niemand wollte das Risiko eingehen, dass eine der kostbaren Frauen dabei zu Schaden kam, sei es physisch oder psychisch. Chasko hatte ihnen wiederholt eingeschärft, es langsam angehen zu lassen, da die Frauen von der Erde, anders als die Amazonen, nicht mit den Biestern vertraut waren. Er schüttelte den Kopf. Warum nur machten sein Vater und die Minister die Sache unnötig kompliziert und beraumten sogar die Prüfungen der Paarungsspiele an, statt der Natur ihren Lauf zu lassen und zu sehen, welcher Mann und welche Frau sich von selbst fanden? Er begriff es einfach nicht und hatte auch keine Lust mehr, vergeblich darüber zu grübeln.

Er dachte daran, wie der Ministerrat ihm und den anderen Männern offenbart hatte, was sie erwartete. Die lang in Vergessenheit geratenen Paarungsspiele wurden durch den Feuerritus eröffnet, in dem die Sanvi eine sichtbare, wenn auch nicht körperliche Gestalt annahmen. Das Wort bezeichnete in der alten Sprache der Priester den Teil der Seele eines Drachenshifters, der Gestalt annahm, wenn jener Mann durchs Feuer ging. Die reine, unverfälschte Energie einer Sanvi erlaubte zwar ein Eingreifen auf der physischen Ebene, aber ein eigener Körper war ihnen verwehrt. Der Ritus war ebenso lange nicht mehr durchgeführt worden wie die Paarungsspiele, obwohl sie unabhängig voneinander existierten. Die Sanvi würden sie und die ihnen zugeteilten Frauen als spirituelle Begleiter durch die Prüfungen führen, hatte einer der Minister erklärt.

Sie waren Geistwesen, deren Existenz sich nur den Drachenshiftern selbst und ihrer wahren Liebe offenbarte, hatte er gesagt und einen düsteren Blick in die Runde geworfen. So konnte jeder Drache den Sanvi eines anderen erkennen, aber nur die Frau, die sie wahrhaft liebten, sah auch den spirituellen Begleiter der Männer.

Dasquian lag auf der Zunge zu fragen, warum es nicht umgekehrt war – es machte doch eher Sinn, wenn die Gefühle der Frau das ausschlaggebende Element für ihre Fähigkeit war, die Seele eines Mannes zu erkennen. Nach einen Blick auf das Gesicht des Chancellors beschloss er, die ketzerisch anmutende Frage auf später zu verschieben. Vielleicht konnte Thuban, der in religiösen Dingen immer schon bewanderter gewesen war, ihm darauf eine Antwort geben.

Es hielt ihn nicht mehr in der stickigen Kammer. Dies war seine letzte Nacht als freier Mann. Morgen würde sein Vater entscheiden, mit wem er den Rest seines Lebens verbrachte. Er knirschte mit den Zähnen und fragte sich, ob er der Einzige war, dem diese Tradition zusetzte. Wann immer er mit anderen darüber zu sprechen versuchte, hatte er erstaunte, sogar empörte Blicke geerntet.

»Die Ältesten sind weise und verfügen über mehr Lebenserfahrung, vor allem im Umgang mit weiblichen Wesen«, hatte sogar Thuban ihm versichert, »Du musst ihnen vertrauen, Dasquian.«

Das sagte sich so leicht. Er atmete tief durch, als die Traumbilder in ihm aufstiegen. Ginge es nach ihm, gab es nur eine Frau an seiner Seite. Andererseits – wenn er *sie* nicht haben konnte, spielte es dann überhaupt eine Rolle, welche Frau in seinem Bett landete?

Er beschloss, noch eine Runde um den See zu laufen und zog sich lautlos seine Leinenhose über. Die Füße blieben nackt, der Oberkörper ebenso. Er liebte es, den weichen Waldboden unter seinen Füßen zu spüren und den Wind auf seiner Haut wie den Kuss einer Geliebten. Leise schloss er die Tür hinter sich und lief los in Richtung Wald. Es dauerte nicht lange und sein eigener, regelmäßiger Atem war das einzige Geräusch, das er hörte.

Es tat gut, allein zu laufen. Spielerisch hieb Dasquian nach den Ästen, die im Licht des violetten Mondes nach ihm griffen. Nachts erwachte der Wald zum Leben und man musste aufpassen, dass man nicht von den Ästen gepackt und durch die Luft geschleudert wurde. Manchmal fragte er sich, warum die Bäume das taten. War es Instinkt oder war ihnen vielleicht nur langweilig? Er jedenfalls stellte es sich unendlich öde vor, den ganzen

Tag nichts zu tun, nur auf den Abend zu warten, wenn endlich wieder Leben in den Gliedern pulsierte und aus den trockenen Ästen saftiges Grün spross. Die Bäume waren nicht bösartig, aber es konnte ziemlich schmerzhaft werden, wenn sie begannen, jemanden als Spielball zu benutzen. Als Junge war er einmal in die Fänge eines Baumes geraten und hatte sich erst befreien können, nachdem die Sonne wieder aufgegangen und der Wald den raschelnden, vorübergehenden Tod gestorben war.

Der schmale Pfad führte ihn am Palast seines Vaters vorbei. Dasquian versuchte sich vorzustellen, wie das graue, drohend aufragende Gebäude auf die Neuankömmlinge wirken mochte und schüttelte den Kopf. Er konnte sich vermutlich nicht einmal ansatzweise ausmalen, was die Frauen empfanden, aber er bezweifelte, dass sie so zerbrechlich waren, wie sein Vater andeutete. Dasquian war versucht gewesen, ihn auf den Widerspruch in seinen Worten hinzuweisen: Wenn die Erdenfrauen tatsächlich so zart und ängstlich waren, wie sollten sie dann die Gefährtinnen der Drachenshifter werden und später die Mütter einer neuen Generation? Doch sein Vater würde es ihm nicht danken, wenn er die herrschende Unruhe unter den jungen Männern vertiefte, also hatte Dasquian geschwiegen. Die Fragen in seinem Kopf waren allerdings nicht so leicht zum Verstummen zu bringen.

Wahrscheinlich hatte Chasko sie in einen seligen Schlaf des Vergessens gelullt, damit sie morgen ausgeruht und sorgenfrei waren, wenn sie das erste Mal auf die Drachenmänner von Cors trafen. Er trabte weiter und ließ den Haupteingang hinter sich. Chasko war stolz darauf, dass er keine Wachen brauchte, um den Palast zu schützen, und nicht einmal heute hatte er Wachmänner beordert. Sekundenlang stellte sich Dasquian vor, wie er seinen Drachen rief und sich zu den Frauengemächern emporschwang. Ein kurzer Blick schadete nicht, oder? Niemand erfuhr davon und wenn er zurückkehrte, konnte er Thuban vielleicht mit einer kleinen Geschichte über den verbotenen Ausflug aufheitern.

Aber nein, sein Freund würde höchstens verärgert sein, dass Dasquian ihn nicht mitgenommen hatte. Dasquians Drache, der seine goldenen Krallen bereits ausgefahren hatte, wurde von ihm mit einem energischen

Laut zurückgeschickt. Doch so leicht ließ sich der Drache diesmal nicht einschüchtern. Er kroch ein Stückchen an die Oberfläche, so weit, dass Dasquians Sinne sich schärften, und blähte die Nüstern. Zurück, befahl Dasquian und legte ein genau bemessenes Quantum Macht in seine Stimme, bis sich der Drache grollend in ihm zusammenrollte. Jetzt war nicht der Zeitpunkt, um aus der Reihe zu tanzen. Er beschleunigte seine Schritte und warf einen letzten Blick auf den Palast, in dem seine zukünftige Frau schlief. Wenn es nach ihm ging, dann war morgen noch früh genug, um sich für den Rest seines Lebens an eine Frau zu binden, für die er nicht das Geringste empfand.

Teil 2: Die Ankunft

Kapitel 1

Jora

Ihr erster Gedanke nach dem Aufwachen war, dass sie so gut geschlafen hatte wie schon lange nicht mehr. Ihr zweiter, dass sie sich irgendwie seltsam fühlte. Jora setzte sich auf und sah, dass die anderen Frauen ebenfalls allmählich erwachten. Das war also ihr erster Morgen auf Cors, dem Planeten der Drachenshifter. In einem Schlafsaal zu erwachen, in dem sich außer ihr auch noch unzählige andere Frauen befanden, war fremd, aber nicht unangenehm. In der Wohneinheit ihrer Eltern hatte sie eine kleine Kammer bewohnt, kaum groß genug, um sich selber einmal um die eigene Achse zu drehen. Auch auf dem Hinweg nach Cors hatten Jora und die anderen Frauen allein geschlafen. Überhaupt fühlte sie sich seltsam gelassen angesichts der Tatsache, dass sie sich auf einem fremden Planeten befand und demnächst im Bett eines Mannes landen sollte, den sie nicht kannte. Warum empfand sie die Situation als so normal?

Sie strich sich eine dunkle Strähne aus der Stirn. Eine der Frauen, die sich als erste der Optimierungsoperation an Bord des Raumschiffes unterzogen hatte, näherte sich ihrem Bett und unterbrach ihre Grübeleien. »Hey, ist alles in Ordnung mit dir? Du sitzt da in deinem Bett und starrst durch die Gegend, als hättest du einen Geist gesehen.« Sie lächelte Jora aufmunternd an. »Mein Name ist Catta. Komm«, sagte sie und zog einfach die Bettdecke zur Seite. »Es wird Zeit. Du hast doch gehört, was der Chancellor gestern gesagt hat. Heute ist der große Tag!«

Widerstrebend stand Jora auf, konnte es aber nicht lassen, der blonden Catta einen finsteren Blick zuzuwerfen. »Er hat keine Uhrzeit genannt, wenn ich mich richtig erinnere«, sagte sie, was ihr einen tadelnden Blick aus strahlend grünen Augen einbrachte, die nach der OP leicht schräg über den messerscharfen Wangenknochen standen. Catta war vorher eine mehr als hübsche Frau gewesen, die jetzt ohne Zweifel strahlend schön war. Volle Lippen, langes Haar, eine Sanduhrfigur – dumm nur, dass sie und die anderen Mutigen, die sich ebenfalls so bereitwillig unter das Chirurgenmesser gelegt hatten, ziemlich identisch in Joras Augen aussahen.

Sie trottete hinter Catta her, die ihr den Weg zu den Duschen wies. »Freust du dich denn gar nicht?«, fragte sie, als Jora sich blindlings eines der Kleider schnappte, die ordentlich nach Farben aufgereiht an einer Kleiderstange hingen. Was sollte Jora dazu schon sagen? Doch so leicht gab die Frau nicht auf. Die bereits fertig angezogene und geschminkte Blonde nahm Jora das gelbe Kleid aus der Hand und verzog tadelnd den Mund. »Gelb steht dir nicht«, stellte sie fest und tauschte Joras Kleid gegen ein weißes. Jora wollte gerade den Mund zu einem scharfen Kommentar öffnen, als ihr aufging, dass Catta es nur gut meinte und wahrscheinlich ihre Nervosität damit kaschierte, dass sie sich um Jora kümmerte. »Danke«, sagte sie und nahm den weißen Stofffetzen. Wenigstens war er nicht durchsichtig.

Catta wich nicht von ihrer Seite und redete beinahe ununterbrochen, selbst als Jora unter der Dusche stand. Das war irgendwie rührend, obwohl es sie daran hinderte, weiter über die vergangene Nacht zu grübeln. Was blieb, war ein ungutes Gefühl, nicht mehr als ein Unbehagen wie nach einem ausschweifenden Abend voller verbotener alkoholischer Getränke.

Das Frühstück war eine ebenso üppige Angelegenheit wie das Dinner des gestrigen Abends. Offensichtlich gab es rassenübergreifende Ähnlichkeiten zwischen Männern auf allen Planeten des Universums, denn wie die meisten Männer von der Erde, zeichnete sich das Nahrungsangebot auf der Tafel der Drachenmänner vor allem durch eines aus: Fleisch und fettig gebratene Speisen. Jora knabberte an einer Frucht, nachdem sie die stachelige Haut vorsichtig entfernt hatte, deren überraschende Süße in ihrem Mund explodierte. Bevor sie nicht wusste, von welchem Lebewesen das Fleisch auf ihrem Teller stammte, würde sie keinen Bissen davon nehmen. »Wer kocht eigentlich hier und räumt nach dem Essen auf?«, fragte sie, als Catta eine Zwangspause einlegte, weil sie sich verschluckt hatte.

»Ich habe keine Ahnung«, gab Joras neue Freundin zurück. Dann runzelte sie die Stirn. »Vielleicht haben sie magische Diener, so wie … Elfen. Oder Zwerge. Oder sie zaubern die Überreste einfach weg.« Jora warf ihr einen zweifelnden Blick zu, den Catta mit einem Zwinkern beantwortete. Für einen Moment hatte Jora wirklich geglaubt, das Gerede von Magie wäre ernst gemeint gewesen.

»Wahrscheinlich werden wir früher oder später nicht nur für die Kinder, sondern auch für die Küche verantwortlich sein«, seufzte sie und nahm einen Bissen von dem dunklen Brot. Es schmeckte nicht schlecht.

»Das glaube ich auch«, stimmte Catta ihr überraschend zu. Sie neigte den Kopf und flüsterte: »Ich hoffe nur, wir müssen nicht in diesem riesigen Kasten mit all den alten Männern bleiben. Ich brauche meine Privatsphäre, wenn ich erst den Mann meines Lebens gefunden habe.«

Die brauchte Jora auch ohne Mann, aber sie kam nicht mehr dazu, etwas zu sagen, denn jetzt öffneten sich die Türen. Chasko trat ein, dicht gefolgt von seinen Ministern. Allmählich gewöhnte sich Jora an die Art, wie er mit einem Blick alles zu erfassen schien. Rasch senkte sie den Kopf und widmete sich den Resten der goldgelben Frucht auf ihrem Teller. Als er und die anderen Regierungsmitglieder den Mittelgang hinaufstrebten, nutzte Jora die Gelegenheit, sie genauer zu mustern. Sicher, sie wirkten relativ alt mit der Andeutung von Grau in ihren verschiedenfarbigen Haaren und den zahlreichen Falten, aber nicht ein einziger von ihnen war das, was man einen alten Mann nannte. Unter den wallenden Roben bemerkte sie breite

Schultern und auch ihre Bewegungen waren kraftvoll und flüssig. Ihr wahres Alter war unmöglich zu schätzen, vor allem da sie keine Vorstellung davon hatte, wie alt Drachenshifter eigentlich wurden. Es gab so vieles, was sie nicht wusste und was man ihr nicht gesagt hatte.

»Verehrte Gäste«, hob Chasko an.

Sofort verstummte das Klappern des Bestecks und eine erwartungsvolle Stille senkte sich über die anwesenden Frauen. Jora merkte, dass Catta unter dem Tisch nach ihrer Hand gegriffen hatte. Sie drückte beruhigend die heißen Finger der Frau und schaute ruhig in Chaskos Richtung.

»Ich hoffe, ihr habt euch in der Nacht von den Strapazen eurer Reise erholt und seid bereit, zum ersten Mal auf die Drachenmänner zu treffen, die eure Ankunft seit langer Zeit herbeisehnen. Sie werden alle Fragen, die euch auf der Seele brennen, bereitwillig beantworten.« Selbst der prüfende Blick des Oberhauptes der Drachen löste in ihr kaum etwas anderes aus als den Wunsch, er möge nicht so ein Drama aus der ganzen Sache machen. Sie waren schließlich alle mehr oder weniger freiwillig hier. Sie gab den Blick mit hocherhobenem Haupt zurück. Nein, sie irrte sich nicht – Chasko hielt zu lange inne auf ihrem Gesicht, als das dies etwas anderes als eine deutliche Ermahnung sein konnte. »Habt keine Furcht! In Gegenwart der Drachen wird euch nichts geschehen.« Er hob die Hände, als wolle er sie segnen, und Jora konnte gerade eben noch ein Schnauben unterdrücken. »Ihr dürft alles fragen, was euch einfällt. Die Männer werden euch Rede und Antwort stehen und alles tun, damit ihr euch auf Cors wohlfühlt und diesen Planeten als eure neue Heimat anerkennt.« Er machte eine kurze Pause. »Euch steht der gesamte Rest des Tages zur Verfügung, um euch umzusehen und euch mit unseren Sitten und Gebräuchen vertraut zu machen. Bedenkt jedoch, dass nicht ihr es seid, die am Ende darüber entscheiden, welchem Mann ihr angehören werdet.« Er grollte drohend und schien größer zu werden. »Vergesst dies bitte nicht, wenn ihr heute zum ersten Mal auf die Drachenmänner trefft, die das Privileg haben, um euch werben zu dürfen.« Er räusperte sich.

Jora nutzte die Gelegenheit, um aufzustehen.

Irritiert sah Chasko sie an. »Ja?«

Diese eine, kühle Silbe hätte genügen sollen, um sie von einer Frage abzuhalten, aber Jora nahm all ihren Mut zusammen.

»Treffen wir heute bereits auf die Männer, die … ich meine…« Sie errötete. »Habt ihr bereits entschieden, wer unsere zukünftigen Ehemänner sein werden?« Das Wort fühlte sich seltsam in ihrem Mund an, fremd und irgendwie doch vertraut. Aber, erkannte sie nach einer Sekunde, es war eine Bezeichnung, die sie mit ihm verband, mit dem Mann aus ihrem Traum und nicht mit irgendeinem Fremden, der ihr von einer Riege alter Männer aufgezwungen wurde. Ehemann, Geliebter, Liebe ihres Lebens – Worte genügten nicht, um zu beschreiben, was er für sie war.

»Das haben wir«, bestätigte er. Er schwieg ein paar Sekunden, um seinen Worten Nachdruck zu verleihen. »Wir werden gleich gemeinsam in den Hof gehen. Dort erwartet ihr die Ankunft der Drachen. Sie wissen, wen wir ausgewählt haben und sie werden sich euch zu erkennen geben.«

Jora nickte demütig, auch wenn ihr Inneres sich gegen die Zustimmung sträubte. Warum sollte sie nicht selbst die Wahl treffen, mit wem sie – immer vorausgesetzt, sie blieb hier – den Rest ihres Lebens verbrachte? Es war zu spät, um etwas zu ändern. Sie hatte sich um ihres Vaters willen entschieden, am Projekt Surrender teilzunehmen. Nun musste sie die Konsequenzen ihrer Entscheidung annehmen.

Die Frauen, deren Gesichter sie sehen konnten, wirkten verzückt – kein bisschen aufgeregt, wie man es eigentlich erwarten sollte, und auch kein bisschen schockiert über Chaskos letzte Worte. Und sie selbst? Es war, als hätte sie seit dem Blackout der gestrigen Nacht eine Möglichkeit gefunden, nicht nur ihre Umgebung, sondern auch sich selbst aus der Distanz zu betrachten und zu analysieren. Warum fühlte sie sich so losgelöst von dieser angsteinflößenden Situation?

Alles, was sie empfand, war ein gewisser Trotz.

Irgendjemand manipulierte den Gemütszustand der Frauen, vermutlich Chasko, damit sie nicht aufbegehrten, sondern willig in die Arme der

Männer sanken. Oder hatten sie Beruhigungsmittel in das Essen und die Getränke gemischt? Jora schnupperte an dem heißen Getränk vor ihr. Es roch irgendwie grün und frisch, also fasste sie sich ein Herz und trank einen Schluck. Mit einem Ruck kehrte sie in die Realität zurück, als Chasko weiter sprach. »Erhebt euch und folgt mir hinaus in den Hof. Dort erwarten euch die Männer, an deren Seite ihr ein glückliches und erfülltes Leben führen werdet.«

Wer's glaubt, dachte Jora und überlegte, ob sie ihre Gesichtszüge vielleicht ebenfalls zu einem leeren Lächeln umformen sollte, damit sie nicht unangenehm auffiel. Doch dann straffte sie die Schultern und entschied sich dagegen. Es gab tausend Gründe, vor der ersten Begegnung mit den Drachenmännern Angst zu haben und kein einziger berührte sie. Es war, als hätte jemand sie in Watte gepackt oder eher, als trieb sie im Wasser unter einer Eisschicht und käme nicht mehr nach oben, um Luft zu holen. Sie rieb sich mit der Hand über die Stirn. Vielleicht hatte sie sich einen Virus eingefangen und war krank? Das war zumindest wahrscheinlicher als eine Manipulation durch Chasko – oder?

Die Türen des Speisesaals öffneten sich. Chasko schritt die Tischreihen entlang und gebot ihnen mit einer Handbewegung, ihm zu folgen. Eine nach der anderen erhoben sie sich, formierten sich zu ordentlichen Dreierreihen und gingen gemessenen Schrittes in die angegebene Richtung. Jora fügte sich nahtlos ein, schaute nach rechts und links. Catta neben ihr hatte glänzende Augen und gerötete Wangen, sie streckte die Brust heraus und hielt sich sehr gerade, fast als wäre sie eine Königin auf dem Weg zum Thron. Sie und alle anderen Frauen schienen sich gar keine Gedanken darum zu machen, dass sie nicht viel mehr als Brutmaschinen waren, gleichgültig welchen Honig ihnen der Verbindungsoffizier auf der Erde ums Maul geschmiert hatte. Gut, Chasko und seine Minister hatten sich zivilisiert verhalten und ging man nach dem Erscheinungsbild der älteren Drachenshifter, dann stand zumindest nicht zu befürchten, dass die jüngeren Exemplare unansehnlich waren.

Das war aber auch schon alles. Jora dachte an die alten Geschichten, in denen Jungfrauen einem Drachen geopfert wurden. Hatten diese alten

Sagen einen wahren Kern? Immerhin war sie keine Jungfrau mehr und soweit sie ihre Mitreisenden einschätzen konnte, lag das erste Mal der anderen auch eine Weile zurück. Trotzdem blieb ein Gefühl des Unbehagens. Cors ähnelte der Erde, wie sie vor mehr als 5000 Jahren einmal gewesen sein mochte. Hier gab es Harpyien und Sphingen, von denen sie zum ersten Mal im Zusammenhang mit der Antike gehört hatte. Fremdes und Vertrautes verband sich auf Cors zu einer Welt, die umso furchterregender war, als man zunächst die Ähnlichkeiten beider Welten bemerkte – und dann sah, dass es doch anders, wilder und furchterregender war, als man sich hatte träumen lassen.

Träumen … Jora blinzelte den Schleier aus ungeweinten Tränen fort. Nicht einmal der Gedanke an ihren Vater half, die Trauer zu vertreiben. Dabei war es absurd – wie konnte sie um den Verlust eines Mannes trauern, den sie nie kennengelernt hatte?

Sie warf einen Blick zurück und sah, dass die Minister den Schluss bildeten. Irgendwie erinnerte sie das unangenehm an Vieh, das zum Markt getrieben wurde. Schnell schüttelte sie den Gedanken ab und sah zu den riesigen Fenstern des Flurs, durch den sie nun schritten. Sie waren weit oben angebracht, zu hoch, als dass sie einen Blick hätte hinauswerfen können. Das bunte Glas verlieh dem Raum eine heitere Atmosphäre, die nicht recht zu der Stille passte. Warum sagte denn niemand etwas? Sie wandte sich noch einmal zu Catta, aber die schien gar nicht zu sehen, wo sie hinging, sondern hatte immer noch diesen nervtötenden, geistesabwesenden Gesichtsausdruck.

Chasko erreichte eine weitere mächtige Tür, die von zwei Wachmännern geöffnet wurde, und trat hinaus ins Freie. Das Erste, was Jora sah, war der Zaun. Er war mindestens fünf Meter hoch und zog sich in weitem Bogen um den Park, der sich erstreckte, so weit das Auge reichte. Die harschen Metallspitzen funkelten wehrhaft im Licht und waren ein harter Kontrast zu dem satten Grün, dem ihr zweiter Blick galt. Bäume, die weit in den Himmel ragten, etwas, das wie Gras aussah, nur mit einem Stich ins Violette, und verschlungene Pfade führten tiefer in das Dickicht des Waldes hinein. Chasko stand nun mitten auf einem Vorplatz, drehte sich herum und streckte den Arm, mit der Handfläche nach außen zu den Frauen gerichtet.

Gehorsam stoppten sie.

»Stellt euch rechts und links in einem Halbkreis auf«, dröhnte die Stimme des Chancellors und von hinten unterstützten seine Minister ihn, indem sie den Frauen einen sanften Schubs in die richtige Richtung gaben. Jora beeilte sich, hinter Catta herzugehen, bis sie fast am Rande des Vorplatzes angekommen waren. Sie fragte sich, wie sie wohl auf Außenstehende wirken mochten. Sie alle trugen Kleider aus flatterndem Stoff, der sich leise in der lauen Brise bewegte, und schauten starr geradeaus. Aber wo waren die Drachenmänner? Jora wandte den Kopf, was ihr einen wenig sanften Schubs des Ministers hinter ihr eintrug, und drehte den Kopf, bis sie sah, wer sie berührt hatte. »Schau nach vorne«, zischte der Mann in der türkisfarbenen Robe und schaute sie drohend an.

Sie zuckte gleichgültig die Achseln, was ein fassungsloses Starren auf seiner Seite auslöste.

Ein paar Herzschläge lang geschah nichts.

Jora schaute sich um. Von den jungen Drachenshiftern, mit denen sie bald Tisch und Bett teilen würde, war nichts zu sehen. Wo waren sie? Und dann hörte sie es. Leise zuerst, wie ein zaghaftes Flattern trockener Blätter im Wind, aus dem binnen Sekunden ein mächtiges Brausen wurde. Ihre Augen richteten sich nach oben. Am Rande nahm Jora wahr, dass Chasko vor ihnen die Arme ausbreitete wie ein Priester und dass auch ihre Geschlechtsgenossinnen wie sie mit offenen Mündern nach oben starrten. Ihr Herz klopfte und sie spürte, wie ihr Geist versuchte zu begreifen, was sie sah.

Dieses Schauspiel würde sie bis ans Ende ihrer Tage nicht vergessen.

Der zart violett getönte Himmel verschwand hinter einer Explosion aus Farben. Schuppige Körper in jeder nur vorstellbaren Nuance von Gold über Silber bis zum strahlendsten Rubinrot flogen in einer pfeilförmigen Formation in Richtung Boden. Endlich spürte Jora wieder etwas. Ihr Herz schlug bis zum Hals und auch die vergessene Angst war wieder da. Sie schluchzte und lachte, denn selbst Furcht und Panik waren besser als dieses beklemmende Nicht-Fühlen.

Die Flügel der Drachen machten nicht nur Lärm, sie erzeugten auch einen Wind, der ihr Kleid bis zu den Schenkeln hochhob. Die heiße Luft liebkoste Joras Schenkel wie eine Hand, zart und gnadenlos sinnlich. Ihre Knie zitterten, wollten nachgeben, und gleichzeitig wäre sie am liebsten weit, weit weggerannt. Irgendwohin, wo sie diesem schrecklichen und zugleich schönen Anblick entkommen konnte. Eine vertraute Mischung aus Angst und Sehnsucht wollte ihr das Herz zerreißen. Trotzdem konnte sie nicht den Blick von ihnen wenden. Je näher sie kamen, desto mehr Details erkannte Jora. Besonders ein Drache fesselte ihren Blick. Er flog an der Spitze der Formation und schien noch etwas größer zu sein als seine Artgenossen. Was sie jedoch am meisten fesselte, war seine Farbe.

Er war schwarz wie die Nacht. Das Licht der Sonne von Cors schien grell, aber selbst die leuchtenden Strahlen des Himmelskörpers schienen von der Schwärze des Drachens förmlich verschluckt zu werden. Er bewegte sich anmutig und zielgerichtet wie ein Raubtier, das eine Beute witterte. Je näher er kam, desto heftiger raste ihr Herz.

Was zuerst wie ein kräftiger, eher unförmiger Körper ausgesehen hatte, wurde unversehens zu einem muskelbepackten, tödlichen Tier. Diese Drachen hatten nichts mit den behäbigen Märchenwesen gemein, die Jora aus den irdischen Sagen kannte. Allein die Vorstellung eines Mannes zu Pferde, der sich dieser unheiligen Verbindung aus Grazie und Unbeirrbarkeit stellte, war lächerlich. Ein Hieb mit dem beweglichen Schweif und Pferd samt Mann würden weggefegt.

Was hatten die Drachen vor? Jora verfolgte, wie sie hinab zum Boden schossen. Instinktiv wich sie zurück, aber der Mann in ihrem Rücken blieb an seinem Platz, sodass ihr nichts anderes übrig blieb als an Ort und Stelle zu verharren. Gerade als sie glaubte, jeden Moment unter einem der schweren Körper begraben zu werden, vollführten die Drachen ein atemberaubendes Wendemanöver und schossen wieder hinauf in die Luft, was Jora nur am Rande mitbekam, denn ihre Augen hingen immer noch wie hypnotisiert an dem schwarzen Drachen fest.

Dies war die schönste Kreatur, die sie jemals gesehen hatte und jede Faser ihres Körpers zog sie zu ihm.

Mit einem Schauer dachte sie daran, welcher Mann sich unter der Haut dieses furchterregenden Wesens verbarg. Irgendwo in ihrem Hinterkopf pochte die Gewissheit, ihn schon einmal gesehen zu haben und mehr als das: Sie *kannte* ihn.

Jora warf den Kopf in den Nacken und beobachtete, wie die Drachen über ihren Köpfen kreisten. Obwohl die Luft schwirrte von Farben und sie eng nebeneinander flogen, stießen sie nicht ein einziges Mal zusammen. Der schwarze Drache spreizte die Flügel, senkte den Kopf und sah ihr direkt in die Augen.

Jemand stieß einen schrillen Pfiff aus und sofort kehrte Ordnung in das farbenschillernde Chaos am Himmel ein.

Die Drachen schwebten etwa 50 Meter über ihnen in der Luft. Bis auf das heftige Schlagen ihrer Flügel waren sie absolut bewegungslos, als warteten sie auf ein unsichtbares oder für die menschlichen Frauen unhörbares Signal. Bis auf das Geräusch, das die schlagenden Drachenflügel machten, war es still auf Cors. Selbst das Zirpen und Rascheln der Tiere im Park war verstummt.

Joras Atem ging schnell und flach.

Ein zweiter Pfiff ertönte.

Die Drachen wendeten und glitten in Richtung Boden, immer noch so schnell mit den Flügeln schlagend, dass eine einzelne Bewegung überhaupt nicht sichtbar war. Jora hielt den Atem an. Die Schnauze des schwarzen Drachens verformte sich, schien sich zurückzuziehen in das schuppenbedeckte Gesicht. Auch der Rest des Körpers veränderte sich, je näher sie kamen.

Jora wusste nicht viel über Drachen, aber die Körperbeherrschung, die ihnen diese Übung abverlangte, war unverkennbar.

Langsam, Meter für Meter, kamen sie näher und veränderten sich. Die Klauen des Schwarzen wurden zu Fingern, die Hinterläufe zu Beinen und die breite, massige Brust des Tiers verwandelte sich in einen männlichen Torso. Und dann, als sie nur noch knapp einen halben Meter über dem Boden schwebten, sah Jora, was sie die ganze Zeit über geahnt hatte.

Sie kannte den schwarzen Drachen, der nun als Mann mit obsidianschwarz-schimmernden Drachenflügeln vor ihr stand.

Er war der Mann aus ihren Träumen.

****

Dasquian

Noch nie im Leben war Shor Dasquian etwas so schwergefallen wie die Show, die sein Vater ihnen auferlegt hatte. Chasko wollte, dass die Frauen von Beginn an wussten, wie groß die Selbstbeherrschung ihrer zukünftigen Gefährten war und natürlich hatten seine ministeriellen Speichellecker ihm vorbehaltlos zugestimmt. Alle Einwände seines Sohnes, dass womöglich eine Panik unter den Frauen von der Erde ausbrach, weil sie mit Sicherheit zum ersten Mal in ihrem Leben einen Drachenshifter sahen, hatte Chasko mit einer seiner grandiosen Gesten abgetan. Als Dasquian zum zweiten Mal ansetzte ihn zu bitten, die erste Begegnung etwas formloser zu gestalten, hatte die Ader auf der Stirn des Chancellors zu pochen begonnen und Dasquian war in den Genuss einer der üblichen Reaktionen auf Zweifel an der Weisheit seines Vaters gekommen. Mit einer Kralle, die sich so blitzschnell aus der Hand formte, hatte Chasko ihm die Wange aufgeschlitzt und ihn vor den versammelten Drachenmännern zurechtgewiesen. Viel mehr als die kleine Wunde, die binnen Minuten heilte, schmerzte Dasquian das Wissen, dass all seine Worte wieder einmal ungehört verhallten.

Der Chancellor entschied und wer einen Einwand zu äußern wagte, wurde zurechtgewiesen.

Er überreichte jedem einzelnen der jungen Männer eine Phiole, in der sich ein Tropfen getrockneten Blutes befand. Sobald sie den Geruch des Blutes aufnahmen, waren sie in der Lage, die Spenderin unter anderen Frauen zu erkennen. Es war nichts anderes als eine Geruchsprobe der Frau, die der Rat für sie ausgesucht hatte. Chasko wies sie in eindringlichen Worten an, sie erst kurz vor dem eigentlichen Zusammentreffen zu öffnen. Auch dies war wieder eines der Spielchen des Chancellors, dachte Dasquian, um die Willenskraft der Drachenshifter zu testen.

Drachen erkannten ihr Weibchen unter tausenden von anderen allein anhand ihres Geruchs und wer die Probe vor dem erlaubten Zeitpunkt öffnete, würde sicher von dem Verlangen befallen, seine Zukünftige auf der Stelle zu suchen. Chasko hatte vermutlich die Wachen angewiesen, heute besonders wachsam zu sein und ihm jeden Mann, der sich vor dem Frauenquartier herumtrieb, auf der Stelle zu melden.

Als die Frauen endlich aus dem Palast traten, wollte sein Herz schier zerspringen vor Schmerz. Vergeblich hatte er in der Nacht auf einen letzten Traum von *ihr* gehofft.

Auf das Signal des Chancellors öffneten die Männer die Proben. Dasquian nahm einen tiefen Atemzug vom Geruch der Frau, die man ihm zugeteilt hatte. Ihr Duft war nicht abstoßend, aber auch kein Vergleich zu dem blumigen Bouquet, an das er sich aus seinen Träumen erinnerte. Und noch während er die beiden Gerüche miteinander verglich, stieg ihm ein Hauch ihres besonderen Aromas in die Nüstern, nur um dann quälend schnell wieder zu verschwinden. Er fluchte lautlos und hoffte, dass der Traumduft es ihm nicht zusätzlich erschwerte, seiner neuen Partnerin gerecht zu werden. Es war unfair genug von ihm, sie mit seiner Traumgeliebten zu vergleichen.

Dasquian atmete tief durch und nahm ein zweites Mal die Witterung auf. Um ihn herum taten es ihm die Drachenshifter gleich. Obwohl sie noch so weit oben im Himmel kreisten, dass ihre menschlichen Augen ihn nicht wahrnahmen, stieg das spezifische Aroma seiner Partnerin zu ihm auf. Sein durch die Drachengene verstärkter Geruchssinn vermochte jetzt schon, sie deutlich unter den anderen Frauen auszumachen, obwohl sie erst nach den bestandenen Prüfungen unverbrüchlich mit ihm verbunden sein würde. Es war die gemeinsam überwundene Gefahr, die aus einer lockeren Bindung, wie sie durch körperliche Anziehung hervorgerufen wurde, etwas Unzerstörbares schuf. Chasko und zwei seiner Minister, die vor etlichen Jahrzehnten während der letzten Prüfungen ihre Partnerinnen gefunden hatten, waren ungewöhnlich beredsam gewesen, als sie den Jungdrachen davon berichteten. Die Fortpflanzung mit den Amazonen sei gut und schön, aber in keiner Weise mit der Gewissheit vergleichbar, ein Kind mit der Frau zu zeugen, an die man bis an den Rest seines Lebens gebunden war. Sogar sein Vater war sichtlich bewegt gewesen, er, der sonst kalt und unnahbar wirkte. »Es ist an der Zeit, unsere alten Traditionen wiederzubeleben und zu unserer alten Macht zurückzufinden«, waren seine

Worte gewesen. »Und das wird uns, den Drachenshiftern von Cors, nur gelingen, wenn wir starke und lebensfähige Kinder mit den mutigsten Frauen zeugen, die wir finden können.«

Mit einem Ruck kehrte er in die Wirklichkeit zurück. Chasko gab das vereinbarte Zeichen, dass sie sich nun nähern konnten. Dasquian setzte sich auf die linke Seite der Formation. Hier war er der Frau näher, die er – wenn es nach dem Willen seines Vaters ging und das tat es wohl – umwerben sollte. Er schnaubte leise, als ihm bewusst wurde, dass er noch nicht einmal ihren Namen kannte. Gemeinsam mit den anderen Drachen führte er eine komplizierte und halb improvisierte Choreografie aus Flugmanövern und Scheinangriffen aus, die allein dem Zweck diente, sie von ihrer besten Seite zu zeigen.

Dasquian schluckte die Bitterkeit herunter, die ihm in der Kehle brannte. Er fühlte sich einsam unter seinen Freunden, die sich anders als er sichtlich auf die erste Begegnung mit ihren Frauen freuten.

Und warum auch nicht, dachte er dumpf. Sie jagten schließlich keiner Traumgestalt hinterher.

Und er würde jetzt und hier damit Schluss machen. Er breitet die Flügel aus und stieß einen lauten Schrei aus, in dem niemand außer ihm selbst die abgrundtiefe Verzweiflung hörte und nahm Kurs auf sein Weibchen.

Er erstarrte mitten in der Luft. Für den Bruchteil einer Sekunde nur, aber es genügte, um seinen eben noch gefassten Entschluss ins Wanken zu bringen.

Mit der Wucht eines Schlags traf ihn ein wohlbekannter Duft. Blumen und Gras, laue Sommerluft und Erde mischten sich zu einem unverwechselbaren Aroma, überlagert vom unwiderstehlichen Geruch sexueller Bereitschaft. Dasquian erstarrte hoch oben in der Luft.

Sein Herz machte einen Satz, als der Drache in ihm erwachte, die Flügel ausbreitete und alles andere aus seinem Kopf verbannte außer diesem betörenden Aroma.

Er erspähte sie sofort, obwohl er und die anderen Drachenmänner noch so weit oben im Himmel schwebten, dass ihre menschlichen Augen ihn gar nicht wahrnahmen.

Ihr dunkler Schopf und ihre sanft gerundete, weibliche Gestalt hätte er selbst aus der doppelten Entfernung nicht übersehen. In sich spürte er das Bedürfnis, einen lauten Triumphschrei auszustoßen. Sein schwarzer Drache wehrte sich gegen die erzwungene Reglosigkeit. Auch er wollte nichts sehnlicher, als hinabzustoßen und sie zu seiner Beute zu machen. Thuban, der in seiner karmesinroten Drachengestalt neben ihm in der Luft verharrte, warf ihm aus den goldenen Drachenaugen einen schrägen Blick zu.

Er stieg weit hinauf, nur um sich anschließend wieder hinunterfallen zu lassen. Der Jubel, den er jedes Mal spürte, wenn er und der Drache eins wurden, erfüllte seine Brust und gerade noch rechtzeitig gelang es ihm, das sprungbereite Biest wieder unter Kontrolle zu bekommen. Ein Augenblick der Unachtsamkeit und sein schwarzes Tier wollte nichts anderes als die Frau zu packen und an einen entlegenen Winkel des Planeten zu entführen, wo es seinen Spaß mit ihr haben konnte.

Endlich signalisierte der Chancellor ihnen, dass sie nun landen durften. Wie besprochen, zwangen sie ihre Drachen schrittweise zurück unter die Haut. Dasquian knirschte mit den Zähnen, denn natürlich wollte sein Drache an der Oberfläche bleiben, um das Weibchen genau in Augenschein nehmen zu können. Ihr Duft, den er aus tausend anderen heraus erkannt hätte, stieg scharf in die Nüstern des Tieres und mit einer übermächtigen Kraftanstrengung verbannte Dasquian den Schwarzen in sein Inneres. Er wusste, dass er den Kampf gewonnen hatte, als sein Blick aus der Schwarz-Weiß Sicht des Drachen in das Farbensehen des Menschen wechselte und ihr Geruch nicht mehr ganz so übermächtig war. Was ihm dennoch erhalten blieb, war das Leuchten ihrer Gefühle, das für ihn weiterhin sichtbar war.

Das war auch in seinen Träumen so gewesen – ihre Emotionen brannten und loderten. Wie intensiv musste sie empfinden, um dieses Feuerwerk für ihn sichtbar zu machen!

Und dann war es soweit. Seine nackten Füße berührten den Boden, als er nur drei Schritte entfernt von ihr landete. Alle Gedanken wurden ausgelöscht, als Dasquian in ihr Gesicht blickte. Ihre Schönheit verschlug ihm den Atem. Was ihn im Traum bereits berührt hatte, entfaltete jetzt eine Wucht, der er sich nicht zu entziehen mochte. Sie war keine makellose Schönheit wie die venusischen Kurtisanen, mit denen er normalerweise das Bett teilte, aber sie strahlte eine Intensität aus, die nicht ihresgleichen kannte. Ihr herzförmiges Gesicht war blass, als müsse sie sich zusammennehmen, um nicht vor ihm davon zu laufen, aber gleichzeitig erwiderten ihre dunklen Augen seinen Blick mit einer Leidenschaft, die seinen Drachen weckte. Er streckte die Hand aus, um sie an sich zu ziehen.

Nichts zählte mehr: Weder die anderen Frauen, die er am Rande seines Blickfelds vor ihm zurückweichen sah, noch die anderen Drachen, die ihm auswichen. Tief in seiner Brust stieg ein Grollen empor, als sie ihre zitternde Hand ausstreckte, um ihn zu berühren.

In dem Moment spürte Dasquian, wie sich eine harte Hand auf seine Schulter legte und gnadenlos zudrückte. »Du wirst dich zusammennehmen«, zischte die Stimme seines Vaters ihm ins Ohr. Chasko drückte nun, so fest er konnte, aber immer noch fiel es Dasquian schwer, etwas anderes außer ihr zu registrieren. »Diese Frau ist *nicht* die Richtige für dich.«

Er drehte seinen Kopf halb und schüttelte Chaskos Hand ab. »Sie gehört mir«, dämpfte er seine raue Stimme zu einem Flüstern, das trotz der geringen Lautstärke in seinem Kopf widerzuhallen schien. Aus den Augenwinkeln sah Dasquian, wie sich die Augen seines Vaters erst weiteten, dann verengten.

»Nein«, gab Chasko mit zusammengebissen Zähnen zurück. »Sie ist zu gefährlich für jemanden wie dich.« Dasquian fühlte, wie ein Brüllen in seiner Kehle emporstieg. »Solltest du dich jetzt widersetzen, mein Sohn, werde ich dich von den Prüfungen ausschließen. Hast du das verstanden?« Erneut legte er ihm die Hand auf die Schulter und presste die Muskeln schmerzhaft zusammen.

»Nein.« Er schaffte es, in dieses eine Wort so viel Widerstand zu legen, dass sein Vater endlich aufmerkte. »Ich kenne diese Frau, Vater. Sie gehört mir.«

»Ich muss dich enttäuschen«, erwiderte Chasko langsam. Dasquians Puls hämmerte in seinen Schläfen. »Jora Rhodes ist nicht die geeignete Frau für dich. Wir haben sie einem anderen Mann zugeteilt.«

»Dann bitte ich dich, diese Entscheidung rückgängig zu machen. Ich habe gute Gründe dafür, Vater.«

Der Chancellor sah ihn kalt an. »Du bekommst keine Sonderbehandlung von mir, nur weil du zufällig mein Sohn bist.«

»Das verlange ich auch nicht«, erwiderte Dasquian und kämpfte gegen den ansteigenden Zorn an, der ihn zu verschlingen drohte.

Thuban warf ihm einen merkwürdigen Blick zu, aber dafür hatte Dasquian jetzt keine Zeit. Er führte seinen Vater ein paar Schritte abseits und sprach in eindringlichem Ton. »Hör mich an. Ich kenne sie bereits seit langer Zeit. Ich träume seit Monaten von ihr. Im Traum *ist* sie bereits meine Gefährtin!«

»Mein Sohn«, Chasko sprach langsam und mit einer genau bemessenen Dosis Mitgefühl, »sie ist keine geeignete Frau für einen Drachenshifter wie dich. Diese Frau braucht eine harte Hand und du bist nicht der Mann, der sie im Zaum halten könnte.«

»Das ist doch Unsinn«, brach es aus Dasquian heraus. Etwas an der Formulierung des letzten Satzes kam ihm merkwürdig vor, aber seine überbordenden Gefühle ließen ihm keine Zeit zum Nachdenken. »Die Götter haben uns zusammengeführt, verstehst du das denn nicht? Wir sind zwei Teile eines Ganzen und selbst du kannst nicht auseinanderreißen, was das Schicksal bereits zusammengeführt hat.«

Das Gesicht seines Vaters wurde härter, als er es jemals gesehen hatte. »Du rufst die Götter und das Schicksal an, um deine persönlichen Begierden zu rechtfertigen?« Seine Züge wurden zu einer Grimasse des Abscheus. »Es geht nicht um dein persönliches Glück, Dasquian! Es zählt einzig und allein das, was den Fortbestand unserer Gemeinschaft sichert.«

Er drehte sich um und schlug den Rückweg ein. Dasquian hatte gar nicht gemerkt, wie weit sie sich bereits von den anderen entfernt hatten. »Sie ist eine tickende Zeitbombe, denn sie lässt sich nur schwer beeinflussen. Wie willst du sicherstellen, dass sie sich einfügt? Sie ist zu eigensinnig.« In seinen Worten schwang alles mit, was Chasko niemals ausgesprochen, ihn aber stets hatte fühlen lassen. Der Chancellor war der Ansicht, dass sein Sohn zu weich war, zu verträumt und nicht Manns genug, um sich als sein Nachfolger an der Spitze der Shifter zu behaupten. »Hast du mich verstanden?«

»Oh ja, das habe ich«, presste Dasquian hervor. »Und es kümmert mich nicht im Geringsten. Sie gehört mir«, presste er zwischen den Zähnen hervor.

Zum ersten Mal seit Jahren schien sein Vater ihn wirklich zu sehen. Ein Anflug von Mitleid huschte über Chaskos Züge und er streckte die Hand nach seinem Sohn aus. Im ersten Augenblick glaubte Dasquian, er würde ihn an sich ziehen, aber er wurde eines Besseren belehrt. Sein Vater packte ihn am Arm und drückte auf die Muskeln, so fest er nur konnte. Er näherte seinen Kopf Dasquians Ohr und sprach so leise, dass es außer ihnen beiden niemand hören würde. »Jora Rhodes wurde, wie alle Frauen, genetisch getestet. Ihr Profil passt nicht zu deinem.«

Fassungslos starrte Dasquian den Chancellor an, während die Bedeutung dessen, was sein Vater ihm gerade gesagt hatte, in seinem Kopf Gestalt annahm.

Es war alles eine verdammte Lüge. Das Gerede von Bindungen und Prüfungen und der Einen, die vom Schicksal oder den Göttern auserwählt wurde, war eine verdammte Farce. Chasko und die anderen hatten nach Verbindungen gesucht, aus denen aller Wahrscheinlichkeit nach eine Population gesunder Kinder entstehen würde und nicht nach »Seelengefährtinnen«. Alles, was sie den Drachenshiftern erzählt hatten, war ein Schwindel.

Sein Vater wollte sich abwenden, doch diesmal war es Dasquian, der ihm nicht zu gehen erlaubte. Er packte den älteren Mann an den Schultern, als wolle er ihn freundschaftlich umarmen. »Was ist mit dem Feuerritus? Ist das auch eine Täuschung, um uns klein und gefügig zu halten?«

»Wie kannst du es wagen, das Wirken der Götter in Zweifel zu ziehen?«, zischte Chasko zurück und bleckte die Zähne. »Sowohl der Ritus, als auch die Prüfungen sind nichts, was wir beeinflussen könnten. Glaubst du wirklich, ein Sanvi ließe sich erzwingen oder gar vorspielen?«

Er öffnete den Mund, um seinem Vater zu sagen, dass er ihm alles zutraute und sich dieses eine Mal nicht fügen würde. Wenn alles eine Täuschung war, die der Chancellor benutzte, um die Männer und Frauen nach seinem Willen zusammenzubringen, würde er sich nicht mit einer faden Ausrede abspeisen lassen.

Doch Chasko kam ihm zuvor.

»Oh, und eines noch. Solltest du auf den Gedanken kommen, dich zu widersetzen, dann werde ich sie eigenhändig töten.« Chasko lächelte in die Runde, um den Männern und Frauen, die sie aus wohldosiertem Abstand beobachteten zu signalisieren, dass alles in Ordnung war. »Kein Wort zu den anderen.« Er legte eine wirkungsvolle Pause ein, während derer sich die Gedanken in Dasquians Kopf überschlugen. »Lass den Dingen ihren Lauf, mein Sohn, und wage es nicht, dich einzumischen. Gib dich mit der Frau zufrieden, die wir für dich vorgesehen haben.« Er ging einen Schritt zurück und drehte sich um, als wäre ihm noch etwas eingefallen. »Jora Rhodes haben wir für Thuban vorgesehen. Sie passen genetisch und vom Temperament her perfekt zueinander.«

Der Drache in Dasquians Brust brüllte, aber kein Laut kam über seine Lippen.

»Und lass dir nicht einfallen, deinen Freund zu etwas überreden zu wollen, das ihn in eine prekäre Situation bringt.«

Er sah, wie sein Erzeuger mit den Fingern schnippte und nach Thuban rief. »Kümmere dich um Jora Rhodes«, befahl er Dasquians bestem Freund.

Der Drache in seiner Brust erwachte mit einem bösartigen Fauchen erneut zum Leben und nichts als das angstvolle Gesicht der Frau – Jora hieß sie – hielt ihn davon ab, seinen Freund auf der Stelle zum Zweikampf herauszufordern.

»Beruhige dich«, flüsterte Thuban ihm zu und versetzte ihm einen Schlag auf die immer noch schmerzende Schulter. »Geh zu der dir Zugeteilten hinüber. Die Blonde neben ihr. Den Rest besprechen wir nachher!«

Dasquian sah Chasko nach, wie er sich unter die Paare mischte, die anders als er und Jora eine gemeinsame Zukunft hatten. Er hatte lange genug darauf vertraut und wider besseres Wissen gehofft, dass sein Vater ein weiser und gerechter Mann war. Er beobachtete seinen Vater und zwang sich zur Ruhe. Dies war keine leere Drohung, wie er aus eigener Erfahrung wusste. Der Chancellor sagte niemals Dinge, die er nicht wahr zu machen gedachte. Er atmete tief ein und aus und zwang sich zur Ruhe. Er musste einen kühlen Kopf bewahren, wenn er Jora nicht gefährden wollte. Kurz stellte er sich vor, wie er hinter seinen Vater trat und ihm die Kehle aufschlitzte. Was ließ ihn zögern?

Es war sicher nicht die Angst um sein eigenes Leben, das auf dem Spiel stand. Die Gesetze der Drachenshifter waren hart und eine unaussprechliche Tat wie Vatermord würde entsprechend bestraft. Bestand auch nur der geringste Verdacht, dass Jora der Auslöser für den Mord war, dann war ihr Leben ebenfalls verwirkt. Drachen kannten keine Gnade, wenn es um einen der ihren ging.

Wenn Jora leben sollte, blieb ihm keine Wahl, als zu gehorchen und sich den Spielregeln zu unterwerfen, die der Chancellor aufgestellt hatte.

Fürs Erste.

Kapitel 2

Jora

Joras Herz klopfte immer noch zum Zerspringen, als der Mann, der ihr schwarzer Drache gewesen war, sich mit Catta entfernte. Ihre Augen folgten dem Paar, bis sie hinter einem der Bäume verschwunden waren. Alles in ihr wollte ihnen nacheilen, um zu sehen, was die beiden miteinander taten. In zwei kurzen Minuten hatte sie die Liebe ihres Lebens gefunden und wieder verloren. Sie schloss die Augen und zwang sich, sie wieder zu öffnen, als jemand sie am Arm berührte.

Es war der Mann, der vor ihr gelandet war und so kundgetan hatte, dass er und sie in den Augen der Drachenshifter zusammengehörten, gleichgültig, was ihr Herz sagte. Und er ... was war mit ihm? Jora wusste, dass er sie ebenfalls erkannt hatte, dass er sie nicht zum ersten Mal sah. Nicht nur sein Gesicht, auch sein Körper hatte es ihr verraten. Sein Anblick, wie er raubtiergleich zu ihr drängte, die Muskeln angespannt, das Gesicht in höchster Konzentration starr und auf ein einziges Ziel ausgerichtet, hatte Bände gesprochen. Und dann kam der Fall. Der Augenblick, in dem der Chancellor ihn von ihr fortgerissen hatte. Was immer der ältere Mann am Ende ihres leise geführten Disputs zu ihm gesagt hatte, es hatte Wirkung gezeigt. Nicht einmal einen letzten Blick hatte er ihr zugeworfen, bevor er sich Catta zuwandte. Der Frau, die der Chancellor für ihn ausgesucht hatte.

Jora hasste den Mann mit jeder Faser ihres Körpers.

Hätte der ältere Drachenshifter nicht eingegriffen, dann würde sie jetzt an Cattas Stelle mit *ihm* durch den Park flanieren und ihn kennenlernen. Sie wusste nicht einmal seinen Namen! Keine zehn Zentimeter hatten ihre Hände voneinander getrennt. Er konnte ebenso gut ein Trugbild ihrer Fantasie sein, körperlos wie der Traum, der er bisher gewesen war.

Aber nein, das war nicht möglich. Kein Hirngespinst hätte die Macht, sie auf diese Weise zu berühren, wie es seine Blicke getan hatten.

Alles, was Jora wollte, war bei ihm zu sein. Immer noch raste ihr Herz. Die Gewissheit, dass er lebte, dass er kein Produkt ihrer ausschweifenden Fantasie war, ließ alles andere gering erscheinen.

Und doch … er war nicht vollkommen identisch mit dem Mann aus ihren Träumen, dachte sie, während sie ihm mit den Augen folgte. Ohne ihm jemals von Angesicht zu Angesicht gegenübergestanden zu haben, fühlte sie eine Dunkelheit in ihm, die jederzeit hervorbrechen konnte. Sie hatte ein wenig Angst vor ihm, obwohl sie seine Liebe zu ihr spürte. Dieser schwarze Drache war … nicht unschuldig, nein. Aber er hatte noch eine Spur von Lebenslust in sich, die sich in ihren Träumen hinter einer Mauer aus Finsternis verbarg. Das Feuer, das er ausstrahlte, war heiß. Der Drachenmann aus ihren Träumen hingegen verströmte Eis und eine Traurigkeit, die ihr jedes Mal aufs Neue das Herz zerriss und sie nur noch schneller in seine Arme trieb.

»Komm, Jora«, hörte sie die Stimme des anderen Mannes. Er steuerte sie sorgsam in die entgegengesetzte Richtung, in der Catta und ihr Drachenmann verschwunden waren. »Ich bin sicher, du hast viele Fragen und wenn du mir erlaubst, dich durch das Gelände zu führen, werde ich sie dir gerne beantworten.«

»Entschuldige, das war sehr unhöflich von mir.« Es kostete sie einige Mühe, den schwarzen Drachen auch nur für einen Moment zu vergessen. Was, wenn er Catta hübscher fand als sie? Für einen Augenblick fragte sich Jora, ob sie sich nicht doch lieber in die Hände der Chirurgen hätte begeben sollen. Ob der schwarze Drache eine äußerlich optimierte Version ihrer selbst anziehender fand? Doch das war Unsinn. Sie hatte die Intensität seines Begehrens, seiner Gefühle gespürt und bildete sich nichts ein. Außerdem war Catta ihre Freundin und würde ihr nicht den Mann wegnehmen, in den sich Jora verliebt hatte. Es musste an der Macht ihrer Gefühle liegen, für die Enttäuschung ein noch zu geringes Wort war. Noch einmal nahm sie sich zusammen. »Mein Name ist Jora«, sagte sie und musterte den Mann, der mit ausgreifenden Schritten neben ihr ging. Sie hatte Mühe, mit ihm Schritt zu halten, aber als sie den Vorplatz verließen und in den Schatten eines kleinen Wäldchens eintauchten, wurde er langsamer.

Einen letzten Blick zurückwerfend, versuchte sie, den Schopf Cattas auszumachen, aber vergeblich. Sie war mit ihm irgendwo im Dickicht verschwunden. Dafür sah sie, wie sich nun immer mehr Paare fanden, die auf dem Platz flanierten, die Köpfe einander zugeneigt. »Wie ist dein Name?«, wollte Jora wissen und blieb stehen.

»Thuban«, erwiderte er und deutete eine kurze Verbeugung an. Jora schenkte ihm ein Lächeln und nahm seine Erscheinung in sich auf. Kurzes weißblondes Haar, das den Kopf bedeckte wie dichtes Fell, und ein Paar intelligente Augen, dazu ein Körper, der muskelbepackt und wohlgeformt war.

»Wieso wart ihr nackt?«, fragte sie und hielt sich die Hand vor den Mund. »Es tut mir leid«, stammelte sie, aber Thuban lachte nur und führte sie tiefer in den Wald.

»Du nimmst kein Blatt vor den Mund«, stellte er fest und hielt einen der Äste zur Seite, damit sie ungehindert daran vorbeigehen konnte. Kurz hatte sie das Gefühl, dass er sie gern berührt hätte, aber er tat es nicht. »Und um deine Frage zu beantworten: Wir sind Drachenwandler, keine Zauberer. Das, was Menschen Magie nennen, ist für uns eine göttliche Kraft, die sich in Gestalt unseres Drachens manifestiert. Wenn wir von unserer normalen Gestalt in unsere Tierform wechseln, zerreißt Kleidung; und umgekehrt können wir Kleidung nicht herbeizaubern, wenn wir uns vom Drachen zurückwandeln. Allerdings können wir unsere Schuppen an beliebigen Stellen unseres Körpers entstehen lassen, sodass wir dem menschlichen Auge nicht vollkommen nackt erscheinen.«

Das war es also, was sie gesehen hatte, als der schwarze Drache vor ihr gelandet war. Jora erinnerte sich an die schuppige, rüstungsgleiche Haut, die mattschwarz geschimmert hatte und wie ein enger Anzug viel verbarg und doch gleichzeitig alles zeigte. Die Hitze in ihren Wangen wurde unerträglich, also wechselte sie schnell das Thema. »Aber woher kommt dann eure Wandlungsfähigkeit? Du hast es eine göttliche Kraft genannt?«

Wieder lachte Thuban und Jora ertappte sich dabei, wie sie sich trotz allem entspannte. Es war ein angenehmes Geräusch. »Angeblich stammt unser Volk von der Erde. Der allererste Drachenkrieger unterstand einer Göttin, der er treu diente. Sie erkannte die Kraft, die in seiner Seele wohnte und gab ihr eine Form. Man sagt, dass die beiden Schwestern der Göttin von Eifersucht gepackt wurden, als sie den stattlichen Krieger ihrer Schwester erblickten, und sie belegten die beiden mit einem Fluch. Es heißt, die beiden verließen die Erde und ließen sich auf Cors nieder.« Seine tiefe Stimme hatte einen verträumten Klang angenommen, der so gar nicht zu seiner kriegerischen Gestalt passen wollte. Die Worte kamen ihm flüssig über die Lippen, so vertraut, als erzähle er eine alte Geschichte.

Sie sah hinüber zu Thuban. »Ist das dein Ernst? Ein Fluch?« Jora schaffte es nicht, den Unglauben in ihrer Stimme zu unterdrücken.

Thuban blieb stehen und schaute ihr ernst ins Gesicht. »Oh ja, das ist mein Ernst. Warum nicht?« Ohne ihre Antwort abzuwarten, sprach er weiter. »Wir glauben, dass der Fluch dafür verantwortlich ist, dass wir keine Gefährtinnen haben, die uns ähneln, und wir deshalb auf andere Rassen ausweichen müssen.« Er biss sich auf die Lippen, als habe er bereits zu viel gesagt, und seufzte dann. »Komm, Jora, hier entlang. Wir sollten nicht zu weit in den Wald hineingehen, dort kann es unangenehm werden. Und falls es dich interessiert: wir beherrschen die Verwandlung. Es ist das Erste, was die jungen Drachenwandler lernen. Selbstbeherrschung ist die wichtigste Lektion, die ein Drachenshifter lernt und er hört nie auf, sie zu vervollkommnen.« Seine Augen blitzen, als ahne er ihre nächste Frage.

»Kannst du … mir zeigen, wie das funktioniert?« Sie hob bittend die Hände. Alles, was Jora vom Gedanken an ihren schwarzen Drachen ablenkte, war ihr recht.

Er dachte einen Moment nach und zog die blonden Brauen zusammen. »Nun, ich bin nicht sicher... aber es spricht eigentlich nichts dagegen. Dazu müsste ich mich allerdings ausziehen und da der Raum hier so beengt ist, kommt eine komplette Verwandlung nicht infrage.« Er grinste herausfordernd und begann, sein Hemd aufzuknöpfen. Jora setzte an, etwas zu sagen wie das ist nicht nötig oder Ja, bitte, sie wusste es nicht genau, aber dazu kam sie nicht mehr.

Ihr schwarzer Drache raste auf sie zu. Jora sah nur, wie sie sich die Schuppen rasend schnell auf der blassen Haut ausbreiteten und hörte das wütende Grollen, das aus seiner Kehle kam. Dann wurde sie zur Seite gestoßen und er kam über Thuban wie ein rasender Wirbelsturm aus Klauen, Schuppen und Zähnen.

Catta, die hinter ihm her gestolpert kam, schrie auf. Jora fiel es schwer, die Angst in Cattas Stimme zu ignorieren, aber die beiden Männer fielen auf dem Boden übereinander her, hieben mit Klauen nacheinander, wichen aus … keiner von beiden schien die Oberhand für länger als ein paar Sekunden behalten zu können. Beinahe ebenso schlimm wie die Hiebe, war die Geräuschkulisse aus dumpf drohenden Lauten, die sie zwischen den zusammengepressten Lippen hervorstießen. Die Laute schienen tief aus der Kehle zu kommen und klangen gepresst, als raspelten sie sich von tief unten über die Zunge bis zu den Lippen.

Und dann, gerade als Jora dachte, sie könne nicht eine Sekunde länger tatenlos zuschauen, war das Spektakel vorbei. Der schwarze Drache hockte auf Thubans Brust und bellte etwas in einer Sprache, die sie nicht verstand. Die Reaktion seines Gegners war eindeutig. Er nickte knapp, antwortete etwas für Jora ebenso Unverständliches und sofort schwand die Spannung aus den beiden, als wäre sie nie da gewesen. Er sprang elegant auf die Füße und reichte Thuban die Hand, der sie ergriff und auf die Beine kam.

Jora nahm jede Einzelheit seiner Erscheinung in sich auf wie eine Verdurstende. Ihre Augen wanderten von seinen sinnlichen Lippen hinunter zu den Sachen, die ihm in Fetzen vom Leib hingen und wieder hinauf zu seinen Augen. Das Rauschen des Blutes in ihren Ohren war das einzige Geräusch, das sie noch wahrnahm, während sie in dem heißesten Blau versank, das sie sich vorstellen konnte. Hatte sie wirklich immer gedacht, blaue Augen wären kühl?

Ohne es zu merken, war sie näher an ihn herangetreten. Die dümmsten Dinge schossen ihr durch den Kopf, während sie krampfhaft darüber nachdachte, was sie sagen sollte. Die aus dem Traum vertraute Mischung aus Anziehung und Angst flutete ihren Körper und schwemmte alles andere fort. *Wie heißt du* wollte sie fragen, in dem gleichen Augenblick, in dem er ihren Namen sagte. Es waren nur zwei Silben, aber sie glaubte, noch nie etwas so Schönes gehört zu haben. Sein tiefes Timbre bewirkte, dass sich ihre Nackenhärchen aufstellten. Ihr Herz schlug laut und unregelmäßig. Joras Brust hob und senkte sich. Seine blauen Augen waren umgeben von einem tiefschwarzen Ring, der genau der Farbe seiner Schuppen entsprach. Und jetzt sah sie, dass seine Pupille in der Mitte kein schwarzer Punkt war, sondern ein goldener. Das Zusammenspiel aus Gold, Blau und Schwarz war betörend schön.

Blauschwarzes Haar fiel ihm bis auf die Schultern. Seine Haut sah aus, als wäre sie glatt und kalt wie Marmor. Begierig sog Jora jedes Detail seiner Erscheinung in sich auf und plötzlich berührte sie ihn. Nein, er berührte sie! Seine heißen Lippen trafen auf ihre. Jora fühlte die Hitze seines Körpers, der sich an sie presste, seine Hände, die ihre Taille umfingen, hinauf zu ihren Schulterblättern glitten und sie an seine Brust drückten. Waren das ihre Hände, die sein Haar zerwühlten? Ihre Zunge erkundete seinen Mund, während sie sich dem in ihrer Brust explodierenden Gefühl und der Feuchte zwischen ihren Beinen hingab. Sein Geruch, das Gefühl der seidigen Locken zwischen ihren Fingern, sein heißer Atem auf ihrem Mund, den sie einsog und kostetet wie Wein – das war beinahe zu viel für sie. Sterne tanzten hinter ihren geschlossenen Lidern, aber die Augen zu verschließen half nichts gegen den Ansturm, dem ihre Sinne ausgesetzt waren. Es war ein Kuss und doch so viel mehr als nur das Berühren von Lippen. In Jora stieg eine wilde Mischung aus Geborgenheit und Lust auf. Dieser Kuss und alles, was mit ihm einherging, fühlte sich so … richtig an, als habe sie ihr Leben lang auf diesen einen Moment gewartet. Und auch der Traum, der sie lange Zeit so sehr verstört hatte, bekam seine Berechtigung. Jora begriff, dass sie ohne ihre Träume auf die Intensität dieses Augenblicks nicht vorbereitet gewesen wäre.

Das Gefühlschaos in ihrem Inneren, die Gewissheit, den einen Mann gefunden zu haben, mit dem sie den Rest ihres Lebens verbringen wollte, hätte sie sonst in den Wahnsinn getrieben. Was immer auch dies alles bedeutete, es war das Richtige.

Sie hätte nicht sagen können, wie lang der Kuss dauerte. Jora wusste nur, dass er endete, als jemand ihn gewaltsam von ihr fortriss. Der körperliche Schmerz, den diese Trennung hervorrief, war so gewaltig, dass sie in die Knie ging. Catta war sofort an ihrer Seite und stützte sie. Irgendwo vor ihr ragte Thubans zornverzerrtes Gesicht auf und sie sah durch den Nebelschleier vor ihren Augen, dass er ihren schwarzen Drachen mit einer Hand auf Abstand hielt.

Er stand dort, mit kalkweißem Gesicht und einem Ausdruck von Hunger in den pechschwarzen Augen, der unerträglich war. Jora wollte Catta fortstoßen und zu ihm eilen, aber die blonde Frau hielt sie mit erstaunlich festem Griff am Arm. »Bleib hier«, zischte sie und drückte so fest zu, dass der Schmerz Jora ein wenig zur Besinnung brachte.

»Bist du verrückt geworden?« Thubans Stimme überschlug sich, als er den anderen Mann anschrie. »Verdammt noch mal, Dasquian! Was hast du dir dabei gedacht? Wenn dein Vater davon erfährt …« Thuban dämpfte seine Stimme und sah sich suchend um. Die roten Schuppen, die gerade noch seine Haut bedeckt hatten, waren verschwunden.

Dasquian war sein Name also.

Verwirrt sah Jora von einem Mann zum anderen, bis ihre Augen endlich auf Dasquians Gesicht zur Ruhe kamen. »Ich verstehe nicht …«, hob sie an und brach ab, als er sie ansah.

»Der Chancellor ist mein Vater«, begann er und räusperte sich. »Er legt großen Wert darauf, dass die Traditionen«, er spuckte das Wort förmlich aus, »gewahrt bleiben.« Sie nickte und konnte nicht anders, als ein Stück auf ihn zuzugehen. Er war wie ein Magnet, der nicht nur ihren Geist, sondern auch ihren Körper unwiderstehlich anzog.

Auch Dasquian trat einen halben Schritt näher. »Eine dieser Traditionen ist die Bindung zwischen Mann und Frau, zwischen den Gefährten. Mein Vater und der Rat haben entschieden, dass du *nicht* meine Gefährtin bist.« Jora merkte, dass er seine Gefühle im Zaum hielt, aber sie hörte seine Trauer, den tobenden Zorn und die Hilflosigkeit.

Sie war ihm so nahe, dass sie ihn beinahe berührte. Thuban trat hinter ihn und an seinem resignierten Gesichtsausdruck erkannte sie, dass er den Dingen seinen Lauf ließ.

»Du und ich … ich habe immer gedacht, du wärst nichts als ein Traum.« Jora schmiegte ihre Wange in seine Hand und sah zu ihm auf. Die Gedanken überschlugen sich in ihrem Kopf, aber sie musste wissen, ob sie seine flüsternden Worte richtig deutete. »Und wir zwei haben die Entscheidung des Rats angezweifelt, indem wir uns geküsst haben. Das sagst du mir gerade, oder?«

Dasquian nickte. Das blauschwarze Haar, das ihm bis auf die Schultern fiel, verlieh ihm einen düsteren Heiligenschein.

»Es ist mehr als das«, sagte er mit dieser Stimme, die ihr unter die Haut ging. »Wir können nicht zusammen sein. Es geht nicht.«

Für einen Moment schwieg Jora.

»Das … kann nicht sein«, sagte sie dann. Sie sah ihm direkt ins Gesicht. »Du fühlst es doch auch. Schau mich an und sag mir, dass ich mir alles einbilde. Sag mir, dass du mich nicht willst. Oder dass du zuschauen wirst, wie ich einem anderen Mann gehöre.« Es war ein gemeiner Hieb, aber Jora schlug in ihrem Schmerz nur noch um sich. Sie wusste es und konnte doch nichts dagegen tun.

Ein bitteres Lächeln huschte über seine Züge, so kurz, dass es eher ein geisterhafter Schatten war. »Ich liebe dich nicht, Jora Rhodes.« Seine Stimme, die gerade eben noch von Leidenschaft vibriert hatte, war kalt wie Eis.

Das Schweigen dehnte sich, bis ihre Freundin – war Catta ihre Freundin? – mit den Achseln zuckte. Thubans kurzes Haar sträubte sich, aber auch er signalisierte widerstrebend seine Zustimmung. Die beiden Männer tauschten einen Blick, bei dem offensichtlich mehr hin und her ging, als sie laut aussprachen, und Jora spürte, wie ihr eine Gänsehaut den Rücken heraufkroch. Sie fuhr sich mit der Zunge über die Oberlippe und schmeckte Schweiß. Das Herz in ihrer Brust schien ein Eigenleben zu führen, so wild schlug es.

»Geht«, sagte Dasquian.

Der Laut war verzerrt und schien tief aus seiner Brust zu kommen. Er wandte sich an Thuban, der ihn mit schmalen Augen musterte. »Und sorg dafür, dass sie mir vorläufig nicht mehr unter die Augen kommt. Oder ich garantiere für nichts.«

****

Dasquian

Er nahm die Blonde an seiner Seite kaum wahr, so aufgewühlt war Dasquian von der Begegnung mit Jora. Irgendwann blieb sie stehen und rief seinen Namen und erst da bemerkte er, dass sie völlig außer Atem war. Mit einem Gesichtsausdruck, von dem er hoffte, dass er genügend Zerknirschung zur Schau stellte, die er nicht empfand, wandte er sich um. »Entschuldige«, sagte er und versuchte, Joras Gesicht, ihren Geruch, ihren warmen, weichen Körper aus seinem Kopf zu vertreiben. Es gelang ihm für den bemerkenswerten Zeitraum von zwanzig Sekunden, die er damit zubrachte, die hübsche Frau abzuschätzen. Er wusste, es war nicht fair, aber sie war nicht mehr und nicht weniger als das für ihn. Hübsch anzusehen – das hatte ihm bislang stets genügt. Doch jetzt, da er von Jora gekostet hatte, bezweifelte er, dass sie ihn länger als eine Viertelstunde zu fesseln vermochte. Das war beängstigend und für eine Sekunde fragte er sich, ob er dieses Gefühls jemals überdrüssig werden würde. Das Wissen um die Machenschaften seines Vaters brannte wie Säure in seiner Kehle.

Doch es war Catta, die schwer atmend vor ihm stand und ihm ihren Namen nannte. Ihre Brüste, die im Vergleich zu ihrer schmalen Taille absurd groß aussahen, bewegten sich auffordernd hin und her, aber er wandte den Blick ab. Verlegene Röte schoss ihr ins Gesicht und sie trat zurück. Der Drache in ihm, der vom Geruch Joras noch aufgepeitscht und erregt war, meldete sich mit einem leisen Grollen, bevor Dasquian ihn wieder zurückdrängte. Was er selber ignorierte, hatte sein Drache erkannt. Catta fand ihn … anziehend. So anziehend, dass sie sogar bereit war, sich ihm jetzt und hier auf der Stelle hinzugeben. Er roch ihre Feuchtigkeit, spürte ihren Puls in seinem Kopf und trat zur Sicherheit noch einen Schritt zurück, bevor sie etwas Unüberlegtes tat. Wie hatte sein Vater es formuliert, als er ihnen die große Ankündigung von der Ankunft der Erdenfrauen überbracht hatte? *Wir wissen nicht, wie sie auf uns reagieren, deshalb ermahne ich euch zu äußerster Umsicht. Die bloße Berührung eines Drachen könnte in ihnen Angst oder eine Begierde auslösen, die sich nur schwer unter Kontrolle halten lässt. Genetische Kompatibilität bedeutet nicht, dass es keine Probleme geben wird.* Er dachte an die

Gefühle, die Jora in ihm auslöste und musste zugeben, dass er niemals etwas Vergleichbares erlebt hatte. Aber dieses innige Gefühl der Verbundenheit hatte bereits vor dem Kuss existiert, als er sie nur aus seinen Träumen kannte, beruhigte er sein rasendes Herz.

»Wir sollten zurückgehen«, schlug er vor und spürte zu seiner Erleichterung, wie das Interesse seines Drachen an der Frau vor ihm erlahmte. Was war nur los mit dem Biest?

»Da stimme ich dir zu«, kommentierte sie trocken und musterte ihn ungeniert. »Darf ich dich etwas fragen?« Im Gegensatz zu ihrem Blick war ihre Stimme scheu, fast schon verlegen.

»Natürlich«, antwortete Dasquian, obwohl er alles andere lieber getan hätte. Dennoch, er war ihr Antworten schuldig. Catta hatte aus freiem Willen eine lange Reise voller möglicher Gefahren auf sich genommen, an deren Ende sie ein fremder Mann erwartete. Er versuchte ein Lächeln, das ihm wohl gründlich misslang.

»Was passiert zwischen dir und Jora?« Sie klang halb sehnsüchtig, halb ängstlich und plötzlich begriff er: Catta sehnte sich nach einer Liebe wie der, die Jora und ihn verband. Waren alle Frauen von der Erde so… romantisch? Er versuchte noch einmal ein Lächeln und diesmal schien es ihm zu gelingen, denn sie neigte ihren Kopf vertraulich zu ihm.

»Zwischen dieser Frau und mir ist nichts«, leugnete er. Catta sah ihn nur an, sagte aber nichts. Stumm wählte er eine Wegbiegung, die ihn auf kürzestem Weg zurück zu den anderen brachte. Er ertrug jetzt weder Cattas Gesellschaft noch die eines anderen. Alles, was er wollte, war allein sein.

Er musste eine Möglichkeit finden, Jora in Sicherheit zu bringen. Dies war seine oberste Priorität. Sie von hier fortzuschaffen, hinaus aus dem Einflussbereich des Chancellors. Er merkte, dass er mit den Zähnen knirschte, als er sich ein Leben ohne Jora vorstellte. Denn eines war sicher: Sie zu sehen, wie sie an Thubans Seite lebte, ihm Kinder gebar und zu wissen, dass sie sich Nacht für Nacht an seinen besten Freund schmiegte, würde ihn in den Wahnsinn treiben. Doch das war noch nicht das Schlimmste. Viel mehr bedrängte ihn die Gewissheit, ihr mit seiner

Gegenwart jede Möglichkeit auf eine Spur Glück oder sogar nur Zufriedenheit zu nehmen. Auch ohne viele Worte mit ihr zu wechseln wusste er, dass sie seine Gefühle erwiderte. Ihr Kuss hatte es ihm ebenso deutlich verraten, als wenn sie es laut ausgesprochen hätte. Sie musste leben, auch wenn es bedeutete, dass er die Hoffnung auf Glück für den Rest seines Lebens aufgab. Ohne Jora war er nichts als eine leere Hülle, doch das durfte sie nie erfahren.

Es gab für ihn nur zwei Möglichkeiten: Er musste Cors verlassen und darauf hoffen, dass sein Vater ihn unbehelligt ziehen ließ – was immerhin den Vorteil hätte, dass er Jora nichts antat. Oder ... Dasquian nahm ihr die Liebe zu ihm, wie er sie Syna genommen hatte.

Er wurde das dumpfe Gefühl nicht los, dass die Götter der Drachenshifter sich einen bitteren Spaß mit ihm erlaubten.

Kapitel 4

Jora

Jora war erschöpft eingeschlafen und als sie aufwachte, war es still. Die Sonne war bereits untergegangen, die anderen Frauen schliefen. Ab und zu unterbrach ein leises Schnaufen die Ruhe, aber das war alles.

Sie wünschte, sie könnte weiter schlafen und träumen. Vielleicht sogar von ihm, wie er vorher gewesen war, bevor er ihr gesagt hatte, dass er sie nicht liebte. Jora wälzte sich von einer Seite des schmalen Bettes auf die andere, ohne zur Ruhe zu kommen. Mit jeder Minute, die verging und in der das Atmen aus den Nebenbetten immer tiefer und regelmäßiger wurde, stieg ihre Unruhe und Verzweiflung. Was stimmte nicht mit ihr? Sie liebte einen Mann, den sie heute zum ersten Mal gesehen hatte, wenn man die Nächte nicht mitzählte, in denen sie auf der Suche nach ihm durch das Labyrinth gerannt war. Betrachtete man es mit dem Verstand statt mit dem Herzen, dann war dieses Gefühl in ihrer Brust nichts als Einbildung. Eine pubertäre Illusion von Liebe, die nicht existieren durfte.

Es half nichts, sich das immer wieder und wieder zu sagen. Es tat immer noch weh. Das Gefühl des Verlusts war umso größer, weil er zum Greifen nahe gewesen war. Irgendwann hielt es Jora nicht mehr im Bett, sie stand auf und tappte zum Fenster.

Der See lag still und unbewegt am Rande eines Waldes. Der Kontrast zwischen den Ästen, die sich seltsam unabhängig voneinander bewegten, war umso größer, als nicht die kleinste Welle die glatte Oberfläche kräuselte. Das dunkle Wasser sah kalt und tot aus.

Sie sah das Leben vor sich, das sie auf Cors führen würde.

An der Seite eines netten Mannes, der attraktiv genug war, um ihr im Bett Freude zu bereiten, würde sie alt werden. Jeden Tag würde sie Catta und Dasquian treffen und ihre gemeinsamen Kinder aufwachsen sehen. Jede Nacht, die sie mit Thuban verbrachte, würde sie sich Dasquian an seiner Stelle wünschen. Und wenn sie nicht gehorsam genug war, nun – da war ja noch der alte Drachenmann mit der Gabe, ihr die Ruhe und den Gehorsam aufzuzwingen, den sie seiner Ansicht nach vermissen ließ.

Lieber würde sie sterben, als zu einer bloßen Hülle zu verkommen, deren Gefühle und Gedanken von anderen bestimmt wurden.

Noch einmal sah sie zum See hinaus. Nein, dies war nicht der richtige Ort für sie. Sie hatte einen schrecklichen Fehler gemacht, als sie hergekommen war.

Ihr Herz zog sich zusammen, als sie an ihren Vater dachte.

Was vorher nicht mehr als theoretisches Wissen gewesen war, hatte sich mit ihrer Ankunft auf dem Planeten völlig verändert. Plötzlich war alles in greifbare Nähe gerückt. Zur Ungewissheit gesellte sich ein diffuses Gefühl der Erniedrigung, weil die Drachenmänner sie einzig und allein wegen des Nachwuchses wollten. Es war zu viel für Jora und selbst die Tränen brachten ihr keine Erleichterung. Je länger sie darüber nachdachte, was sie auf Cors erwartete, desto ausgewloser erschien ihr die Situation.

Ihr war heiß, das dünne Nachthemd klebte ihr am Leib. Sie presste ihre Nase an die Scheibe. Die Worte des Chancellors fielen ihr wieder ein, der sie vor den gefährlichen Kreaturen auf Cors gewarnt hatte.

In diesem Augenblick wusste Jora, was sie tun würde.

Wenn sie dort draußen starb, ermöglicht durch eines der angriffslustigen Tiere, würden die Verantwortlichen dies vielleicht als Unfall durchgehen lassen. Mit ein bisschen Glück konnte ihr Vater den Rest seines Lebens in der Residenz verbringen, die sie ihm mit ihrem Leben erkauft hatte. Interessierte es überhaupt jemanden, ob sie lebte oder starb? Nun, sie würde nicht mehr da sein, um es herauszufinden.

Sie tappte auf nackten Füßen zur Tür und rüttelte an der Klinke. Die Tür war verschlossen. Eine Welle aus Zorn brandete in ihr auf. Nicht genug, dass sie selbst keinerlei Entscheidungsfreiheit mehr über ihr Leben hatte, nein, man sperrte sie und die anderen Frauen auch noch ein.

Hatte der Chancellor nicht vorhin noch behauptet, sie dürften sich zumindest im Palast frei bewegen? Ohne sich noch die Mühe zu machen, leise zu sein, ging sie zu einem der Fenster. Hier hatte sie mehr Glück. Das zweite Fenster, dessen Griffe sie herunterdrückte, war unverschlossen. Jora wusste nicht, was sie getan hätte, wenn der Schlafsaal im ersten oder zweiten Stock gelegen hätte. Aber auch in dieser Beziehung war ihr das Glück hold. Der Raum, in dem man sie gefangen hielt, lag zu ebener Erde.

Ohne noch einen Blick zurückzuwerfen, drückte sie die breiten Fensterflügel auf und trat hinaus in die kalte Nacht.

****

Dasquian

Bis zur Zeremonie, in der ihre Sanvi durch den Feuerritus Gestalt annahmen, waren es nur noch wenige Stunden, aber Dasquian hielt es nicht mehr in der Kammer. Lautlos stand er auf und sah hinaus in die Nacht. Die Stunden verrannen wie Sand zwischen den Fingern und ihm war keine Möglichkeit eingefallen, sich den Anweisungen seines Vaters zu widersetzen, ohne Jora zu gefährden – und sogar Thubans Leben stand auf dem Spiel.

Er rannte los und wollte nichts als rennen, fliegen, für eine Zeit lang vergessen.

Zuerst hörte er ein Geräusch. Es klang wie ein leises Weinen oder ein verhaltenes Schluchzen. Instinktiv beschleunigte er sein Tempo, bis die kleine Gestalt in Sichtweite war. Sie stand bereits bis zu den Knien im Wasser. Die Temperatur war eisig, das wusste Dasquian aus eigener Erfahrung. Sie zitterte am ganzen Körper, stapfte aber mutig weiter hinein und versuchte, die Weigerung ihres Körpers durch ein hohes Tempo wettzumachen. Dann explodierte der Geruch in seiner Nase. Es war Jora, die dort im Wasser stand und nichts ahnte von der Gefahr, in der sie sich befand.

Zuerst begriff Dasquian nicht, was sie vorhatte. Wenn sie baden wollte, warum nutzte sie nicht die Räumlichkeiten im Palast? Chaskos Vorgänger hatte eine direkte Leitung zu den Vulkanquellen im Norden legen lassen, die den Palast rund um die Uhr mit heißem Wasser versorgten.

Und dann verstand er. Sie wollte sich das Leben nehmen.

Ohne nachzudenken, stürzte er vorwärts, sprang mit einem Satz in das Wasser und war bei ihr. Seine Hände packten ihre Taille. Ohne sich um ihr Strampeln zu kümmern, warf er sie über seine Schulter und stapfte zurück in Richtung Ufer.

Das Wasser schnitt in seine Glieder und mit einem leisen, warnenden Laut befahl er dem Drachen, bis kurz unter seine Haut zu kommen und den Schuppenpanzer auszufahren. Sie hatte sich nicht weit in den See hineingewagt, aber eine Bewegung unter der Wasseroberfläche warnte Dasquian vor möglichen Schwierigkeiten und in dem Fall … er spürte, wie sich die schwarzen Schuppen auf seinem Körper verteilten und sein Drache sich wachsam umsah.

Dasquian rannte jetzt die letzten Schritte in Richtung Ufer. Ein kleiner Kampf mit Scylla, der Hüterin des Sees war nichts, dem er unter normalen Umständen ausgewichen wäre, aber ihre Sicherheit ging vor. Und ganz, wie er es geahnt hatte, schoss aus dem schwarzen Wasser ein Fangarm hervor, kurz bevor er den Fuß auf das Gras setzte. Diesmal ließ Dasquian dem Drachen freien Lauf, als er emporstieg, um seinem Menschen den Rücken frei zu halten. Er hörte das nasse Reißen, mit dem die Kralle seines schwarzen Begleiters den Tentakel vom Körper trennte, und das wütende Heulen der monströsen Hüterin, das zum Blubbern wurde, als sie verletzt unter Wasser Zuflucht suchte.

Mit einer Bewegung seines Kopfes schickte er den Drachen zurück in sein Inneres und beugte sich über Jora. Sie hatte aufgehört zu zappeln und schien das Bewusstsein verloren zu haben. Wie war sie nur aus dem Palast herausgekommen? Selbst tropfnass wog sie nichts, stellte er fest, als er sie sanft zu Boden gleiten ließ. Ihr Haar fiel in dunklen Strähnen über ihr Gesicht und ihr weißes Gewand war … nass. Und durchsichtig. Dasquian schluckte. Unter dem Stoff zeichneten sich ihre Kurven ab und er sah, wie sich die Spitzen ihrer Brüste hart und fest wie Knospen abzeichneten. Am Rande seines Bewusstseins bekam er mit, wie sein Drachen einen Laut ausstieß, der irgendwo zwischen Begehren und Erstaunen lag.

Auf einmal existierten sie in vollkommener Harmonie, denn Dasquian empfand exakt das Gleiche. Vorsichtig, als könne sie sich jeden Moment in Luft auflösen, strich er ihr das dunkle Haar aus dem Gesicht. Die hohen Wangenknochen, die in perfekten Bögen gezeichneten dunklen Brauen, der sinnliche, breite Mund … alles an ihr war perfekt. Sie schien für ihn gemacht zu sein. Er schaffte es nicht, der Versuchung zu widerstehen und ließ seine Hände über ihre vollen Formen gleiten, als wolle er sich jeden Zentimeter ihres Körpers für immer einprägen.

Ihre Lider flatterten. Ihr Mund stieß einen leisen Seufzer aus, der ihn an der Rand seiner Selbstbeherrschung trieb und seine Hände wanderten tiefer, weiter nach unten, bis sie sich unter den Rand ihres Gewands schoben und über die weiche Haut streichelten. Sein Schwanz war zum Bersten hart.

Und plötzlich wusste er, was er zu tun hatte. Er würde ihr die Liebe nehmen und sie frei lassen. Ihre Gefühle füreinander waren nichts, was sich unterdrücken ließ, also musste er das Übel mit der Wurzel herausreißen. Nur auf diese Weise würde sie glücklich sein können ohne ihn. Mit der Zeit würde sie vergessen, dass sie einmal etwas für ihn empfunden hatte, das über Freundschaft hinausging. Aber sein Vater hatte keinen Grund mehr, sie zu töten. Jora sollte leben und wenn es das Letzte war, was er tat.

Dasquian beugte sich über Jora und wappnete sich gegen die Flut ihrer Gefühle, die unweigerlich über ihn hereinbrechen würde.

Vergiss deinen eigenen Schmerz, sagte er sich.

Sie ist alles, was zählt.

Er schloss die Augen, atmete ein letztes Mal ihren betörenden Geruch ein, bevor er ansetzte, die Liebe aus ihrem Herzen zu entfernen.

Jora erwachte.

Teil 3: Scheideweg

Kapitel 1

Jora

ach auf, sagte eine Stimme, die ihr bekannt vorkam. Jora ignorierte sie und drehte sich um. »Es ist Zeit, aufzustehen«, die Frauenstimme blieb unerbittlich. »Oder willst du die große Zeremonie verschlafen?« Jemand zog ihr die Decke weg. Mit einem lauten Stöhnen setzte sich Jora auf und stöhnte gleich noch einmal. Was war ihr denn zugestoßen? Sie fühlte jeden einzelnen Muskel in ihren Gliedern, und zwar auf eine außerordentlich schmerzhafte Weise. Jemand strich ihr das Haar aus der Stirn.

Catta stand vor ihr, einen Arm in die Seiten gestemmt und den anderen ausgestreckt. Nach mehrmaligem Blinzeln erkannte Jora, dass die Freundin ihr auffordernd ein Stück Stoff entgegenhielt. »Tut mir leid, was ist denn los?« Ihre Kehle fühlte sich trocken an, ihre Zunge wollte ihr nicht gehorchen. Hätte sie es nicht besser gewusst … Nein, sie hatte keinen Kater. Woher denn auch? Sie streckte die Arme und spreizte die Finger. Selbst ihre Handflächen taten weh. Dann fiel ihr Blick nach unten auf ihre Füße. Ihre Zehen waren staubig, sogar schmutzig.

Der Saum ihres Nachthemds fühlte sich klamm an, als sie danach griff. Catta stand immer noch mit fragend hochgezogenen Brauen vor ihr. »Jetzt komm«, sagte sie sanft und setzte sich auf den Rand von Joras Bett. »Ich weiß, nach all dem, was passiert ist, möchtest du wahrscheinlich gar nicht an der Zeremonie teilnehmen, aber es ist eine Pflichtveranstaltung.« Sie lächelte traurig und griff nach Joras Hand, die sie verwirrt ansah.

»Wovon sprichst du? Ich meine«, setzte sie hastig nach, »ich weiß, dass wir diesem Feuerritus beiwohnen sollen, aber wieso sollte ich nicht dabei sein wollen?«

»Wegen Dasquian«, flüsterte Catta und drückte ihr die Hand so fest, dass Jora sie ihr ungeduldig entzog. »Ich hatte noch keine Gelegenheit dir zu sagen, wie leid es mir tut, dass ausgerechnet ich mit ihm … du weißt schon. Verbunden werde oder wie auch immer sie es hier nennen.«

Dasquian. Jora wusste, sie hätte etwas empfinden sollen, aber da war nichts außer einem fernen Bedauern über etwas, das hätte sein können. Sie blinzelte und schüttelte den Kopf. Es war wirklich eigenartig. Da war nichts in ihr außer der Erinnerung an ein Gefühl, dessen Intensität sie verzehrt hatte – es aber jetzt nicht mehr tat.

Sie dachte an den Drachenmann, von dem sie so viele Wochen geträumt hatte, und empfand nichts als vages Bedauern. »So ist das nun einmal«, sagte sie und lächelte Catta unsicher an. »Wir wussten, worauf wir uns einließen, als wir den Vertrag unterzeichnet haben. Man hat dich für Dasquian ausgesucht. Daran kann ich nichts ändern.« Sie zuckte die Achseln und war irritiert über ihre eigene Gleichgültigkeit.

Catta runzelte die Stirn. »Bist du sicher, dass du nicht gestern Abend zu viel Wein getrunken hast? Du bist merkwürdig. Anders als sonst.«

»Absolut«, versicherte Jora ihr. »Du hast doch beim Essen neben mir gesessen. Das wäre dir doch sicher aufgefallen.«

»Das stimmt, aber du warst ein paar Stunden fort«, beharrte Catta.

»Ja, ich habe einen kleinen Spaziergang zum See gemacht«, gab Jora zurück. »Ich brauchte etwas frische Luft und Bewegung.« Sie zog die Brauen zusammen. »Komisch, bevor du es sagtest, habe ich mich gar nicht daran erinnert. Aber jetzt weiß ich, dass ich Dasquian getroffen habe.«

Das stimmte nicht ganz. Jora wusste genau, dass sie ins Wasser hatte gehen wollen, aber die Gründe dafür erschienen ihr jetzt so albern, dass sie ihre unüberlegte Handlung nicht eingestehen wollte. Wie hatte sie nur glauben können, nicht ohne Dasquians Liebe leben zu wollen? Sie hatte den Vertrag unterzeichnet und im Gegenzug etwas dafür bekommen. Außerdem war Thuban ein netter Kerl, den sie mit der Zeit vielleicht sogar lieben konnte. Nicht vielleicht, mit Sicherheit, verbesserte sie sich in Gedanken und griff nach dem Kleid, das unbeachtet zwischen ihr und Catta lag. »Wenn wir es so eilig haben wie du sagst, dann sollte ich mich wohl besser anziehen«, kommentierte sie und streifte das Kleid über. Ein flüchtiger Blick in den Raum zeigte ihr, dass die Kleider der anderen Frauen in allen Farben des Regenbogens leuchteten. Es war ein schöner Anblick, bunt und irgendwie lebendig.

Es war aus ebenso dünnem Stoff wie das Weiße von gestern, aber die Farbe gefiel ihr deutlich besser. Außerdem war es nur halb so durchsichtig. Trotzdem fragte sie sich, wie sie in so einem dünnen Fetzen eine Prüfung bestehen sollte, die gleich im Anschluss nach der Zeremonie stattfand. Entweder war es eine ausgesprochen leichte Prüfung oder sie hatte nichts anderes zu tun als dekorativ herumzustehen, während die Männer den körperlich anspruchsvollen Teil ihrer Aufgaben erledigten. So oder so, das Kleid passte wie angegossen. Catta gab ihr einen aufmunternden Klaps und lächelte ihr verschwörerisch zu. »Du siehst großartig aus«, flüsterte sie, »deinem Drachenshifter werden die Augen aus den Kopf fallen.«

Catta selbst hatte sich für ein blaues Kleid entschieden, das ihre Sanduhrfigur wunderbar zur Geltung brachte. Als Jora ihr das sagte, hob ihre Freundin abwehrend die Hände. Trotzdem war unverkennbar, dass sie sich über das Kompliment freute. »Bist du aufgeregt?«, wollte Jora wissen und sah sie neugierig an. »Entschuldige, das war eine dumme Frage. Natürlich bist du nervös.« Wie vermutlich auch all die anderen Frauen, die sich bereit machten und dabei eine Menge Lärm erzeugten.

»Es ist schon seltsam, aber eigentlich bin ich überhaupt nicht aufgeregt. Seit ich hier auf Cors angekommen bin, fühle ich mich ruhiger als jemals zuvor in meinem Leben.« Catta zuckte mit den Achseln. »Vielleicht liegt es daran, dass ich mir zum ersten Mal keine Sorgen um meine Zukunft machen muss. Ich kenne Dasquian noch nicht besonders gut, aber eines ist sicher: ich werde mir nie wieder Gedanken darum machen müssen, womit ich die nächste Mahlzeit bezahlen soll. Ein voller Bauch macht vielleicht nicht glücklich, aber ich weiß, dass ich nie wieder in meinem Leben Hunger leiden werde.« Sie zögerte kurz, als sie den Namen ihres Drachenshifters aussprach, aber Jora lächelte sie an. Das, was sie für Dasquian empfunden hatte, war wie ein Fieber über sie gekommen. Es war eine ungesunde Schwärmerei gewesen, die sich über Nacht gelegt hatte. Ähnlich wie eine Kinderkrankheit hatte die angebliche Liebe sie überfallen, heftig, aber kurz.

Dafür trafen sie Cattas Worte über den Hunger viel mehr, als Jora erwartet hatte und sie senkte demütig den Kopf. Wieder einmal wurde ihr bewusst, wie viel sie auf der dreimonatigen Reise nach Cors versäumt hatte. Aber es war noch nicht zu spät. Heute war der Tag, an dem ihr neues Leben begann und ihr blieben noch viele Jahre, um mit Catta und den anderen Frauen Freundschaft zu schließen. Schließlich waren sie so etwas wie Schicksalsgenossinnen, oder? Beide waren von der Erde in ein unbekanntes Schicksal aufgebrochen. Alles, was sie Catta sagen wollte, blieb in ihrer Kehle stecken, also drückte sie die andere Frau kurz an sich und sagte ihr mit einer Berührung, was ihr nicht über die Lippen kam. Catta erwiderte die Umarmung und in diesem Augenblick waren sie nichts als zwei Frauen, die das Schicksal oder die Götter zusammengeführt hatten.

Catta öffnete den Mund, doch was immer sie sagen wollte, ging in einem dumpfen Dröhnen unter. In einer einzigen Bewegung wandten alle Frauen sich um und starrten zur Tür. In dem Raum, in dem sich gerade noch 100 Frauen miteinander unterhalten hatten, herrschte plötzlich Totenstille. Jora wusste, dass jede einzelne von ihnen sich wunderte, was gleich passieren würde. Aller beruhigenden Worte Chaskos zum Trotz malte sich Unsicherheit auf ihren Gesichtern ab.

Jora fragte sich, ob der Chancellor erneut seinen beruhigenden Einfluss auf sie ausüben würde. Noch bevor sie Zeit hatte, darüber nachzudenken, öffnete sich die Tür und das Oberhaupt der Drachenshifter trat ein.

Wie am ersten Tag trug er eine goldene Robe, die ihm eine Aura der Macht und der Unfehlbarkeit verlieh. Trotz der warmen Farbe wirkte er kalt. Jora suchte in seinem Gesicht nach einer Spur der Wärme, die seinen Sohn auszeichnete, doch sie fand nichts.

In einer pompösen Geste, die seine wallende Robe zur Geltung brachte, hob er die Arme. »Begleitet uns jetzt zur Zeremonie, in der eure zukünftigen Männer mit ihren spirituellen Begleitern, den Sanvi, verbunden werden.« Ohne ein weiteres Wort wandte er sich um.

Langsam, fast schon zögerlich, folgten ihm die Frauen. Er führte sie hinaus auf den Hof, wo Jora zum ersten Mal einen Blick auf den Mann geworfen hatte, den sie zu lieben glaubte. Die Abendsonne von Cors tauchte mit ihren letzten zaghaften Strahlen die Szenerie in ihr weiches Licht. Jora war eine der ersten, die das Becken mit glühenden Kohlen entdeckte. Es nahm fast ein Drittel des gesamten Hofes ein und selbst in einigem Abstand spürte sie die Hitze, die von ihm ausging. Chasko dirigierte die Frauen an den Rand des Areals. Es dauerte eine ganze Weile, bis sich die Unruhe unter den Frauen gelegt hatte. Jora beobachtete, wie die Miene des Chancellor sich immer weiter verfinsterte. Den wenigen Worten Dasquians über seinen Vater hatte sie entnommen, dass die beiden einander nicht besonders nahe standen, um es einmal vorsichtig auszudrücken. Auf sie wirkte der ältere Mann verbittert und sie fragt sich, was ihn zu dem gemacht hatte, der er heute war. Es gab so vieles, was sie über die Drachenshifter von Cors nicht wusste.

Endlich kehrte Ruhe unter den Frauen ein. Der Chancellor glättete sein Gesicht und positionierte sich am Ende des Kohlebeckens. Mittlerweile war es so dunkel geworden, dass die Glut die einzige Lichtquelle darstellte. Jora wischte ihre feuchten Handflächen an ihrem Kleid ab. Sie war nervös, obwohl sie wusste, dass ihr nichts geschehen würde. Ihr blieb keine Zeit mehr zum Grübeln. Das laute Flattern und Schlagen der mächtigen Drachenflügel erfüllte die Luft und wie bei ihrem ersten Aufeinandertreffen näherten sich ihnen die Drachenshifter von oben. Trotz der Dunkelheit glaubte Jora, den schwarzen Drachen dort oben ausmachen zu können. Die golden schimmernden Spitzen seiner Schuppen waren ein Leuchtfeuer in der Finsternis, das sie merkwürdig berührte. Ihr Herzschlag setzte einmal aus, aber dann war der eigenartige Moment auch schon wieder vorbei. Hatte sie wirklich geglaubt, Dasquian zu lieben?

Ihre Augen folgten seiner zweifellos beeindruckenden Gestalt. Auf eine düstere Art sah er gut aus, das stimmte. Auch die Art, wie er sich bewegte, war ansprechend und erinnerte sie an ein wildes Tier: kraftvoll und elegant zugleich. Bevor sie weiter darüber nachdenken konnte, warum sie Dasquian anstarrte, ließen sich die Männer gegenüber von Chasko am anderen Ende des Hofes nieder und sie verlor ihn aus den Augen. Die unnachahmliche Disziplin, mit der die 100 Drachenshifter landeten, war beeindruckend. Nicht ein einziges Mal rempelten sie einander an oder gerieten einander in die Quere. Jora glaubte zu sehen, wie Dasquians Augen die ihren suchten, bevor er zurückwich und in der Dunkelheit verschwand.

****

Dasquian

Joras Anblick wollte ihm schier das Herz zerreißen.

Je länger Dasquian über die Worte seines Vaters nachdachte, desto zorniger wurde er – nicht nur auf den Chancellor, sondern vor allem auf sich selbst, weil ihm kein anderer Ausweg eingefallen war, als Jora einen Teil ihrer selbst zu nehmen. Und hatte sie nicht das Recht zu erfahren, was er ihr angetan hatte? Würde das etwas ändern?

Jora war schwierig zu beeinflussen gewesen, wie sein Vater zuvor bereits angedeutet hatte. Das hatte Dasquian gemerkt, als er angesetzt hatte, das Gefühl aus ihr zu entfernen. Noch nie zuvor war es ihm so schwer gefallen, eine Emotion in seinem Gegenüber zu lokalisieren. Die Liebe zu ihm hatte sich in jeder Zelle ihres Körpers verankert und saß so fest, dass es ihm nur unter größten Anstrengungen gelungen war, sie aus ihr zu entfernen. Es war wenig hilfreich, dass sie ihm dabei in die Augen sah, mit einem vertrauensvollen Gesichtsausdruck, der seinen Schmerz mit einem Schlag ins Unermessliche trieb. Wäre ihm nicht die Warnung seines Vaters, Jora zu töten, bewusst gewesen, hätte er sie an sich gerissen und niemand hätte sie je wieder voneinander trennen können.

Letztendlich hatte er sich dafür entschieden, Jora nichts zu sagen. Er wusste nicht, ob sein Vater seine Drohungen auch wahr machen würde, wenn sie die Wahrheit kannte. Die Vorstellung, sie könne seinetwegen sterben, war ihm unerträglich. Also begnügte er sich damit, einen Gehorsam zu zeigen, den er nicht empfand und der ihn innerlich wie Säure zerfraß. Er brauchte die Zeit, die ihm die Prüfungen verschafften, um einen funktionierenden Plan auszuhecken, wie er Jora gefahrlos von Cors fortschaffen konnte. Sicher überwachte der Chancellor jede seiner Bewegungen, denn er kannte Dasquians Drang, eigenmächtig zu handeln. Es war ihm zuzutrauen, dass er auch Jora im Auge behielt, nur um sicher zu sein, dass der eigene Sohn nicht seine Pläne durchkreuzte. Dasquian wurde erst heiß und dann kalt, als er im Geiste wieder und wieder die Drohung hörte, die sein Vater geäußert hatte.

Ungeduldig beobachtete er, wie seine Freunde einer nach dem anderen über die glühenden Kohlen schritten. Angeblich weckten die Hitze und der Schmerz den Teil ihres Wesens, der erwachte, wenn sie vor der größten Herausforderung ihres Lebens standen. Die Prüfungen, in denen sie ihre Gefährtinnen fanden, konnte man mit Fug und Recht als eine der schwersten Aufgaben ihres Lebens bezeichnen.

Dasquian hatte sich schon oft gefragt, welcher Part seines innersten Wesens wohl geweckt würde, wenn er über die Flammen lief. Seine Loyalität? Sein Mut? Niemand hatte ihm verraten können, was genau während des Feuerrituals vor sich ging oder warum die Drachenwandler nicht schwächer wurden, wenn sich ein Stück ihrer Seele abspaltete und als Energiewesen manifestierte.

Einer nach dem anderen traten seine Brüder vor und liefen durch die Flammen, die mit jedem Schritt emporloderten. Das ihnen eigene Element verband sich auf geheimnisvolle Weise mit ihrer Seele und nahm auf dem Weg durch das Feuer eine fassbare Form an. Zuerst nur sichtbar als ein vager Schemen, verließen die Drachenmänner das Bett aus glühenden Kohlen am Ende mit einem Sanvi an ihrer Seite.

Es waren stolze Gestalten, die neben seinen Brüdern und Freunden aufragten.

Rasquors Sanvi war ein stämmiger Krieger, der lautlos brüllend eine Axt schwang. Shassaar trug eine Schlange um den Hals, die drohend das Maul aufriss und ihre giftglitzernden Fangzähne entblößte, als er aus den Flammen trat. Die Drachenshifter trampelten mit den Füßen und schlugen mit den Flügeln, als einer nach dem anderen aus der Zeremonie mit den neu erschaffenen Begleitern hervorging. Sein bester Freund wurde gleich von zwei weiblichen Sanvi flankiert, deren Aura von Macht vibrierte, was Jubel und ehrfurchtsvolles Raunen unter den Männern auflöste. Dasquian konnte sich nicht erinnern, jemals davon gehört zu haben, dass ein Drache von gleich zwei Sanvi begleitet wurde, noch dazu von zweien, deren Macht er in jeder Zelle seines Körpers vibrieren fühlte. Er fragte sich, was das zu bedeuten hatte und spürte ein ungutes Gefühl in seiner Brust aufsteigen.

Jetzt war er an der Reihe. Er wagte nicht, in Joras Richtung zu schauen. Stattdessen konzentrierte er sich darauf, das Gesicht seines Vaters nicht eine Sekunde aus den Augen zu lassen. Es half ihm, den Schmerz zu ertragen, den die Glut in ihm entfachte. Je weiter er voranschritt, desto intensiver wurde die Qual. Sie bahnte sich ihren Weg von den Fußsohlen hinauf in sein Herz, fraß sich dort fest, bis das Organ nichts als ein glühender Klumpen war. Nur noch wenige Meter, dann hatte er das Ende des Parcours erreicht.

Gerne hätte er einen Blick hinter sich geworfen, um zu erkennen, welche Form seine Seele annahm, aber er wagte es nicht. Dort schräg hinter ihm stand Jora. Er wusste, wenn er sie jetzt ansah, war er verloren.

Warum war es so still?

Irgendetwas stimmte nicht. Der Teil seines Bewusstseins, der noch nicht vom Schmerz zerfressen war, registrierte die betroffenen Gesichter und das Schweigen seiner Freunde. Mittlerweile schien jede einzelne Nervenzelle seines Körpers in Flammen zu stehen. Nur noch ein paar Schritte, dann hatte er es geschafft. Aber wo blieb sein Sanvi? Warum fühlte er ihn nicht, warum sah er ihn nicht? Er hätte sich längst manifestieren müssen.

Du musst den Schmerz annehmen, flüsterte eine leise Stimme in seinem Kopf – oder war sie hinter ihm?

Ein Brüllen stieg aus seiner Brust empor. Doch auch dieses Geräusch aus den Tiefen seiner Seele linderte die Qual nicht im Geringsten. Wenn möglich, wurde sie sogar noch schlimmer.

Akzeptiere den Schmerz als Teil deiner selbst, mahnte ihn die Stimme ein zweites Mal, diesmal mit einem scharfen, befehlsgewohnten Unterton. Dasquian atmete tief ein und stellte sich vor, wie all seine Qual mit dem nächsten Atemzug aus ihm heraus strömte. Es funktionierte nicht. Das Gegenteil war der Fall. Statt die Pein zu lindern, intensivierte sie sein Versuch nur. Das Denken fiel ihm mit jedem Schritt schwerer. Er dachte an Jora, die lieber gar kein Leben wollte als eines ohne Liebe. Er hatte einen Fehler gemacht, als er ihr das Gefühl genommen hatte. Der Schmerz wurde unerträglich. Vielleicht war es wirklich besser, zu sterben, als so zu leben.

Seine Haut loderte, er stand in Flammen. Jora. Jora. Ihr Name verkörperte die Qual, die ihn zu töten drohte.

Vier Schritte noch, dann hatte er es geschafft, doch Dasquian wusste, es würde ihm nicht gelingen, lebend aus den Flammen zu treten. Er starb.

Sein letzter Gedanke war, dass er mit ihrem Namen auf seinen Lippen sterben würde.

In diesem Augenblick ließ der Schmerz nach.

Die Liebe, die er Jora genommen hatte, verband sich mit dem Schmerz und wurde Teil seiner Seele. Er wusste es. Er fühlte es.

Hinter sich meinte Dasquian, eine Bewegung zu spüren. Noch drei Schritte dann hatte er das Ende erreicht. Noch zwei Schritte. Eine kleine Hand legte sich von hinten auf seinen Rücken. Er widerstand der Versuchung, sich umzudrehen und einen Blick auf das Wesen zu werfen, das ihm von jetzt an zur Seite stehen würde. Ein letztes Mal atmete er tief durch. In der Sekunde, bevor seine Füße den Erdboden berührten, spürte er es. Etwas in ihm veränderte sich.

Sein Drache, mit dem er bislang sein Leben verbracht und an dessen Seite er die Schwelle zum Mann überschritten hatte, veränderte sich. Dieses Tier war kalt und mächtig. Es kannte keine Gnade, kein Erbarmen mit seinen Feinden. Das Wort Niederlage existierte nicht für den Drachen, der in seinem Inneren erwachte. Dasquian stand still wie eine Statue, als er fühlte, wie das Tier langsam an die Oberfläche kroch und begann, seine Flügel auszubreiten. Instinktiv kämpfte er darum, das Biest zurückzudrängen. Ohne dass es ihm jemand gesagt hatte, wusste er, dass niemand von dem veränderten Drachen erfahren durfte.

Mit aller Kraft drängte er das Tier zurück, das sich fauchend gegen die Fesseln zu Wehr setzte. Dasquian fühlte, wie seine Kräfte erlahmten und das Tier die Oberhand gewann, als wieder die leise Stimme ertönte. *Zähme ihn mit deinem Schmerz,* riet sie ihm in einem Tonfall, aus dem er verhaltenen Spott herauszuhören glaubte. *Die Qual ist deine Waffe, Drachenmann.*

Ohne das geringste Zögern tat Dasquian, was ihm die Stimme seines neuen Begleiters – denn sie musste zu ihm gehören, es gab keine andere Möglichkeit – riet. Er packte den Schmerz und ließ ihn mit voller Wucht auf das Tier in seinem Inneren niederfallen. Es war ein Gefühl, als versetze er ihm Fausthiebe, wieder und wieder, bis es ihm endlich gelang, den Drachen stückweise zurückzudrängen. Erst als er sicher war, dass sich das Tier in seinem Inneren verbarg und für niemanden außer ihm sichtbar war, tat er den letzten Schritt.

Stille umfing ihn, als er die Flammen verließ.

Nicht einer seiner Freunde jubelte oder schlug als Willkommensgruß für Dasquians Sanvi mit den Flügeln, wie sie es vorher getan hatten. Er fühlte Thubans Blick, der auf ihm ruhte, aber selbst sein bester Freund schwieg. Er wollte sich umwenden, aber das war nicht mehr nötig.

Neben ihm stand eine kleine, verhüllte Gestalt, kaum größer als ein Kind. Nur die untere Hälfte ihres Gesichts war sichtbar und Dasquian dachte mit einem Schauer, dass er auch nicht mehr von diesem Antlitz sehen wollte. Die weiße Haut umspannte einen Kiefer, der knochig wie der eines Totenschädels war. Aufgesprungene Lippen bleckten sich über gelben Zähnen. Eine winzige, kalte Hand schob sich in seine. Sein erster Impuls war, seine Finger fortzuziehen, aber mit erstaunlicher Kraft hielten die klammen Finger ihn fest.

Dies war seine sichtbar gewordene Seele. Kein Wunder, dass keiner seiner Freunde etwas zu sagen wagte. In diesem Moment war Dasquian unglaublich froh, dass Jora seinen Sanvi nicht sehen konnte. Was Catta von ihm hielt, war ihm gleichgültig.

Die kleine Gestalt drückte seine Finger fester, als wolle sie ihn daran erinnern, dass Erscheinungen durchaus trügerisch sein konnten.

Es war seltsam, aber er meinte sogar, die Missbilligung des Sanvi zu spüren, gleich darauf gefolgt von einem Gefühl der Zufriedenheit angesichts seines Begreifens. War dies die Art, wie die Sanvi mit den Drachenshiftern kommunizierten?

Die harsche Stimme seines Vaters unterbrach die Stille. »Die Prüfungen sind eröffnet. Mögen eure Sanvi euch in dem Kampf würdig unterstützen.« Gegen seinen Willen sah Dasquian zu ihm herüber und fand, was er erwartet hatte: Verachtung für seinen Sohn, dessen Seele eine so schwächliche Gestalt angenommen hatte.

Wieder fühlte er, wie von dem Winzling an seiner Seite eine Emotion zu ihm herüberkam. Diesmal war es etwas, das eine Mischung aus Verärgerung und Heiterkeit war, ganz so, als amüsiere sich sein Sanvi über ihn und die anderen Drachenmänner.

In Dasquians Ohren rauschte das Blut. Gegen die Sanvi seiner Freunde hatte das versehrte Wesen neben ihm keine Chance. Sein Vater hatte recht behalten. Und obwohl er wusste, dass er auf diese Weise Joras Leben rettete, zerriss es ihm ein letztes Mal das Herz. Einen Moment lang erschrak er vor der Dunkelheit, die dort herrschte, wo früher Mitgefühl und Leben gewesen waren. Dann genoss er die Freiheit, die er durch seine Adern kreisen spürte. Wie sein Drache war er jetzt ein anderer.

Shor Dasquian war verschwunden. Dasquian der Belial erwachte.

Kapitel 2

Jora

Sie schluckte und schloss die Augen, damit Thuban sie nicht weinen sah. Die Zeremonie, deren Zeuge sie gerade geworden war, hatte sie an den Rand ihrer Selbstbeherrschung getrieben. Sie wusste ja, dass sie einzig den spirituellen Begleiter des Mannes sehen konnte, als dessen zukünftige Frau sie ausersehen war. Das hatte Chasko ihr und den anderen in seiner dürftigen Erklärung mitgeteilt. Deshalb war sie darauf vorbereitet gewesen, als sich nach Thubans Lauf durch die Flammen zwei weiß gekleidete Frauen an seiner Seite materialisiert hatten, die sie mit einem starren Blick fixierten. Sie waren groß und stattlich, mit ausprägten Armmuskeln und biegsamen Taillen. Beide Frauen ähnelten den Bildern der antiken Amazonen, an die Jora sich noch aus dem Geschichtsunterricht auf der Erde erinnerte. Trotzdem war es unheimlich gewesen, den Jubel der Männer zu hören, wann immer einer der ihren über die Kohlen gelaufen war und sie keine Veränderung hatte wahrnehmen können. Der geheimnisvolle Feuerritus schien seine Wirkung auch bei den anderen Frauen zu entfalten, denn manchmal hörte Jora einen spitzen Schrei oder ein verzücktes Seufzen, wenn eine der stolzen Gestalten aus den Flammen trat und sich präsentierte. Doch dann war etwas geschehen, auf das sie nicht vorbereitet gewesen war.

Dasquian war als Letzter an der Reihe gewesen.

Mit jedem seiner Schritte durch die Flammen kehrte ein Stück mehr ihrer Gefühle zurück. Zuerst war es nicht mehr als eine Erinnerung daran, was sie an ihm so anziehend gefunden hatte. Dann wurden die Gefühle lebendig, die sie im Traum empfunden hatte. Das Begehren und die Angst vor dem Mann, der sie im Inneren des Irrgartens erwartete, trafen sie wie ein Schlag ins Gesicht.

Je näher er dem Ende des Glutbeckens kam, desto intensiver wurden ihre Gefühle. Gleichzeitig sah Jora, dass sich Dasquian veränderte. Er schien einen Kampf auszufechten mit einem Gegner, den niemand außer ihm sah.

Als er die Flammen verließ, war er nicht mehr der Mann, den sie auf Cors zum ersten Mal gesehen hatte. Verschwunden war die Leichtigkeit aus seinem Schritt. Sein Gesicht, immer noch schön, war unnahbar und kalt, wie sie es aus dem Traum kannte. Verschwunden waren die goldenen Spitzen seiner Flügel. Stattdessen legten sie sich um seine breiten Schultern wie ein Mantel aus Finsternis.

Und noch etwas hatte sich verändert. Hinter seinen dunklen Schwingen glaubte Jora, eine kleine Gestalt zu sehen, verschwommen nur und gerade eben aus den Augenwinkeln sichtbar. Das dumpfe Gefühl, dieses Wesen schon einmal gesehen zu haben, setzte sich in ihrem Herzen fest, auch wenn sie keine Antwort fand. War dies Dasquians spiritueller Begleiter? Und warum sah sie ihn?

Ihr blieb keine Zeit mehr, über dieses Rätsel zu grübeln, auch wenn ihr Herz raste und sich ihr Kopf drehte, um ihre Gefühle und die sich überschlagenden Gedanken miteinander in Einklang zu bringen. Während sie Dasquian anstarrte und versuchte, die tobenden Emotionen in ihrer Brust unter Kontrolle zu bringen, hatten sich die Männer wie auf ein geheimes Kommando vorwärts bewegt in Richtung der Frauen, die immer noch gebannt auf die Drachenshifter starrten. Jemand griff nach ihr, packte sie um die Taille und es war nicht Dasquian! Jora strampelte, hatte aber keine Chance gegen den Mann, dessen rote Schuppen spitz durch den dünnen Stoff des Kleides stachen. Jemand – nein, es war Thuban – hob sie hoch und schwang sie über die Schulter wie ein Stück Vieh oder einen Sack Getreide. »Nein!«, schrie Jora und strampelte wie wild mit den Füßen. Aus den Augenwinkeln sah sie Dasquian, der inmitten der Welle aus zuckenden Gliedmaßen und lauten Schreien einfach nur dastand. Thuban tat einen Schritt. Jora streckte die Hände nach ihm aus, aber Dasquian verharrte bewegungslos. Thuban hielt inne, als er an ihm vorbeiging und sagte etwas, das sie nicht verstand. Jora hob den Kopf und merkte, dass ihr Gesicht nass war. Sie schaute in die Augen ihres Liebsten, die so schwarz wie eine sternenlose Nacht waren.

Das Letzte, was Jora sah, war sein ausdrucksloses Gesicht, als er sich mit den Beinen abstieß und ebenfalls hoch in die Luft erhob.

Thubans Flügel raschelten, als er noch weiter nach oben stieg. Hier wurde die Luft noch kühler und Jora fröstelte. Weit unter ihnen kreisten die Drachenshifter mit den Frauen. Manche schrien oder kreischten halb ängstlich, halb erregt, als die Männer sich dazu hinreißen ließen, ein paar waghalsige Manöver auszuführen. Selbst der Anblick der atemberaubend schönen, flügelbewehrten Männerkörper konnte sie nicht aus ihrem Zustand reißen. Es gab nicht einen unter ihnen, der nicht makellos gebaut war. Ihre harten, kantigen Gesichter schienen im Licht des Corsianischen Mondes weniger unbarmherzig, auch wenn man ihnen das jagende Tier in ihrem Inneren ansah. Bei Dasquian hatte es sich vor allem in den Augen gezeigt, dachte Jora und fluchte lautlos. Sie musste versuchen, nicht mehr an ihn zu denken. Aber wie sollte sie das tun? Genauso gut hätte sie ihrem Herz verbieten können zu schlagen oder ihren Lungen, Luft aufzunehmen. Er war nicht der Mann, mit dem sie den Rest ihres Lebens verbringen würde. Das war Thuban, der gerade sein Gesicht in ihrem Haar vergrub und ihr zuflüsterte, dass es ihm leidtäte. Was meinte er damit?

»Es gibt nichts, was dir leidtun müsste«, sagte Jora leise. Sie drehte den Kopf ein wenig, um der Berührung zu entkommen. Thuban verlangsamte seinen Flug und sank ein wenig nach unten. Jora presste die Lippen fest aufeinander, bevor sie wieder und wieder Dasquians Namen sagte. Alles ging viel zu schnell! Thuban, der gesehen hatte, wie sie und Dasquian sich geküsst hatten, war als der Vater ihrer Kinder ausersehen. Sie sah seine spirituellen Begleiter, also musste es stimmen. Er konnte nicht wissen, dass sein Freund und sie sich bereits in einem Traum begegnet waren, dass sie Dasquian geliebt und dann geglaubt hatte, ihn nicht mehr zu lieben – nur um dann zu erkennen, dass sie sich geirrt hatte. Sie wollte sich die Stirn reiben, um wenigstens einen Anschein von Klarheit in ihre Gedanken zu bringen, aber Thuban hielt sie so eng umschlungen, dass sich Jora nicht bewegen konnte.

Wie hatte sie jemals glauben können, Dasquian nicht zu lieben? Die Wucht, mit der ihre Gefühle zurückgekehrt waren, raubte ihr den Atem. Sie erstarrte, als ihr die Wahl ihrer Worte bewusst wurde. Sie hatte »zurückgekehrt« gedacht. Wie war es möglich, dass etwas so intensives verschwand? Sie hatte den veränderten Dasquian angesehen, wie er aus den Flammen trat und hatte gewusst, dass sie ihn mit jeder Faser ihres Herzens und ihrer Seele begehrte. Hatte es etwas mit dieser sichtbaren, fühlbaren Veränderung zu tun?

Und was empfand Dasquian? Sie konnte und wollte nicht glauben, dass er sie nicht liebte, auch wenn jeder seiner Blicke, jede seiner Gesten und sogar alles, was er nicht sagte oder tat, ihr verriet, dass seine Gefühle für sie gestorben waren. Was war geschehen? Was dieser alles verzehrende Kuss in ihr ausgelöst hatte, konnte sie sich nicht eingebildet haben. Oder doch? Sie schluckte die aufsteigenden Tränen herab. Sie meinte, noch immer die Leidenschaft zu spüren, mit der er sie geküsst hatte und konnte sich nicht erklären, was die Veränderung in seinem Benehmen hervorgerufen hatte. Eine Nacht hatte genügt, um eine Liebe, die so plötzlich wie unerklärbar war, ins Gegenteil zu verwandeln. Seine Augen blickten sie kalt, fast schon hasserfüllt an und die Haltung seines Körpers war die eines Mannes, der nichts mehr mit ihr zu tun haben wollte.

Während Thuban mit ihr im Arm höher und höher stieg, warf sie einen allerletzten Blick auf Dasquian. Sie hätte an Cattas Stelle in seinen Armen liegen sollen! Der Kloß in ihrer Kehle wurde mit jeder Sekunde dicker. Wenn er platzte, würde sie nie wieder aufhören zu weinen, also schluckte sie ihn herunter und konzentrierte sich darauf, nichts zu fühlen.

»Du weißt, was es bedeutet, dass du und ich durch die Prüfungen gehen?« Seine Stimme klang dunkel und rau.

Sie hätte gerne mit den Achseln gezuckt, aber das war in seiner festen Umklammerung nicht möglich. Thubans Körper war hart und sprungbereit wie eine Feder. Jora durchzuckte ein Anflug von schlechtem Gewissen und sie schämte sich. »Ja«, antwortete sie leise und sah nach oben in sein Gesicht. Seine goldenen Augen glänzten hell, beinahe schon fiebrig. »Du bist mein … Mann.« Der Geschmack von Asche breitete sich in Joras Mund aus. Sie wollte nicht an die Bedeutung dieses Wortes denken, zumindest nicht in Verbindung mit Thuban. Aber blieb ihr etwas anderes übrig? Wie mochte es für ihn sein, eine Frau zu wählen, die vor nicht einmal einem halben Tag einen anderen Mann leidenschaftlich geküsst hatte? Alles an seinem selbstbeherrschten Verhalten sagte ihr, dass es ihn entweder nicht kümmerte … oder dass er gewiss war, dass sie zu ihm gehörte und nicht zu seinem besten Freund. Und so war es ja auch, nahm man die Sichtbarkeit der spirituellen Begleiter als Beweis dafür.

»Wir müssen darüber sprechen«, sagte er in ihr Ohr, »aber nicht jetzt. Bist du bereit zur Landung?« Er wartete ihre Antwort nicht ab und zog einen weiten Kreis, nur um dann gravitätisch herabzusinken. Jora schaute nach unten und erkannte im Schein der unzähligen Fackeln, dass sie nicht die einzigen waren, die zur Landung ansetzten. Nach und nach versammelten sich die Drachenshifter mit den erbeuteten Frauen etwa zehn Meter in der Luft. Wäre Jora nicht immer noch innerlich taub von dem Schock, den ihr der schwarze Drache versetzt hatte, hätte sie den Anblick vermutlich genossen. So aber suchten ihre Augen unwillkürlich nach dem einen Drachenmann, den sie vergessen wollte.

Und da war er. Ein Blitz aus Lust und Trauer durchbrach den dünnen Eispanzer ihres Herzens. Dasquian hielt sich ein wenig abseits, aber trotzdem stand er für Jora im Mittelpunkt des Geschehens. Ihr Körper verkrampfte sich. Er war der schönste Mann, den sie je gesehen hatte. Jetzt, wo auch die anderen Männer in ihrer Halbgestalt zwischen Tier und Mensch zu sehen waren, hob er sich umso deutlicher von den anderen ab. Die mächtigen Flügel der Männer leuchteten in allen Nuancen des Farbspektrums und bildeten einen harten Gegensatz zu Dasquians lichtloser Erscheinung. Er war der finstere Verführer, der eine Woge aus Lust und Angst in ihr weckte.

Sie war beinahe dankbar, als sich etwas Rotes in ihr Blickfeld schob. Thuban breitete seine rubinschimmernden Flügel aus, stieß einen markerschütternden Schrei aus und ließ sich senkrecht zur Erde fallen. Es schien Jora, als beantwortete jeder einzelne Drachenshifter auf Cors seinen Ruf mit einem gleichermaßen durchdringenden Laut und sie hätte sich am liebsten die Ohren zugehalten, wagte aber nicht, ihre Arme von Thubans

Hals zu lösen. Sie schloss die Augen in der Erwartung des harten Aufpralls, aber der rote Drache bremste mitten in der Luft und setzte behutsam auf. Jora spürte den Herzschlag in seiner Brust. Mit einem Ruck wurde ihr bewusst, dass er wie alle anderen einen nackten Oberkörper hatte und sie sich in seine Arme schmiegte. Bevor das Schamgefühl noch schlimmer wurde, beugte Thuban ein Knie, sie immer noch festhaltend, und ließ sie langsam herabgleiten.

Endlich hatte sie wieder festen Boden unter den Füßen. Sie blinzelte ein paar Mal, um ihren Blick zu klären, aber nach dem rasanten Abstieg dauerte es ein paar Sekunden, bis Jora wieder klar sah. Thuban, sie und die anderen Paare waren auf einem kreisförmigen Platz gelandet, der rundherum von lodernden Fackeln umgeben war. Thubans Sanvi waren gleich hinter ihm. Auf eine gewisse Weise war Jora froh, dass sie die spirituellen Begleiter der anderen Drachenmänner nicht sehen konnte. Wer weiß, welche Gestalt sie angenommen hatten! Die fremde Welt von Cors war schon verwirrend und fantastisch genug, ohne dass sie noch mehr Kreaturen sah. Sie wünschte sich, dass Chasko ihr und den anderen Frauen mehr über die spirituellen Begleiter und vor allem über ihre Bedeutung erzählt hätte als die mageren Brocken, die er ihnen hingeworfen hatte.

Thuban legte ihr die Hand besitzergreifend auf die Schulter und schob sie langsam nach vorne, bis sie beide am äußersten Rand des Areals angekommen waren.

Jora sog die Luft ein, als sie begriff, wo sie war. Vor ihr ragte das Tor empor, das sie bereits aus ihren Träumen kannte und hinter dem sich das Labyrinth verbarg. Der metallene Drache hatte rubinrote Augen und funkelte sie herausfordernd an. Ihr stockte der Atem. Wenn ihr Traum zur Realität geworden war, was tat sie dann hier an Thubans Seite?

****

Dasquian

Er positionierte sich mit Absicht ein Stück weit hinter seinen Freunden, als er mit Catta landete. Dasquian war durch seine Position als Sohn des Chancellors immer schon ein Außenseiter gewesen, aber jetzt hatte er alle Bande zur Gemeinschaft zerschnitten.

Er war zum Belial geworden, einem Wesen, das sich von den dunkelsten und abseitigsten Gefühlen ernährte, derer es habhaft werden konnte. Noch war die Verwandlung nicht vollkommen, aber er spürte bereits, wie die sanfteren Gefühle vor der Finsternis in ihm zurückwichen. Nicht mehr lange und auch sein Äußeres würde verraten, wozu er geworden war. Schon waren die goldglänzenden Spitzen seiner Flügel einem matten Schwarz gewichen. Bald würden die verräterischen roten Adern seine Haut durchziehen, die ihn als Ausgestoßenen kennzeichneten. Kein Wunder, dass sein Sanvi ein versehrtes Wesen war, das ihm in den Prüfungen nicht viel nutzen würde. Eine Seele wie die seine konnte keine prachtvolle Form annehmen.

Dasquian fühlte, wie ein Lachen in seiner Brust aufstieg. Sein Vater hatte sich immer einen Sohn gewünscht, der hart und kompromisslos war. Jetzt, da er ihm Jora genommen hatte, war er zu dem geworden, der er in den Augen seines Vaters sein sollte.

Nur dass es seinem Erzeuger nichts nützen würde.

Alles, was Chasko gewonnen hatte, war der kompromisslose Hass seines eigenen Sohnes.

Sobald er und die anderen erkannten, dass er zum Belial geworden war, würden sie ihn von Cors vertreiben und aus der Gemeinschaft verstoßen. Dasquian war zu gefährlich geworden, um unter ihnen zu leben. Sein Drache hatte sich in eine Bestie verwandelt und Dasquian hatte keine Wahl als ihm auf den lichtlosen Wegen zu folgen. Wo ein Belial wandelte, schürte er Streit und Sünde. Ein Belial zog Befriedigung aus den dunkelsten Gelüsten, er war Verführer und brachte denen, die ihm verfielen, nichts als Kummer und den Tod. Er lockte die böse Seite der Wesen hervor, in deren

Gegenwart er sich aufhielt. Es würde harmlos beginnen, mit einem Streit vielleicht, aber es endete immer mit Blut und Tod. Er würde erst dann nachlassen, wenn er auch den letzten Mann, die letzte Frau in seiner Gegenwart verdorben hatte. Ein Blitz aus Adrenalin schoss durch seinen Körper, als er begriff: Auch Jora war vor ihm nicht sicher. Die Vorstellung, sie zu korrumpieren, war so schmerzhaft, dass ihm allein die Vorstellung wehtat. Mit jeder Minute, die sie in seiner Gegenwart verbrachte, würde er sie mehr herabziehen. Ihre Liebe würde sich in etwas Giftiges verwandeln, ihre Leidenschaft in etwas Dunkles, Verdorbenes. Nein. Das konnte Dasquian nicht zulassen, selbst wenn es bedeutete, dass er den Rest seines Lebens ohne Jora verbringen würde.

Hatte sein Vater geahnt, dass in seinem Sohn ein Belial schlief und ihm deshalb die Bindung an Jora verboten? Er hielt den Atem an. Joras Fähigkeit, sich unbewusst gegen die Beeinflussung durch die Drachenshifter zur Wehr zu setzen, mochte ebenfalls eine Rolle spielen. Vielleicht befürchtete sein Vater, die Nachkommen eines Belials und einer so ungewöhnlichen Frau nicht ... kontrollieren zu können.

Dasquian sah, dass sie sich dem Tor näherten und knirschte mit den Zähnen. Alles hätte er lieber getan als jetzt durch die Prüfungen zu gehen mit einer Frau an der Seite, die er nur ins Unglück stürzen konnte. Unsanft setzte er Catta ab. »Die Prüfungen beginnen gleich«, sagte er und packte sie an den Schultern. Er drehte sie, bis sie gezwungen war, ihm ins Gesicht zu schauen. Sie hielt seinem Blick nicht stand und sah zu Boden. Er schüttelte sie kurz. »Schau mich an, wenn ich mit dir spreche!«

»Es tut ... mir ... leid«, stammelte sie. »Ich wusste nicht, dass ... ich wollte doch nur ...«

»Es ist mir vollkommen gleichgültig, was du wolltest oder nicht.« Seine Stimme klang selbst in seinen Ohren flach und unbeteiligt. Ihre Augen füllten sich mit Tränen. Eine Sekunde lang hoffte er, dass der Anblick ihres Schmerzes ihn bewegte oder irgendetwas in ihm auslöste, das einer empathischen Reaktion gleichkam. Zwischen zwei Herzschlägen glaubte er, dass doch noch nicht alles verloren war. Wenn er noch einen Funken

Mitgefühl empfand, dann gab es Hoffnung für ihn und vielleicht auch für Jora.

Nichts dergleichen geschah. Stattdessen erwachte der Drache in seinem Inneren und verströmte seine verhaltene Befriedigung über die Frau, die zitternd vor ihm stand. Damit gab es kaum noch einen Zweifel.

Einen Augenblick erwog er, eines der Schiffe zu kapern, die im Raumhafen vor Anker lagen, und sich davonzumachen. Er konnte irgendwo auf einem fremden Planeten ein neues Leben beginnen, wo niemand ihn kannte und keiner wusste, welches Monster sich in seinem Inneren verbarg. Dasquians Füße zuckten und er wollte sich bereits umdrehen und fortlaufen, als er erneut die kalte Hand seines Begleiters fühlte. Die dürren Finger legten sich um sein Handgelenk und in diesem Moment wusste er, es gab kein Entkommen. Er, der verkrüppelte Sanvi und die Blonde würden durch das Tor gehen und sich den Gefahren im Herzen des Labyrinths stellen. Danach war er frei zu gehen, wohin er wollte, fort von Cors. Ungebunden von allen Banden, die Familie und Freundschaft ihm auferlegten – bis auf Catta natürlich. Sie würde bis an das Ende ihres Lebens an seiner Seite sein und ihn täglich daran erinnern, was er verloren hatte.

Nein. Er musste eine Möglichkeit finden, sie hinzuhalten, bis er eine Lösung gefunden hatte. Den schwarzen Drachen im Zaum zu halten würde alles andere als leicht werden. Selbst jetzt, wo er Catta nur ansah, fühlte Dasquian, wie sich die Bestie auf ihre Gefühle stürzte, ähnlich einem ausgehungerten Raubtier. Instinktiv erkannte der Belial, dass Catta sich zu ihm hingezogen fühlte, dass seine Gegenwart die Frau erregte. Vor seinem inneren Auge entfaltete sich ein Szenario, dass er halb fasziniert, halb abgestoßen beobachtete. Er sah, wie der Belial, der in diesem Augenblick noch nicht einmal zu voller Macht herangewachsen war, Catta verführte und sie Schritt für Schritt tiefer in einen Sumpf der widerwärtigsten Erniedrigungen zog.

Wie weit würde Catta gehen, um ihm zu gefallen? Würde sie sich selber aufgeben, wenn der Belial es von ihr forderte?

Er schloss die Augen und vertrieb die Vorstellung einer flehenden Catta, die dem Biest in seiner Brust eine unendliche Freude bereitete.

Vielleicht versagte sie in den Prüfungen, wenn er sie schlecht behandelte? Nein, das war unmöglich. Die Gefahr war zu groß, dass Catta dem Wahnsinn verfiel oder starb, wenn sie nicht durch einen Drachenmann sicher durch die Prüfungen begleitet wurde. Er musste versuchen, die endgültige Wandlung zum Belial bis zum fünften Tag hinauszuzögern oder Catta starb. Eine Frau wie sie konnte an der Seite eines Belials nicht überleben. Sie hatte ihm nichts entgegenzusetzen und schlimmer noch, er empfand nichts als Mitgefühl mit ihr. Und das reichte nicht aus, um sie vor der Verführungskraft eines Belials zu beschützen. Am liebsten hätte Dasquian seinen Schmerz über die ausweglose Situation laut hinausgebrüllt. Es war sein Schicksal, alle von sich zu stoßen, die ihn liebten. Bis ans Ende seiner Tage würde er allein leben. Er würde niemals Kinder haben oder morgens aufwachen und ins Gesicht einer Frau schauen, die er liebte.

Endlich erlöste ihn der Chancellor aus seinen düsteren Gedanken, indem er in die Mitte des Kreises trat und die Stimme erhob. Wie stets, wenn es um die Zurschaustellung seiner Macht ging, hatte er seine goldene Robe angelegt. Dasquian fragte sich, ob er versuchen würde, die Prüflinge mental zu beeinflussen, bevor sie den Irrgarten betraten und ob er selbst dies überhaupt bemerken würde. Es war ihm durchaus zuzutrauen, seine Macht auf diese Weise zu missbrauchen. »Wir haben uns hier versammelt, um heute Abend …« Dasquian blendete die Stimme seines Vaters aus und schaltete seinen Kopf erst wieder ein, als er merkte, dass sich die langatmige Rede über das Wachsen und Gedeihen ihrer Rasse dem Ende näherte. Wie Politiker aller Rassen hörte sich der Chancellor gerne selbst sprechen. »Ihr werdet nun das Labyrinth betreten und euch der ersten von fünf Prüfungen stellen.« Er legte eine Pause ein. Dasquian fletschte die Zähne, als der selbstgefällige Tonfall des höchsten Drachenshifters an seine empfindlichen Ohren drang. Eine Sekunde lang glaubte er, das Herz seines Vaters schlagen zu hören, doch es war eine Sinnestäuschung gewesen. »Ihr werdet nacheinander durch diese Tür gehen. Der spirituelle Sanvi wird euch durch die Gänge zum Ort der ersten Erprobung führen. Eure erste

Herausforderung besteht darin, den Hunger zu bekämpfen. Von jetzt an bis zum Anbruch des Tages ist es euch verboten, Nahrung zu euch zu nehmen.«

Es klang wie eine relativ harmlose Aufgabe, aber Dasquian wusste, dass hinter der Tür einige unliebsame Überraschungen lauerten. Die den Drachen eigene magische Kraft entwickelte dort ein Eigenleben und veränderte ihre Gestalt, je nach Situation und Bedürfnis. Hunger mochte das Thema sein, aber die Variationen waren so zahlreich wie die Männer und Frauen, die durch den Irrgarten schritten. Er wandte sich ein letztes Mal vor dem Betreten des Labyrinths an Catta. »Was auch immer dort geschieht, bleib dicht hinter mir. Berühre nichts. Verlasse nicht die Wege. Kannst du das?« Er sah in ihre angstgeweiteten Augen. »Ich weiß, dass du es kannst«, stieß er zwischen zusammengebissenen Zähnen hervor. »Bleib bei mir, dann wird dir nichts geschehen.« Er wandte sich ab, wohl wissend, dass er ihr Angst machte.

»Was wird dort mit uns geschehen?« Cattas Stimme hatte nichts mehr mit dem melodischen Trällern gemein, das sie bei ihrer ersten Begegnung eingesetzt hatte. Ihre aufgesetzte Atemlosigkeit, die er vorher amüsant und ein kleines bisschen sexy gefunden hatte, war nun echt. Ihr Herz pochte gegen die Rippen. Er sah ihren Puls an der verletzlichen Stelle am Hals, zwischen den Schlüsselbeinknochen pulsieren und fühlte eine unbekannte Begierde in sich aufsteigen, die Haut mit einer Klaue aufzubrechen und einen einzigen Tropfen ihres Blutes zu kosten. Angstgesättigt und randvoll mit der köstlichsten Furcht ... er schloss die Augen und vertrieb das Bild seiner selbst, wie er sich über Cattas Hals beugte.

»Du wirst nicht sterben«, presste er rau zwischen den Lippen hervor, auch wenn er ihre Ängstlichkeit gerne mit einer subtilen Drohung vertieft hätte. »Aber es kann sehr, sehr schmerzhaft für dich werden, wenn du dich nicht an meine Anweisungen hältst.« Er richtete seine Augen auf sie. In ihren hellen Augen spiegelte sich seine dunkle Iris und er sah sich selbst drohend über ihr aufragen. Die kleine Knochenhand zupfte an seinem Ärmel, gerade noch rechtzeitig, bevor er sich wieder der Versuchung hingab. »Eine Frage noch, bevor wir uns auf den Weg machen. Siehst du meinen Sanvi?« Es war eine Frage, auf die er die Antwort bereits kannte. Er musste sicher sein, dass das Schicksal ihm keinen Streich spielte und Catta entgegen aller Erwartungen seinen spirituellen Begleiter sah.

»N-nein«, stotterte sie und schaute sich suchend um.

»Gut«, beschied er sie knapp. »Halte dich an das, was ich dir gesagt habe, dann wird dir nichts geschehen.« Er meinte, die verhüllte Gestalt zustimmend nicken zu sehen. Warum half sie ihm nicht? Genügte es nicht, dass er mit diesem flügellahmen Sanvi geschlagen war, musste er außerdem noch so zurückhaltend in seinen Hilfestellungen sein? Alles, was er bisher von diesem Winzling bekommen hatte, waren ein paar Schwingungen des Zuspruchs oder der Ablehnung.

Etwas traf ihn am Oberarm, so hart und plötzlich, dass er beinahe zusammenzuckte. Unter der Kapuze seines Sanvi glühten zwei Augen, missbilligend und hart. Er zuckte als Antwort auf die stumme Zurechtweisung nur die Achseln und wandte sich ab von der Kreatur. Sollte sie doch schmollen. Er war sein Leben lang zurechtgekommen, ohne dass ihm ein leibhaftig gewordener Teil seiner Seele zur Seite stand, und er würde es auch weiterhin ohne den kleinen Krüppel schaffen.

Aus den Augenwinkeln sah er Thuban, der sich mit Jora nach hinten fallen ließ. Warum ließ er anderen Paaren den Vortritt? Dasquian fing den Blick seines besten Freundes auf und schüttelte unmerklich den Kopf. Nicht jetzt, nicht hier. Sie an der Seite Thubans zu sehen, vertrieb alle anderen Gedanken aus seinem Kopf. An der starren Haltung ihrer Schultern und dem gerade durchgestreckten Rücken sah er, wie angespannt sie war. Thuban hatte sein Zeichen verstanden und reihte sich erneut in die Schlange der Wartenden ein. Seine Hand glitt über Joras Rücken, die sich den Fingern entgegenschmiegte und sich unmerklich lockerte.

Der Klumpen in seiner Brust, der vor noch nicht einmal einem halben Tag ein Herz gewesen war, zog sich zusammen und seine Kehle füllte sich mit Säure. Die wahre Prüfung war für ihn nicht, mit Catta dem Hunger und was noch alles kommen mochte zu widerstehen.

Es war der Anblick von Jora und Thuban, die gemeinsam ihren Weg gingen, zu zweit miteinander kämpften und sich aufeinander verließen, der ihn innerlich zerfraß.

Fünf Tage, sagte er sich. Das konnte er schaffen.

Der schwarze Drache in seinem Inneren lachte leise.

Kapitel 3

Jora

Je näher sie dem Tor kamen, desto nervöser wurde Jora. Hatte sie noch vor wenigen Minuten geglaubt, ihr Herz sei aus Eis und sie könne nie wieder etwas empfinden, so wuchs die Unruhe jetzt mit jedem Schritt. Auch die anderen Frauen schienen viel von ihrem eigenartigen Zustand der seligen Erwartung zu verlieren, als sie sich mit ihren Partnern der Drachentür näherten. Wo vorher noch aufgeregtes und freudiges Getuschel zu hören gewesen war, herrschte nun zunehmend Schweigen. Der Chancellor hatte ihnen eingeschärft, nach Möglichkeit nichts zu berühren, sobald sie das Tor durchschritten hatten. »Es geht darum, der Versuchung zu widerstehen«, hatte er gesagt. »Ich warne euch davor, etwas zu essen oder zu trinken, gleichgültig, wie sehr der Hunger an euch nagt. Wer versagt, dem droht der Tod – wenn er Glück hat. Wenn nicht, werdet ihr in einem Albtraum leben, in dem sich die Prüfung wiederholt, solange ihr lebt. Bedenkt also jeden Schritt, den ihr tut, und lasst euch von den starken Drachenmännern an eurer Seite leiten.« Hinter den pompösen Worten war die lauernde Gefahr unverkennbar.

Jora zitterte und sofort legte Thuban seine Hand auf ihren Rücken. Er übte keinen Druck aus, sondern ließ die Finger einfach dort liegen, wo sie waren. Er gab ihr zu verstehen, dass er für sie da war.

Jora fühlte Dasquians Gegenwart, ohne hinschauen zu müssen.

Wie ein Magnet übte er auf sie eine unwiderstehliche Sogwirkung aus, gegen die anzukämpfen immer schwieriger wurde. Sich auf das, was vor ihr lag zu konzentrieren, half auch nicht. Jedes Mal, wenn sie nach oben schaute, schienen die Augen des metallenen Drachen dort oben auf dem Tor unheilvoller zu leuchten.

Er sah beinahe schon boshaft aus, wie er dort mit aufgerissenem Maul auf sie wartete, bereit, sie zu verschlingen.

Jora versuchte, sich an ihre Träume zu erinnern, aber alles verschwamm in ihren Gedanken zu einem Gefühl nahenden Unheils. Sie sollte mit Dasquian durch das Tor schreiten, nicht mit Thuban.

Auf sie wartete der schwarze Drache, nicht der rote.

Alles andere war eine Lüge, sie wusste es. Sie fühlte es mit jedem Atemzug. Dasquian liebte sie. Sie sah es an der Art, wie er sie ansah und noch deutlicher an der Weise, wie er sie *nicht* ansah. Er hätte hunderte von Meilen entfernt sein können und doch war er ihr nahe wie noch nie ein anderes Wesen zuvor. Er log, wenn er behauptete, nichts für sie zu empfinden. Und hieß es nicht, nur die wahre Gefährtin könne die spirituellen Begleiter eines Drachen wahrnehmen? Jora hatte Dasquians Sanvi gesehen. Denn was anderes sollte die kleine, verhüllte Gestalt gewesen sein, die neben ihm gestanden hatte? Sie gehörten zueinander wie Tag und Nacht, wie Licht und Schatten.

Es war alles falsch.

Das Tor öffnete sich. Jora hatte erwartet, dass die riesigen Flügel sich unter lautem Knarren öffneten, aber sie schwangen lautlos auf. Vergeblich versuchte sie zu erkennen, was sich hinter der Tür verbarg. Alles, was sie sah, war eine Wand aus undurchdringlichem Nebel. Die Flügel schwangen zurück und schlossen sich.

»Hab keine Angst«, raunte Thuban ihr von hinten zu. »Solange du bei mir bleibst, wird dir nichts geschehen. Ich schwöre bei meinem Leben und bei meiner Ehre, dass ich dich bis zum letzten Atemzug beschützen werde.«

Joras Kehle wurde eng. Sie hatte die Liebe ihres Lebens verloren und nun bot dieser Mann ihr sehenden Auges seinen Schutz an. Er wusste doch, dass sie ihn nicht liebte! Jora lehnte sich an ihn, unfähig, ihre widerstreitenden Gefühle in Worte zu fassen. Ein letztes Mal spürte sie Dasquians dunkler Präsenz nach, die wie eine schwarze Flamme in ihrem Rücken loderte.

Sobald sie durch das Tor geschritten war, begann ein neues Leben für Jora. Eines, in dem sie die Frau eines anderen wurde, dessen Kinder sie aufzog und an dessen Seite sie für den Rest ihres Lebens existierte. Sie sah nach rechts und dann nach links, wo sich die meterhohe Hecke auftürmte. Obwohl es vollkommen windstill war, raschelten die Blätter und die Dornen an den schwarzbraunen Ästen schienen sich aneinander zu reiben und dabei ein merkwürdiges, sirrendes Geräusch zu erzeugen.

Und dann war es soweit. Der Drache hoch oben in der Mitte des Tores riss sein Maul auf und stieß ein fürchterliches Brüllen aus. Gänsehaut bedeckte ihre Arme. Der Kopf bewegte sich! Nein, es war mehr als das! Aus dem Kopf wurde ein schuppenbedeckter Drachenleib, der aus dem Tor heraus auf sie zuschoss. Jora erstarrte und merkte kaum, dass Thuban sie vorwärts schob. Starr vor Angst folgten Joras Augen dem Tier, das mit weit aufgerissenem Maul auf sie zukam. Sie glaubte, den stinkenden Atem der Bestie auf ihrer Haut zu spüren und schaffte es dennoch nicht, sich von der Stelle zu bewegen. Thuban verstärkte den Druck und genau in dem Augenblick, als sie glaubte, das Tier würde sie verschlingen, schossen zwei weiß gekleidete Gestalten hinter ihr und Thuban hervor und stellten sich dem Biest in den Weg.

Ungläubig beobachtete sie, wie aus den weißen Schemen zwei ehrfurchtgebietende Frauen wurden und dem Torwächter entgegentraten. Es waren die beiden Amazonen, die Thuban begleiteten! Unbarmherzig und zielstrebig glitten sie auf ihn zu und trieben ihn zurück. Jora merkte nur am Rande, dass sie und Thuban den Eingang hinter sich ließen, während die Frauen den Angreifer in Schach hielten. Nebel umfing sie und einzig das dumpfe Geräusch hinter ihr verriet, dass sich das Tor geschlossen hatte. Es war gespenstisch still, aber Jora atmete erleichtert auf. Diese Ruhe konnte nur eines bedeuten, nämlich dass sie und Thuban allein waren. Der angriffslustige Drache war draußen geblieben. Aber wo waren die beiden Sanvi Thubans geblieben?

Sie standen inmitten des Nebels, Thuban immer noch dicht hinter ihr. »Diese Frauen, die den Drachen in die Flucht geschlagen haben, das waren deine …«, sie zögerte, plötzlich verlegen, als habe sie etwas gesehen, das nicht für ihre Augen bestimmt war. Sie fühlte Thuban hinter sich erstarren und drehte sich alarmiert um.

»Du hast sie gesehen?« Sein Gesicht war blass geworden und seine Stimme klang belegt. Er schüttelte vehement den Kopf, während der Nebel sich um sie beide zusammenzog. Jora fröstelte, aber es war nicht der feuchte Dunst, der einen Schauer über ihr Rückgrat sandte. »Das kann nicht sein«, murmelte Thuban halb zu sich selbst, halb an Jora gewandt. »Nur die wahre Gefährtin kann den spirituellen Begleiter sehen und du bist …« Er verfiel in Schweigen. Joras Atem ging schnell, in ruckartigen Stößen.

»Was redest du da?« Jora packte ihn am Oberarm, auch wenn sie weit hinauf reichen musste. Trotzig sah sie ihn an, aber Thuban betrachtete sie nur stumm unter halb geschlossenen Lidern.

Er warf einen Blick hinter sich. »Lass uns erst einmal versuchen, aus diesem verdammten Nebel herauszukommen. Ich habe jetzt keine Zeit, um dir alles zu erklären.«

Sie stemmte die Füße in den Boden. »Nein, du wirst mir jetzt sofort erzählen, was los ist. Dasquian ….«

»Vergiss Dasquian«, fauchte Thuban.

Es war das erste Mal, dass sie einen Anflug von Zorn in seinem Gesicht erkennen konnte. »Er kann nicht dein Gefährte sein. Wenn du meine Sanvi sehen kannst, gehörst du zu *mir*.« Jora wurde kalt bis ins Mark. Seine Worte klangen endgültig. Sie hatte gewusst, dass der schwarze Drache für sie verloren war, aber zu hören, wie Thuban es aussprach, verlieh der Erkenntnis noch einmal eine andere Qualität. Es laut zu sagen machte es wahr, auf eine Weise, die sie sich nicht erklären konnte.

Doch Thuban hatte offensichtlich die Geduld verloren. Er schaute sich um, seine Nasenflügel blähten sich, als wittere er Gefahr. Dann, im Bruchteil einer Sekunde, überzogen rote Schuppen seinen Körper. Seine Finger wurden zu Klauen, an deren Spitzen scharf und gefährlich aussehende Krallen heraustraten. Er packte sie und zog sie an sich. »Jetzt gehörst du zu mir«, grollte er und presste seinen Mund auf ihren. Vergeblich versuchte Jora, seine Zunge aus ihrem Mund herauszuhalten. Er biss sie in die Oberlippe.

Sie schmeckte Blut, einen Tropfen nur, aber ausreichend, um eine nie gekannte Wut in ihr zu entfachen. Sie presste beide Hände auf seine Brust und als das nichts half, biss sie ihm in die Zunge.

Er reagierte mit einem schmerzerfüllten Brüllen, packte Jora und hob sie hoch in seine Arme. »Du gehörst zu mir«, wiederholte er noch einmal und dann trabte er los. Jora konnte nichts tun, als darauf zu vertrauen, dass sich später noch eine Gelegenheit ergeben würde, sich mit ihm auseinanderzusetzen, denn sobald er den ersten Schritt in das dichte Gewirr aus Gängen getan hatte, begann die erste Prüfung.

Sie hatte geglaubt, den Hunger zu bezähmen, könne keine so schwierige Aufgabe sein. Sie wurde eines Besseren belehrt. Sie erinnerte sich noch gut an die Lebensmittelknappheit, die in ihren ersten zehn Lebensjahren geherrscht hatte. Damals hatten ihre Eltern wenig gehabt, aber wenigstens war sie nie mit dem beißenden Hunger eingeschlafen, der sie jetzt schlagartig überfiel. Der Hunger nistete sich in ihr ein wie ein lebendiges Wesen, das jederzeit die Kontrolle über ihr Denken und Handeln übernehmen konnte. Mit aller Macht zwang sich Jora, das Bedürfnis nach Nahrung zu ignorieren.

»Hast du dich beruhigt?«, fragte Thuban irgendwann. Jora wusste nicht, wie viel Zeit vergangen war. Er lief immer noch mit lockeren Schritten die immer gleichen Heckenwege entlang, ohne im Geringsten außer Atem zu sein. Jora war kein bisschen ruhiger als vorhin, aber sie hatte auch keine Lust mehr, an ihn gepresst und ohne die geringste Bewegungsmöglichkeit hier herumzuirren. Das wütende Ziehen in ihrem leeren Bauch konnte sie besser ignorieren, wenn sie sich bewegte.

»Lass mich runter«, war ihre Antwort. »Ich werde schon nicht weglaufen.« Wohin sollte sie auch gehen?

Ihre weichen, beinahe schon zärtlichen Gefühle für Thuban hatten sich in dem Moment verabschiedet, in dem er sie seine Gefährtin nannte, aber ihr blieb keine Wahl als an seiner Seite hinauszufinden.

»Also gut«, stimmte er zu und setzte sie ab. »Aber bleib bei mir, hörst du? Ich kann es nicht oft genug sagen. Berühre nichts, wenn es sich vermeiden lässt. Wie schlimm ist dein Hunger?«

»Er lässt sich noch ertragen«, erwiderte sie.

»Sobald du müde wirst oder glaubst, es nicht mehr aushalten zu können, sagst du mir Bescheid.« Es war keine Bitte, sondern ein klarer Befehl aus Thubans Mund. »Das hier ist erst der Anfang, verstehst du? Je weiter wir uns ins Innere des Labyrinths vorarbeiten, desto unerträglicher wird es. Die Tatsache, dass du noch nicht halluzinierst, kann nur eines bedeuten. Wir bewegen uns noch immer am Rande des Irrgartens.«

»Okay, ich habe verstanden. Können wir jetzt über diese Sache mit der Gefährtin und dem Sanvi reden, während wir weitergehen?«

»In Ordnung«, stimmte Thuban zu. Er griff nach ihrer Hand, die sie ihm widerstrebend überließ. Seine Krallen waren fort, aber die Schuppen streiften hart über ihre Haut. Er setzte sich langsam in Bewegung. »Dann fasse ich einmal kurz für dich die Fakten zusammen. Erstens: Nur die einem Drachenshifter bestimmte Gefährtin kann seinen Sanvi sehen und mit ihm agieren. Für alle anderen Frauen bleibt er unsichtbar.« Jora taumelte. Das konnte nicht sein! Sie war nicht die ihm bestimmte Gefährtin! Sie kniff sich in den Oberarm und genoss den Schmerz, der sie aus ihrer alles verschlingenden Panik herauskatapultierte. Er irrte sich. Oder seine sogenannten Götter erlaubten sich einen grausamen Scherz mit ihnen.

»Zweitens«, fuhr er unbarmherzig fort. »Dasquian kann nicht dein Gefährte sein, wenn du meine Sanvi siehst. Sie sind ein sichtbar gewordener Teil meiner Seele und damit nur für die Frau sichtbar, mit der ich bis ans Ende meines Lebens zusammen sein werde. Für immer, verstehst du?«

Seinen Namen zu hören tat so weh, dass es ihr kurz den Atem verschlug. Ein seltsamer Geruch streifte ihre Nase. Sie glaubte, etwas Süßes mit einem Unterton von Säure zu riechen, wie eine geschälte Frucht. Ihr Magen zog sich zusammen und Thubans Nasenflügel blähten sich. Sie runzelte die Stirn. Auf ihrer Zunge schmeckte sie etwas, das sie entfernt an eine Orange erinnerte. »Und nun sind wir für den Rest unserer Existenz aneinander gebunden?« Sie merkte selbst, wie zaghaft sie klang.

Aber hatte sie nicht von Anfang an gewusst, dass Liebe kein Teil des Vertrags war, den sie auf der Erde geschlossen hatte?

»Das sind wir«, bestätigte er. In der Stille des Labyrinths glaubte Jora, einen leisen Unterton von Triumph wahrzunehmen. Sie versuchte sich vorzustellen, wie sie in Thubans Armen lag. Nacht für Nacht, bis sie ein Kind empfing. Würden die Frauen anwesend sein, wenn sie das Bett miteinander teilten? Die Vorstellung verursachte ihr Übelkeit.

Ein weiterer Gedanke schoss ihr durch den Kopf. Sie stolperte und wurde gerade noch durch Thubans zupackenden Griff daran gehindert, in die Hecke zu stolpern. Die Blätter raschelten enttäuscht oder kam es ihr nur so vor? Das Einzige, woran Jora denken konnte, war die kleine Gestalt mit der Kapuze gewesen, die sie an der Seite des schwarzen Drachens gesehen hatte. Sie war sich zu einhundert Prozent sicher, dass dieses Wesen Dasquians Sanvi war. Das Herz schlug ihr bis zum Hals. Sie konnte nicht nur die Frauen an Thubans Seite erkennen, sondern hatte auch die knochige kleine Hand erblickt.

Entweder wurde sie verrückt oder es bestand noch eine winzig kleine Chance, dass noch nicht alles verloren war. Sie konnte zwei spirituelle Begleiter sehen. Entweder hatte Jora also zwei Gefährten oder es bedeutet etwas ganz anderes, nämlich dass sie entscheiden durfte, mit welchem Mann sie den Rest ihres Lebens verbrachte. Es musste einen Grund geben, warum Dasquian so tat, als liebte er sie nicht. Es konnte nicht sein, dass diese Bindung, die sie wie ein fühlbares Band aneinander knüpfte, einzig und allein in ihrer Einbildung existierte. Irgendetwas hatte ihn dazu gebracht, sich trotz seiner Gefühle von ihr abzuwenden.

****

Dasquian

Er zerrte Catta seit einer Ewigkeit hinter sich her. Schon zweimal hatte er sie davon abhalten müssen, aus der Hecke etwas zu essen zu pflücken. Beide Male hatte er ihre Bewegung erahnt und instinktiv zugepackt, bevor ihre Finger die Früchte berührten. Inzwischen fragte er sich, ob es nicht besser wäre, sie einfach gewähren zu lassen.

Die Farce hätte ein Ende. Frei von einer Gefährtin, die diesen Namen nicht verdiente und die ihn zu einer lieblosen Existenz verdammte, könnte er versuchen, Jora zurückzugewinnen.

Was hielt ihn noch davon ab, Catta einen Bissen nehmen zu lassen? Sobald die verbotene Frucht ihre Lippen berührte, würde der Wahnsinn seine Kraft entfalten. Es bestand sogar die Möglichkeit, dass sie sich selbst das Leben nahm. Dasquian schüttelte den Kopf und band sich die Haare mit der Lederschnur nach hinten. Ihm war kalt, aber er wusste, dass dies nur eine Reaktion seines Körpers auf den ansteigenden Hunger war, den das Labyrinth in ihm weckte. Der nagende Hunger war eine Illusion, nichts weiter. Er hatte vor wenigen Stunden gegessen und er hatte gelernt, den Bedürfnissen seines Körpers zu widerstehen. Anders als die Frauen von der Erde, insbesondere Catta.

Es musste der Belial in ihm sein, der ihm diese Überlegungen einflüsterte. Noch hatte sich Dasquian einen Rest von Ehre und Mitgefühl bewahrt, auch wenn der Schatten in ihm sich immer weiter ausbreitete.

Du könntest ihn … töten, wisperte die Stimme des dunkeln Drachen rau.

Dasquian schloss die Augen und vertrieb das Bild seines toten Vaters aus seinen Gedanken.

Sie konnten nicht mehr weit vom innersten Kern entfernt sein, denn Cattas Äußeres zeigte bereits, wie sehr der Hunger an ihr nagte. Ihr blondes Haar hing glanzlos und strohig herab. Ihre Augen glänzten fiebrig. Mit zitternden Händen und auf unsicheren Beinen stolperte sie hinter ihm her. Wenn sie weiterhin dermaßen abbaute, würde er sie tragen müssen. Allein der Gedanke daran, sie anzufassen, rief eine Mischung aus Lust und Wut in ihm wach. Der Selbstekel, den er verspürte, brachte ihn wieder zur Besinnung. Er wollte versuchen, sich noch einen Rest an Gefühl zu bewahren, bevor seine Seele völlig der Finsternis verfiel.

Einmal hatte er geglaubt, Joras Stimme zu hören. Ohne es zu merken, hatte er auf dem Absatz kehrt gemacht und war in die Richtung gelaufen, aus der das Geräusch gekommen war. Einzig der verkümmerten Gestalt seines Begleiters war es zu verdanken, dass er den Impuls niedergekämpft hatte und wieder dem Pfad ins Herz des Blätterwaldes folgte. Und das war auch schon alles, was der Krüppel für ihn getan hatte. Jede Versuchung, jede Falle hatte Dasquian selbst entdeckt und war ihr ohne Hilfe begegnet. Nicht, dass sie schwer zu entdecken gewesen waren. Der erste Tag der Prüfungen verlief in der Regel glimpflich. Er war nichts als ein Vorgeschmack auf das, was sie in den nächsten Tagen erwartete. Trotzdem flutete Bitterkeit sein Herz. Warum hatten die Götter ihm nicht wenigstens ein schnelles Tier an die Seite gestellt?

Ein leises Stöhnen hinter ihm weckte seine Aufmerksamkeit. Catta war auf die Knie gefallen. Ihr Gesicht war von roten Flecken übersät und ihre Wangenknochen traten scharf hervor. Es half nichts, ohne seine Hilfe würde sie es nicht schaffen. »Komm«, sagte er und bemühte sich um einen freundlichen Tonfall. Er reichte ihr die Hand, doch sie schien ihn gar nicht wahrzunehmen. Also hob er sie ohne viel Federlesens hoch. Selbst ihm, der um die Macht der Illusion wusste, erschien sie leicht wie ein Vögelchen zu sein. Ihre zarten Knochen konnte er mit einem Finger brechen, dachte er und bemühte sich, ihr Gesicht nicht anzusehen. Ihre Lippen waren trocken und platzten auf. Sie zitterte, ob vor Furcht oder weil der Hunger sie fest gepackt hatte, konnte er nicht beurteilen.

Dasquian bog vorsichtig um eine Ecke und sah, dass sie es wider Erwarten geschafft hatten. Dort hinten war der Ausgang, der ihn und Catta hinaus in die normale Welt von Cors bringen würde. Er beschleunigte seinen Schritt, trotz der Eile nach möglichen Fallen Ausschau haltend.

Das Blättertor schwang auf.

Er hatte es geschafft.

Dasquian hielt Ausschau nach seinem Vater und erblickte ihn, wie er gerade Thuban beglückwünschte. Schweiß trat ihm auf die Stirn. Jora war blass und wirkte erschöpft, aber sie hielt sich sehr aufrecht. Sein bester Freund hatte den Arm um ihre Taille geschlungen und stützte sie liebevoll. Der Drache in seinem Inneren erwachte. Dasquian spürte, wie seine Augen schwarz wurden, als ob sich dunkle Tinte in den Höhlen ausbreitete und alles verschlang, was nicht Jora war.

Sie wandte den Kopf.

Langsam, Zentimeter für Zentimeter, bis sie ihm in die Augen sah.

Dasquian glaubte, sie würde zurückweichen vor dem Monster, das sich mit Sicherheit in seinem Gesicht spiegelte, aber genau das Gegenteil war der Fall. Ihr Gesicht leuchtete auf, als habe sie etwas gesucht und endlich gefunden. Sein Herz pochte schmerzhaft gegen die Rippen. Er fühlte, wie der Belial zurückwich und er wieder Dasquian, der Drachenshifter wurde. Die Liebe zu Jora, die auch den Belial beherrschte, wurde heller und hoffnungsvoller.

Und erstarb mit einem Schlag, als sie den Blick abwandte.

Er hatte es so gewollt. Dasquian hatte ihr die Liebe zu ihm genommen. Wenn sie seinen Blick mied, dann hatte er sich den Schmerz in seiner Brust mit eigener Hand zugefügt.

****

Eine gute Stunde später saßen sie in der Halle und speisten. Jedes Paar teilte sich einen Teller. Nicht ein einziges Paar hatte bei der ersten Prüfung versagt. Mit zueinander geneigten Köpfen aßen und tranken sie. Catta und er schienen die Einzigen zu sein, die nicht sprachen. Zumindest eines seiner Probleme hatte sich von selbst gelöst, dachte er zynisch. Ihre Angst im Labyrinth hatte jede Gefühlsregung in ihr getötet. Sie achtete darauf, ihn nicht zu berühren und pickte lediglich an den Leckerbissen auf ihrem Teller. Gut. Er hatte der Frau an seiner Seite auch nicht das Geringste zu sagen und je mehr sie ihn fürchtete, desto weniger würde sie ihm nahekommen. Noch hatte er den Belial im Zaum, auch wenn er mit jeder Stunde, die verging, stärker zu werden schien.

Dasquian schob den Teller von sich in ihre Richtung. Sein Hunger war verschwunden. Jeder Bissen, zu dem er sich zwang, klebte an seinem Gaumen und verweigerte den Weg nach unten. Er sehnte das Ende des gemeinsamen Mahls herbei und den Moment, in dem er sich in sein Bett zurückziehen konnte. Schweigen und Träumen war das Einzige, was er heute noch tun wollte. Wenn er Glück hatte, war Thuban zu beschäftigt damit, die Glückwünsche der anderen entgegenzunehmen, die ihm ab und zu eine scherzhafte Bemerkung wegen seines Sanvi zuriefen.

Er warf einen Blick auf die verhüllte Gestalt, die neben ihm schwebte, und fragte sich, welcher grauenvolle Anblick sich wohl unter der Kapuze verbergen mochte. Die dürren Finger zuckten nach oben, auf der unteren, gerade eben sichtbaren Gesichtshälfte erschien ein hämisches Lächeln. Natürlich wusste das Ding, woran er dachte und was er fühlte. Er warf ihm einen herausfordernden Blick zu. Ob es überhaupt sprechen konnte? Oder tat es nichts anderes als ihn ständig daran zu erinnern, wie versehrt seine Seele war?

Ob es auch wusste, was in seinem Inneren darauf wartete, seine Macht zu entfalten?

Ein leises Lachen ertönte in seinem Kopf. Obwohl die Stimmfarbe weder ausgesprochen männlich noch weiblich klang, war sich Dasquian sicher, dass sich unter der formlosen Hülle ein weibliches Wesen befand. Vielleicht lag es an der wachsenden Präsenz des Belials, dass er es spürte. Er verzog die Lippen zu einem verächtlichen Lächeln. Wenn es schon eine weibliche Gestalt war, die ihm zur Seite stehen sollte, warum konnten es dann nicht zwei Amazonen sein wie diejenigen, die Thuban begleiteten?

Ein zischender Laut der Missbilligung ertönte in seinem Kopf und er fragte sich, wie sein Sanvi wohl aussähe, wenn der Belial in ihm früher erwacht wäre.

Der Angriff kam so plötzlich, dass er sich unwillkürlich krümmte. Flüssiges Feuer schoss durch seine Adern, einen Moment nur, aber lange genug, um ihn eines Besseren zu belehren. Er hatte geglaubt, diese winzige Gestalt sei machtlos? Er fühlte, wie sie mit ihm spielte, sich zurückhielt und ihm drohte, nur um ihm einen Vorgeschmack auf das wahre Ausmaß ihrer Kraft zu geben. Dasquian fühlte ein wildes Lachen in seiner Brust aufsteigen, als er aufsah und die anderen Sanvi erblickte, wie sie herumstolzierten und versuchten, sich gegenseitig zur Seite zu drängen.

Sie taten ihm leid. Sie hatten nicht die geringste Ahnung, was sich unter der Kapuze verbarg. In diesem Punkt unterschied er sich keineswegs von ihnen, aber wenn diese verhaltene Demonstration ihrer Macht auch nur ein Bruchteil ihrer wahren Fähigkeiten war, dann sollten sie sich besser in Acht nehmen vor ihm und seiner Sanvi.

Er sah zu Thuban herüber, der es sich mit Jora an seiner Seite gut gehen ließ. Die beiden weiß gekleideten Frauen wachten über seinen ungeschützten Rücken, sodass er sich ganz der Frau widmen konnte, die mit ihm die erste Prüfung bestanden hatte.

Er sollte an ihrer Seite sitzen. Ihr einen Becher mit Wein reichen, sie zum Lachen bringen. »Bald«, flüsterte seine Sanvi und diesmal zuckte er nicht überrascht zusammen. Der Belial grollte, doch diesmal war es ein Laut der Zufriedenheit.

Seine Zeit würde kommen.

Kapitel 4

Jora

Nach der Mahlzeit trieben Chasko und seine Minister die Frauen unter leutseligen Bemerkungen zurück in den Schlafsaal. Es war heller Tag und Jora dachte, dass sie mit Sicherheit kein Auge zutun würde. Dennoch war es wichtig, dass sie ein wenig schlief. Thuban hatte gesagt, dass die nächste Prüfung schwieriger werden würde und sie brauchte jede Unze Kraft, die sie bekommen konnte.

Catta wich ihr aus und das beunruhigte sie mehr, als sie sich eingestehen mochte. Dunkle Augenringe und ein blasses Gesicht waren kein Einzelfall unter den Frauen nach den Anstrengungen des Labyrinths, aber ihr unsteter Blick gefiel Jora nicht. Sie hatte den Kopf tief zwischen die Schultern gezogen, als ducke sie sich vor dem nächsten Schlag und zuckte zusammen, wann immer jemand sie ansprach. Zweimal hatte Jora probiert, sie abseits von den anderen zu erwischen, aber als ob Catta ihre Absicht ahnte, war sie schnell in die entgegengesetzte Richtung gegangen. Sie und Dasquian sprachen kein Wort miteinander, während sie aßen. Sein Gesicht war die Maske eines Mannes, der nichts fühlte.

Ihr letzter Gedanke vor dem Einschlafen galt ihm.

Jora wusste, dass sie träumte. Es musste ein Traum sein, denn sie durchschritt das Tor mit dem furchterregenden Drachen und betrat das Labyrinth. Dieses Mal blieb der Kopf das, was er war – eine harmlose Verzierung aus Metall, deren Rubinaugen täuschend lebendig funkelten und von denen sie dennoch wusste, dass sie nichts anderes als durchsichtige Steine waren. Die Hecken raschelten immer noch, aber der Nebel, der sie beim ersten leibhaftigen Betreten umfangen hatte, war verschwunden. Jora schaute in den samtschwarzen Himmel von Cors. Die Sternbilder waren ihr fremd und doch vertraut aus ihren Träumen. Das Gefühl des Unwirklichen wich mit jedem Schritt ein wenig mehr und sie erinnerte sich an das letzte Mal, als sie schlafend durch die Gänge gewandelt war. Vorsichtig tasteten ihre Füße sich voran und tatsächlich, nach der ersten Biegung glaubte sie, den Weg wiederzuerkennen. Unzählige Male hatte sie die falschen Abzweigungen genommen, bis es ihr endlich gelungen war, die Mitte dieses verfluchten Ortes zu finden.

Sie hielt inne und lauschte.

Ja, da war er, der Herzschlag des schwarzen Drachens. Sie hörte und fühlte ihn. Zwei Herzen schlugen in ihrer Brust und je näher sie ihm kam, desto lauter wurde das Pochen. Es wies ihr den Weg! Sie lief los, angetrieben von dem Drang, ihn zu finden. Er wartete auf sie, dort hinten irgendwo. Zweige schlugen ihr ins Gesicht. Eine dornige Ranke schlang sich um ihren Knöchel und brachte sie zu Fall. Der Aufprall verschlug ihr den Atem. Benommen versuchte sie ihre Umgebung zu erkennen, die aus dieser Lage völlig verändert wirkte. Die Hecken, die eben noch hoch, aber nicht unüberwindlich gewirkt hatten, neigten sich drohend über sie. Jora versuchte, ruhig zu atmen, aber der Schmerz in ihrem Knöchel ließ sie japsend nach Luft schnappen.

Kraftlos hieb sie nach dem Zweig, nur um ihre verletzte Hand sofort wieder zurückzuziehen. Etwas zog an ihr – es war die verfluchte Ranke! Unbarmherzig schleifte sie Jora näher zu sich heran. Die spitzen Dornen bohrten sich in ihr Fleisch und sie schrie.

Wie zur Antwort ertönte ein lautes Brüllen. Es war Dasquian, aber er war viel zu weit entfernt, um ihr zu helfen. Staub drang in ihren Mund. Sie hustete, versuchte noch einmal, die Ranke von ihrem Bein zu lösen. Die einzige Antwort des Gewächses bestand darin, sie mit einem heftigen Ruck näher an die Hecke zu schleifen. Und jetzt öffnete sich ein Spalt in dem Grün! Sie schrie und trampelte, aber vergeblich. Der Zweig hielt sie fest umklammert. Wie aus weiter Ferne drang der hilflose Wutschrei ihres schwarzen Drachens an ihr Ohr. Der Boden schien zu vibrieren unter der Macht seiner Drachenstimme, aber immer noch wurde sie Stück für Stück an die klaffende Öffnung in der Dornenhecke herangezogen.

Die Rettung kam in letzter Sekunde.

Wie aus dem Nichts tauchte auf einmal eine kleine verhüllte Gestalt neben ihr auf und kniete sich neben sie auf den Boden. Dasquians spiritueller Begleiter hielt ihr stumm einen Dolch entgegen, der in der kleinen Kinderhand groß und ungeschlacht wirkte. Jora wollte danach greifen, aber die Hand hielt den Dolch knapp außer Reichweite.

»Liebst du ihn?«

Die Frage kam so unerwartet und war so absurd in diesem Moment, dass Jora nur ein keuchendes Lachen als Antwort übrig hatte. »Was denkst *du* denn?«, japste sie und wimmerte leise, als der Zweig erneut an ihr zog. Eine Bewegung mit der knochigen Hand und das Grün erstarrte. »Ich liebe ihn mit jeder Faser meines Herzens«, sagte sie und spürte, wie ihr die Tränen über die Wangen liefen. Sie schluchzte.

Die Gestalt schlug die Kapuze zurück. Jora konnte einen leisen Aufschrei nicht unterdrücken, als sie in das bislang nur verhüllte Gesicht sah. Es war das einer jungen Frau. Ihre Haare waren so lang wie Cattas Mähne, aber da hörte die Ähnlichkeit zwischen den beiden auch schon auf. Jora fragte sich, warum eine makellose Schönheit wie sie ihr Gesicht nicht zeigte. Das, was man hinter den in allen Rottönen schimmernden Strähnen erkennen konnte, war atemberaubend. Ihre Haut war weiß und ebenmäßig, die Lippen himbeerrot und sanft geschwungen. Ihre hoch angesetzten Wangenknochen wirkten anmutig in einem Gesicht, das so fraulich war wie kein anderes. Selbst Jora, die mit gleichgeschlechtlicher Liebe nichts anfangen konnte, spürte die starke erotische Ausstrahlung. Mit dem Abstreifen der Kapuze schien sie auch gewachsen zu sein, aber das konnte auch an Joras Perspektive liegen.

Denn sie lag immer noch auf dem steinigen, staubigen Boden und versuchte, den Dolch zu fassen zu bekommen.

»Ich gebe ihn dir, wenn du mir eines versprichst«, sagte die Frau ganz ruhig. Sie sprach leise, in einem intimen Flüstern, das allein für Joras Ohren bestimmt war. »Finde Dasquian. Geh mit ihm fort. Heute noch.«

»Nichts lieber als das«, knirschte Jora mit zusammengebissenen Zähnen.

»Oh, aber du weißt noch nicht, was ich im Gegenzug für meine Hilfe von dir verlange.« Sie beugte sich mit immer noch geschlossenen Augen ganz nah an Joras Gesicht. »Wie weit wirst du gehen, um deine Liebe zu retten? Kannst du den schwarzen Drachen vor der Finsternis bewahren und den Fluch brechen?«

Jora hatte genug. Es reichte. »Das weiß ich erst, wenn ich es versuche«, schrie sie die Frau an, über deren Gesicht ein Lächeln huschte. »Also gib mir das verdammte Ding, bevor ich ganz und gar von dieser Hecke aufgefressen werde!«

Die Frau reichte ihr den Dolch. »Du hast es so gewollt«, sagte sie und obwohl sie leise sprach, schien ihre Stimme laut und klar in Joras Kopf widerzuhallen.

Sie schlug die Augen auf.

Jora schrie unwillkürlich auf. Statt in normale, menschliche Augen schaute sie in ein milchiges Weiß, das den gesamten Augapfel überzog. Dann war sie verschwunden, so schnell wie sie gekommen war.

»Du schuldest mir einen Gefallen«, hörte sie die klingende Stimme noch einmal.

Jora war wieder allein.

Der Dolch in ihrer Hand schnitt durch die Ranke wie durch Luft. Sie glaubte, leises Wehklagen zu hören, als sie den Zweig durchtrennte, der sofort verdorrte.

Jora starrte für ein paar Sekunden auf das leblose Grün, bevor sie erwachte.

****

Dasquian träumte von ihr.

Es musste ein Traum sein, denn seine Gefühle für Jora wurden nicht von der Anwesenheit des Belials gedämpft. Sie wärmten seine kalte Seele mit einem Feuer, das nie erlöschen würde.

Es war der gleiche Traum wie stets, mit einem kleinen, aber bedeutsamen Unterschied – er endete nicht damit, dass er Joras Weg durch das Labyrinth beobachtete. Er hatte Gesellschaft. Sein Sanvi verharrte neben ihm bis zu dem Augenblick, da ihr hilfloser Schrei ertönte. Er wusste, wenn er sich auch nur einen Zentimeter vom Fleck rührte, war er verloren. Nicht einmal sein Drache, der sich hinter ihm erhob und seine Liebste im Auge behielt, durfte ihr zu Hilfe eilen. Er knirschte mit den Zähnen, stemmte sich gegen die unsichtbaren Fesseln, die ihn hielten und keinen Zentimeter nachgaben.

Erst als sie zum zweiten Mal aufschrie und er ihren Schmerzenslaut mit einem markerschütternden Schrei beantwortete, geschah etwas Seltsames. Die Gestalt, die neben ihm ausgeharrt hatte, trat einen Schritt zurück. Sie schien zu wachsen und vor seinen Augen ihre Form zu verändern, bis sie ihm knapp bis zur Schulter reichte.

»Sag mir, wie sehr du sie liebst«, forderte sie ihn mit klingender Stimme auf und streifte die Kapuze ab, die ihren Kopf bedeckte. Dasquian sog scharf den Atem ein. Statt des knochigen, verkümmerten Kindes stand ihm eine Frau von strahlender Schönheit gegenüber. Stolz und aufrecht verharrte sie vor ihm, in ein weißes Gewand gehüllt, das Joras Kleidung ähnelte. Ihr Haar war von einem prachtvollen Dunkelrot, das trotz der Finsternis um sie herum in warmen Farben zu leuchten schien.

»Wer bist du?«, verlangte er zu wissen.

»Beantworte erst meine Frage«, gab sie zurück. Sie legte kokett den Kopf schief und verzog die roten Lippen zu einem zufriedenen Lächeln. »Mein finsterer Drachenkrieger«, schnurrte sie und legte ihm eine Hand auf die Brust.

Ihre Berührung war kalt und ihre Finger hart und leblos wie Marmor. »Sag mir, wie weit du gehen wirst, um deine wahre Gefährtin zu retten.«

»So weit wie es nötig ist«, gab Dasquian rau zurück und wünschte sich, sie würde endlich die Augen aufschlagen. Als habe sie seine Bitte vernommen, zog sie unendlich langsam die Lider von ihren Augen zurück. »Aber es ist zu spät. Sie liebt mich nicht mehr.«

»Ach, du glaubst also, weil du ein wenig mit ihren Gefühlen gespielt hast, wären sie verschwunden? Du weißt so wenig über die Liebe, es ist eine wahre Schande«, sagte die Frau und lächelte spöttisch.

In seiner Brust glomm ein Funken Hoffnung auf, nur um sogleich zu ersterben. »Ich kann nicht mit ihr fortgehen. In wenigen Tagen bin ich ein Monster. Es ist zu gefährlich für sie.« Er schloss die Augen und hörte die Frau leise lachen. Sie war so grausam, wie sie schön war.

»Männer«, sagte sie. »Müsst ihr immer so melodramatisch sein? Und wer bist du, dass du entscheidest, was gut für sie ist? Ich habe mit ihr gesprochen und sie ist bereit, es mit dir zu versuchen. Also, Drachenmann, wie lautet deine Entscheidung? Nimmst du meine Hilfe an oder nicht?«

Dasquian erstarrte. »Wer bist du?«, flüsterte er und widerstand dem Impuls, vor ihr auf die Knie zu fallen.

»Du kannst mich Klotho nennen«, flüsterte die Frau.

Dann strich sie ihm aufreizend mit den Fingern über die Brust. »Aber wenn ich Jora rette und euch einen Weg zeige, von Cors zu entkommen, verlange ich etwas von dir.«

»Was willst du?« Er wusste, er würde alles geben. Egal, was sie von ihm verlangte, nichts war zu gefährlich, keine Aufgabe zu schwierig für ihn. Er dachte an den Augenblick zurück, in dem er Jora zum ersten Mal mit eigenen Augen und nicht nur im Traum gesehen hatte. In dem Moment, da er ihr die Liebe genommen und sie gerettet hatte, war es zu spät gewesen. Er war bereits an sie gebunden, auch wenn ihm das bis zu diesem Augenblick nicht bewusst gewesen war.

Er musste das Risiko eingehen.

»Brecht gemeinsam den Fluch«, sagte sie. Dasquian nickte, aber sie war noch nicht fertig. »Ich kann erkennen, dass es euch gelingen kann, wenn ihr zwei euch wahrhaftig liebt. Aber der wirklich schwierige Teil kommt erst im Anschluss.« Sie schwieg einen Herzschlag. »Kannst du dein Schicksal annehmen, gleichgültig was es für dich bereit hält?«

Solange er mit Jora zusammen sein konnte, würde er alles akzeptieren.

»Ich nehme mein Schicksal an«, sagte er laut.

»Dann warte die nächste Prüfung ab. Ich werde zur Stelle sein und euch helfen.« Sie drückte ihm einen Kuss auf die Lippen, der nach bitterem Honig schmeckte.

Dasquian fühlte, wie der Schlaf von ihm wich und wehrte sich verzweifelt dagegen. Er wollte nicht aufwachen, sondern noch mit Jora zusammen sein, mit Jora träumen, auch wenn er sie nicht sah.

Doch es war zu spät.

Er schlug die Augen auf und war wieder in der Kammer, die er mit Thuban teilte, während Jora weit entfernt von ihm im steinernen Palast schlief.

Teil 4: Die Flucht

Kapitel 1

Jora

Das erste, was sie nach dem Aufwachen tat, war ihren Knöchel zu begutachten. Er war unversehrt. Nicht die kleinste Wunde war zu sehen, obwohl sie immer noch glaubte, die Ranke mit den spitzen Dornen zu fühlen. Jora schwang die Beine aus dem Bett. Sie musste lange Zeit geschlafen haben, denn die Corsianische Sonne versank bereits und um sie herum begannen die anderen Frauen sich zu regen. Cattas blonder Schopf dort hinten war beinahe völlig unter dem Kissen verschwunden.

Sie strich mit den Händen über die Bettdecke. Nein, zum Liegenbleiben war sie viel zu unruhig. Sie stand auf, griff nach dem schmutzigen Kleid von gestern und streifte es über. Hoffentlich war die Tür nicht wie gestern abgeschlossen. Sie brauchte frische Luft und Platz zum Atmen, sonst würde sie noch verrückt werden.

Auf leisen Sohlen schlich sie zur Tür, immer darauf bedacht, die Aufwachenden zu meiden. Wenigstens hatten diese Schuhe keine hohen Absätze, die klapperten und ihre Flucht aus dem Schlafsaal verrieten. Sie legte die Hand auf die Türklinke, ohne sie herunterzudrücken, und warf einen Blick zurück. Etwas wie Bedauern erfüllte sie, als sie daran dachte, wie schlecht sie die dreimonatige Reise nach Cors genutzt hatte. Nichts als unverbindliche Bemerkungen hatte sie mit den anderen getauscht.

Unschlüssig stand sie an der Tür. Tausend Fragen schossen durch ihren Kopf und hinterließen ein Chaos und sie hatte nicht eine einzige Antwort. Es war an der Zeit, mit Dasquian zu reden und herauszufinden, ob sie sich einer Selbsttäuschung hingab. Konnte etwas, das aus einem nächtlichen Fantasiegebilde entstand, wirklich wahr sein? Es fühlte sich so richtig an, ihn zu lieben. Es war verrückt, dessen war sich Jora nur allzu sehr bewusst, aber das machte das Feuer, mit dem sie sich nach ihm verzehrte, nicht weniger intensiv. Der Mann, den sie aus ihren Träumen kannte, war stark gewesen, kompromisslos und zielstrebig. Ohne diese verrückte Liebe zu ihr, die sie in den nächtlichen Abenteuern in ihm fühlte, hätte sie ihn sogar als unbarmherzig bezeichnet. Was brachte einen Mann wie ihn dazu, sich von ihr abzuwenden und sich mit einer blassen Kopie der Liebe zufriedenzugeben? Es musste einen Grund geben, den sie nicht sah. Und was war mit dem Versprechen, das sie seinem Sanvi gegeben hatte?

Sie musste wissen, warum er sich von ihr abgewandt hatte.

Sie ging zurück zu ihrem Bett und setzte sich auf die weiche Matratze. Seit sie auf Cors angekommen war, waren ihre Gefühle ein einziges Auf und Ab gewesen. Sie rieb sich die Augen und drängte die Tränen zurück. Der Traum von Dasquian, den sie auf der Erde Nacht für Nacht gehabt hatte, war am Ende nichts als ein Trugbild gewesen. Was hatte es ihr gebracht, an die Liebe zu einem Mann zu glauben, den sie nicht einmal im echten Leben kannte?

Nichts.

Und was würde es ihr bringen, ihr nächtliches Erlebnis mit seinem Sanvi für real zu halten? Ebenfalls nichts.

Dasquians spirituelle Begleiterin hatte ihr Hilfe versprochen.

Dummerweise hatte die rothaarige Schönheit nicht gesagt, wann und wie sie ihr zur Seite stehen wollte. Jora hatte es so satt, abzuwarten.

Ihre Glieder kribbelten, sie wollte laufen, rennen, schreien und etwas tun. Und wieder einmal blieb ihr nichts übrig, als sich in Geduld zu üben.

Die körperliche Unruhe war so stark, dass sie nicht einmal nachdenken konnte, ohne sich in den eigenen Überlegungen zu verirren.

Die Worte, die Dasquians Sanvi gesagt hatte, fielen ihr wieder ein: »Wie weit wirst du gehen, um deine Liebe zu retten?«

Und das, erkannte sie mit einem Adrenalinstoß, der ihr den Atem raubte, konnte nur eines bedeuten. Noch war nichts verloren. Nur etwas, das noch lebte, konnte gerettet werden. Aus welchen Gründen sich Dasquian auch entschieden hatte, seine Gefühle zu leugnen, wusste sie nicht. Vielleicht war es ein ehrenhafter, typisch männlicher Grund gewesen, denn ganz sicher hatte er nicht aus einer Laune heraus gehandelt.

Sie würde es herausfinden. Ob mit oder ohne Hilfe seiner Sanvi.

****

Dasquian

Seine Unruhe wuchs mit jeder wachen Minute. Seit dem Aufwachen grübelte er über die Botschaft nach, die seine eigenartige Sanvi ihm mitgegeben hatte. Das dumpfe Gefühl, etwas übersehen zu haben, war wie ein unruhiges Nagetier in seiner Brust, das ihn immer wieder zusammenzucken ließ. Seine spirituelle Begleiterin hatte versprochen, ihm und Jora zu helfen. Alles, was er tun musste, war den Fluch zu brechen.

Er hätte gerne gelacht, weil die ganze Situation so absurd war. Er begehrte und liebte eine Frau, die er fast ausschließlich aus seinen Träumen kannte und eine Gestalt aus seinen Träumen versprach ihm Hilfe. Dasquian hörte Thuban im Nebenbett leise schnarchen.

Dasquian glaubte zu spüren, wie die Dunkelheit sich mit jedem Atemzug seiner Brust ein wenig mehr in ihm verdichtete. Sie fühlte sich an wie glühendes Eis, das ihn innerlich auffraß. Einzig und allein der Gedanke an Jora und ihre Flucht von Cors linderte die Qual. Mit Jora an seiner Seite war es ihm unmöglich, die Liebe zu vergessen. Er stellte sich ihr Gesicht vor und fragte sich, ob ihr die Sanvi wohl ebenfalls im Traum erschienen war. Und war es vermessen von ihm anzunehmen, dass sie das Gleiche wollte wie er? Wenn er doch nur mit ihr sprechen könnte, von Angesicht zu Angesicht! Er hatte keine Lust mehr, auf die nächste Prüfung zu warten, geduldig zu sein und auf die Hilfe seiner Sanvi mit ihren undurchschaubaren Motiven zu warten. Es musste eine Möglichkeit geben, all dies zu umgehen und die Dinge selbst in die Hand zu nehmen.

Er schloss die Augen und zwang sich, ruhig zu atmen. Niemand konnte ihn zwingen, sich bis zum heutigen Abend zu gedulden. Normalerweise war er kein Freund überhasteter Aktionen, aber das drängende Gefühl, es könne bald zu spät sein, vertrieb jeden Anflug von Furcht, den er hatte.

Dasquian war bereit, sein Schicksal in die eigenen Hände zu nehmen. Ohne dass er sich vergewissern musste, dass sie es war, fühlte er die immense Zufriedenheit seiner Sanvi.

Leise stand er auf und holte die beiden Kristalle aus ihrem Versteck.

Er schloss die Faust um die Tropfen, die warm glühten. Sie würden ihm bei ihrer Flucht von Nutzen sein. Zur Not könnte er sie verkaufen. Sicher bekam er eine Menge Geld dafür, selbst wenn er sie unter der Hand verkaufte, damit niemand die Spur zu ihm zurückverfolgen konnte. Er öffnete die Hand und sah, dass sich eine der Hetären-Tränen rot verfärbt hatte. Die Farbe erinnerte ihn an die Schuppen von Thubans Drachen. Aus einem Impuls heraus legte er die roten Edelsteine auf den Nachttisch seines schlafenden Freundes.

Er wollte sie nicht. Etwas in ihm sträubte sich gegen die Vorstellung ein neues Leben mit Jora zu beginnen und dabei die kostbaren Tränen, die eine andere Frau um ihn geweint hatte, als Sicherheit zu nehmen. Er hoffte, dass sie Thuban Glück brachten und er Dasquians Geste richtig verstand. Dies war keine Entschädigung für etwas, das er ihm nahm. Jora hatte Thuban nie gehört, sie war von Anfang an seine Gefährtin gewesen, noch bevor sie einander zum ersten Mal von Angesicht zu Angesicht gegenüberstanden. Nein, die Tränen waren ein Abschiedsgeschenk an den Mann, der für viele Jahre sein bester Freund gewesen war.

Still packte er seine wenigen Habseligkeiten in eine Tasche. Etwas Warmes zum Anziehen war notwendig, aber viel wichtiger waren seine Waffen. Der Dolch, den er bei seiner Initiation erhalten hatte, musste mit. Ein Jagdmesser und ein Bogen samt Köcher und Pfeilen fanden ebenfalls ihren Weg ins Gepäck.

Dasquian schulterte die Tasche. Wenn ihm unterwegs jemand begegnete, konnte er immer noch behaupten, im Namen seines Vaters einen Auftrag zu erledigen. Der Name des Chancellors brachte in der Regel alle zum Schweigen und keiner seiner Freunde käme auf den Gedanken, dass er log. Er atmete tief durch und genoss das aufkeimende Gefühl der Freiheit in seinem Inneren. Sogar sein Drache schien mehr als zufrieden zu sein mit der Aussicht, nun endlich etwas zu tun, denn er grollte zustimmend, auch wenn er einen Kampf vorgezogen hätte. Dasquian war sich der tödlichen Macht bewusst und hoffte, dass sich ihm niemand in den Weg stellte. Wenn der Belial erst einmal erwacht war, gab es kein Zurück und ein Blutvergießen war mit Sicherheit eine unfehlbare Methode, seine

Verwandlung zu beschleunigen. Nein, ihre Flucht von Cors musste so heimlich vonstattengehen, wie es nur möglich war.

Als Erstes musste Dasquian herausfinden, welches der kleineren Raumschiffe startklar war. Dazu musste er nichts weiter tun als sich im Terminal einloggen, der sich in der kleinen Halle befand. Der nächste Schritt war schon schwieriger. Jora zu finden war an sich kein Problem – der Chancellor ging kein Risiko ein und hatte die Tür zum Schlafsaal der Frauen versiegelt – aber sie dort herauszubekommen war nicht ganz so leicht. Er versuchte, ruhig zu atmen, was angesichts der vielen unberechenbaren Faktoren in seinem Witz von einem Plan nicht gerade einfach war. Er verbot sich den Zweifel, indem er sich das gemeinsame Leben mit Jora vorstellte. Das Gefühl, etwas grundsätzlich Falsches zu tun, indem er sich den Anweisungen seines Vaters widersetzte und indem er die eisernen Regeln der Gemeinschaft brach, wich der wilden Freude. Es war eine verquere Logik, aber der Deal, den er mit seiner Sanvi eingegangen war, erfüllte ihn mit der ruhigen Gewissheit, endlich das Richtige zu tun. Die Mischung aus Gewissensbissen gegenüber Thuban, Catta und seinem Volk verschwand nicht, sie war nur weniger präsent.

Doch der wahre Grund, warum er endlich zur Tat schritt, war ein anderer. Wenn seine Sanvi der Überzeugung war, dass Jora seine Gefährtin war, dann stimmte es. Die wilde Hoffnung, die er so lange unterdrückt hatte, erwachte. Er würde es schaffen, mit Jora zu fliehen. Mit der Sanvi an seiner Seite konnte er den Belial lange genug im Zaum halten, dass er vielleicht sogar einen Weg fand, ihn für immer loszuwerden. Er hatte nie darum gebeten, eine finstere Kreatur zu werden und noch hatte die Bestie in ihm nicht die Oberhand gewonnen.

Er hatte etwas, wofür es sich zu kämpfen lohnte. Nichts anderes zählte. Nicht die Tatsache, dass er seinen Heimatplaneten verließ, nicht die Trennung von dem Mann, der ihm Freund und Bruder gewesen war. Ein Teil von ihm fragte sich, wie verrückt er war, das Vertraute aufzugeben für eine Frau, die er einmal geküsst hatte und die in den Augen der Welt die zukünftige Gefährtin seines Freundes war.

Aus den Augenwinkeln sah er die blutroten Steine auf Thubans Nachttisch funkeln.

Ein kalter Hauch streifte ihn, doch entschlossen ignorierte er das Gefühl drohenden Unheils, das ihn beim Anblick der Tränen überkam.

Kapitel 2

Jora

Die Drachen kamen, um sie zu holen.

Jora hätte das Trampeln der Füße und das Rauschen der Flügel beinahe überhört, weil ihr ganzes Wesen nur auf einen einzigen Mann konzentriert war. Dasquian war hier. Sie war ein Instrument, das erst unter den Händen eines kundigen Spielers zum Leben erwachte. Halb erwartete sie, dass er sie packen und mit sich forttragen würde, aber so einfach war es nicht.

Thuban war schon hinter ihr, hob sie hoch und wie am gestrigen Abend breitete er die Flügel aus, trug sie aus dem Raum hinaus und bahnte sich seinen Weg durch das Chaos aus bewegten Körpern. Thuban hatte sie über seine Schulter geworfen, sodass Jora den Kopf heben musste, um ihren Liebsten sehen zu können. Jora beobachtete, wie Catta auf ihn zulief, aber er hatte nur Augen für sie. Ein Blitz aus Angst und Glück schoss durch ihre Glieder, während sie versuchte, die Botschaft in seinem Gesicht zu entziffern. Sein Mund formte Worte, aber Thuban war bereits auf den Weg hinaus und Dasquians Botschaft verschwand hinter einer Masse aus wirbelnden Gliedmaßen.

Es war, als spüre Thuban, dass etwas in der Luft lag, denn heute lagen seine Hände besitzergreifend auf ihren Schenkeln. Ständig wurde sie von einem Ort zum nächsten transportiert wie ein willenloses Stück Fleisch. Vermutlich glaubten die Männer sogar, dass sie den Frauen damit einen Gefallen taten. Wäre der Umgang mit ihren zukünftigen Frauen nur etwas... zivilisierter gewesen, stünde sie jetzt vielleicht gar nicht mit zwei potenziellen Gefährten da. Ihr Magen zog sich zusammen. Wenn ihr Traum eine Spur Wahrheit besaß, dann würden sie und Dasquian einander finden, vielleicht sogar fliehen und damit sämtliche Regeln brechen. Gänsehaut überzog ihren Körper, als Thuban sie alles andere als behutsam absetzte und in seine Arme zog. Mit der Rechten hielt er ihren Nacken fest und drückte Joras Kopf an seine Brust. Hinter ihm hielten die beiden weiß gekleideten Sanvi Wache. »Vergiss nicht, wessen Gefährtin du bist«, flüsterte er in ihr Haar.

Jora ließ es unkommentiert stehen. Sie wusste nicht, was Thuban so verwandelt hatte. Der freundliche und zurückhaltende Mann war verschwunden. Auch der Aufbruch aus dem Schlafsaal kam ihr im Nachhinein rauer, ungezügelter vor. Brachte die Nähe zu ihren Gefährtinnen die Drachen dazu, ihre Kontrolle Stück für Stück zu verlieren? Es mochte etwas mit dem urtümlichen Bedürfnis nach Fortpflanzung zu tun haben, dass jeder Kreatur innewohnte, gleichgültig, ob Mensch, Tier oder Drachenmann. Während Thuban die Worte sprach, wuchsen Schuppen aus seiner Haut empor, seine Stimme wurde tiefer. Ihre Gegenwart weckte seinen Besitzanspruch, dachte Jora und drehte sich in seinen Armen, bis sie das Tor sehen konnte. Sich ungesehen davonzumachen, um ihren schwarzen Drachen zu finden, würde schwierig werden. Auch seine Sanvi kamen ihr heute wachsamer vor. Eine von ihnen, die etwas älter wirkte und einen grausamen Zug um den Mund hatte, setzte sich nach vorne ab und bahnte ihnen einen Weg in die erste Reihe. Was hatten Thuban und seine spirituellen Begleiterinnen nur an sich, dass die anderen Drachenmänner vor ihnen zurückwichen? Er schob sie langsam hinter der Frau her. Sie tat nichts anderes als langsam und gemessen voranschreiten und trotzdem erwiesen ihr alle Drachenmänner ihren Respekt und zogen ihre Frauen aus dem Weg. Was die andere hinter ihr tat, konnte sie nicht sehen, ja nicht einmal hören, denn die beiden waren still wie Geister.

Thuban und sie standen nun an der Spitze der Paare, die ins Labyrinth wollten. Vergeblich versuchte Jora, sich umzudrehen und an Thubans breitem Rücken vorbei einen Blick nach hinten zu werfen. Mit einem drohenden Knurren packte er sie an den Schultern und drehte sie herum, bis sie die Tür direkt vor der Nase hatte. Jora spähte nach oben.

Der Drachenkopf neigte sich herab, bis die roten Juwelenaugen sich in ihre bohrten. Das Zittern in ihrem Bauch breitete sich aus, als sie die stumme Drohung in der metallenen Fratze las.

Auf seltsame Weise war sie sicher, dass dieser Kopf nicht nur lebte, sondern auch wusste, was sie vorhatte.

Und dann war es soweit. Das Tor öffnete sich und Thuban presste ihr die flache Hand auf den Rücken. Die ältere Sanvi blieb an der Schwelle stehen, bis sie und Thuban sie überschritten hatten, und folgte gleichzeitig mit ihrer … Schwester. Sie waren Schwestern. Das Wissen kam so unmittelbar, dass Jora kaum Zeit blieb, die beunruhigenden Kenntnisse über Thubans spirituelle Begleiter einzuordnen. Thuban tat einen Schritt nach vorne und griff nach ihrer Hand. Die Hecken raschelten. »Worum geht es in der heutigen Prüfung? Warum ist der Chancellor nicht anwesend, um uns einzuweisen?« Jora flüsterte und wusste selbst nicht, warum.

Thuban zuckte mit den Achseln, während sein Kopf ruckartig herumfuhr. Krallen wuchsen aus seinen Fingern. Er hieb nach einer der Ranken, die sich ihnen von der Seite genähert hatte. »Das wüsste ich auch gern«, gab er zurück, beantwortete aber ihre Frage nicht. Joras Magen zog sich zusammen.

Heute schien alles außer Kontrolle geraten zu sein.

»Weißt du nicht, welche Prüfung uns bevorsteht oder weißt du nicht, wo euer Oberhaupt abgeblieben ist?« Thuban blieb abrupt stehen und drehte sich zu Jora. Seine Augen hatten einen roten Schimmer angenommen oder rührte die unheilvolle Farbe von seinen Schuppen her? Im Licht der untergehenden Sonne mochte beides zutreffen.

»Hör auf, Fragen zu stellen«, befahl er. Jora merkte, wie sich alles in ihr gegen seinen Tonfall zu sträuben begann. Sie stemmte die Füße in den Boden und merkte, dass sie keine Chance gegen den ungleich stärkeren Drachenmann hatte. Er zog sie einfach hinter sich her. Jora meinte sogar, einen Stoß in ihrem Rücken zu fühlen, der nur von einer der Frauen kommen konnte. Vermutlich war es die Ältere mit dem harten Gesicht gewesen, die sie an ihre Aufgabe erinnerte.

Wo blieb Dasquian? Und was war mit *seiner* Sanvi? Wenn er sie heute ein zweites Mal im Stich ließ, würde sie ihm bei lebendigem Leibe das Herz herausreißen. Und Catta durfte dabei zusehen! Jora merkte, dass sie die

Zähne fletschte und die Fäuste ballte. Die widersprüchlichsten Gefühle drohten, ihre Brust zu zerreißen.

Konnte es sein, dass ihre heutige Aufgabe darin bestand, sich zu beherrschen und ihre Gefühle zu kontrollieren? Bevor sie es verhindern konnte, lachte sie laut. Irritiert und mit finster zusammengezogenen Brauen drehte sich Thuban nach ihr um. »Kannst du mir mal verraten, was heute mit dir los ist?«

»Mit mir ist gar nichts los«, schnappte Jora und wischte achtlos einen Zweig beiseite, der sich ihrer Hand genähert hatte. Sobald ihre Haut das Grün berührte, brandete eine Woge aus Ungeduld und Zorn in ihr auf. »Ihr seid doch die Verrückten, die ihre Auserwählten nicht einfach zur Frau nehmen können. Stattdessen organisiert ihr irgendwelche verdammten Prüfungen, um sicherzustellen, dass wir Frauen es auch wert sind, in eure Betten gezerrt zu werden!«

Thuban schloss sekundenlang die Augen und atmete tief durch. »Jora«, sagte er mit sichtbarer Anstrengung. »Ich denke, wir beide wissen, worum es heute Abend geht. Bitte provoziere mich nicht. Hast du das verstanden?«

So ein arroganter Mistkerl, dachte sie und öffnete schon den Mund, um ihn zurechtzuweisen. Sie provozierte ihn? Dann wurde ihr bewusst, wie nahe Thuban vor ihr stand. Sie warf einen kurzen Blick über die Schulter. Seine beiden Sanvi hatten sich dicht hinter ihr aufgebaut. Es gab keine Fluchtmöglichkeit, weder nach vorne noch nach hinten. Er hatte die Lider halb gesenkt und leckte sich mit der Zungenspitze über die Oberlippe. Er senkte den Kopf. »Du gehörst zu mir«, grollte er mit halb geschlossenen Augen. »Selbst wenn es mich meine Freundschaft zu Dasquian kostet, werde ich nicht zulassen, dass er dich mir wegnimmt.«

Sicherheitshalber kreuzte Jora die Arme vor der Brust. Die Kehle wurde ihr eng und ein stechender Schmerz schoss ihr durch den Kopf. Die Luft schien erfüllt von Brandgeruch, der ihr beißend in die Nase stieg. »Okay«, krächzte sie und sah, wie seine Schultern um eine Winzigkeit nach unten sackten. Die Gedanken in ihrem Kopf überschlugen sich.

Inmitten dieses Gefühlsaufruhrs würde es ihr niemals gelingen, Dasquian zu finden. Thuban hatte schon wieder ihre Hand genommen und zerrte sie hinter sich her.

Die beiden Männer durften in diesem Zustand auf gar keinen Fall aufeinandertreffen, sonst würde einer der beiden die Begegnung nicht überleben.

****

Dasquian

Sofort beim Betreten des Irrgartens ahnte er, was Gegenstand der zweiten Prüfung war. Chasko hatte die Hürde am zweiten Tag sehr hoch gesetzt und jetzt erschloss sich Dasquian auch der Grund für die Abwesenheit seines Erzeugers. Der Bastard hatte einfach Angst gehabt, dass sich die Auswirkungen des Zaubers bereits vor dem Tor bemerkbar machten und die Wettstreiter ihre Selbstkontrolle verloren. Insbesondere Thuban, dessen zwei Sanvi ihn als möglichen Herausforderer um die Vormachtstellung unter den Drachen kennzeichneten, stellte eine Gefahr für Leib und Leben Chaskos dar. In dem Zustand der Aufgewühltheit war es nicht unmöglich, dass Thuban ihm die Stirn bot. Und das war etwas, das der Chancellor auf jeden Fall vermeiden wollte. Dasquian merkte, wie sich seine Lippen zu einem Grinsen verzogen.

Catta erbleichte und begann zu zittern.

Er war jetzt schon gespannt, welche Gefühle sie im Laufe des Wegs offenbarte. Sie sah so schlaff und apathisch aus, er bezweifelte, dass sie überhaupt etwas anderes als Furcht in sich trug. Er wollte versuchen, sie im Auge zu behalten und sie möglichst wohlbehalten aus dem Labyrinth zu bringen. Vielleicht bestand ja die Möglichkeit, dass sein Freund sich um Catta kümmerte?

Die heutige Herausforderung war schwierig zu meistern. Jeder Drachenshifter hatte gelernt, körperliche Bedürfnisse zu kontrollieren. Hunger und Durst, Müdigkeit und auch die Witterung setzten ihnen nicht in außergewöhnlichem Maße zu. Sobald es jedoch darum ging, Impulse zu beherrschen, brauchten sie alles an Selbstbeherrschung, was sie aufbieten konnten. Dasquian atmete langsam ein und wieder aus, bevor er sich in Bewegung setzte. Er musste doppelt so gut darauf achten, dass seine Emotionen nicht außer Kontrolle gerieten. Bereits die wenigen Sekunden innerhalb des Irrgartens hatten ihm gezeigt, dass er als Belial besonders anfällig für die destruktiven, dunklen Gefühle zu sein schien. Dies zu wissen war eine Sache. Den Ansturm der Dunkelheit zu spüren noch etwas anderes. Jedes Mal, wenn er Catta ansah, fühlte er den Drang, sie zum Weinen zu bringen. Sein Belial schnurrte förmlich bei der Vorstellung, sich an ihrer Furcht und Verzweiflung gütlich zu tun. Einen Herzschlag lang fragte er sich, ob er den Gang ins Herz des Labyrinths überhaupt schaffen würde, ohne jemanden zu verletzen oder sogar zu töten. Selbst der Gedanke an Jora und ihre gemeinsame Zukunft, die in greifbare Nähe gerückt war, änderte nichts an dem perversen Vergnügen des Belials.

Er musste sich zusammennehmen. Er wollte sein neues Leben mit Jora ganz sicher nicht beginnen, indem er seinem schwarzen Drachen die Herrschaft überließ. Mit zusammengebissenen Zähnen ging er weiter. Hatte er erst seine Liebste gefunden und Cors verlassen, würde sich alles andere ergeben. Er durfte nicht daran zweifeln, dass es für sie ein Happy End gab. Ob mit oder ohne Klothos Hilfe. Vorzugsweise ohne, dachte er und fletschte die Zähne. Sie spielte ein undurchschaubares Spiel, das ihm nicht gefiel.

Wo war sie überhaupt? Normalerweise hätte sie sich spätestens beim Betreten des Irrgartens zeigen müssen. Er fluchte lautlos und lief aufs Geratewohl dorthin, wo er die Mitte vermutete. Vorhin hatte er sich mit Catta im Schlepptau rücksichtslos nach vorne gedrängt, damit der Abstand zwischen Thuban, Jora und ihm nicht zu groß wurde. Er hastete nach links, dann wieder nach rechts und horchte angestrengt nach irgendeinem Laut von Jora. Nichts. Sie war weder zu hören noch zu sehen. Er verlangsamte seine Schritte, um Catta die Gelegenheit zum Aufholen zu geben. Ihr Gesicht war gerötet, sie atmete schwer, aber mit ihrem Wohlbefinden konnte er sich jetzt nicht belasten. Hinter ihm ertönte ein leises Knirschen wie von Schritten, aber als er sich umwandte, war da niemand. Wo war seine Sanvi, wenn er sie brauchte? Ihm blieb als letzte Möglichkeit, seinen Drachen zu wecken, aber dies war wirklich der allerletzte Ausweg. Ein Blick auf seinen mattschwarzen Drachen und sie wussten, was er war. Ein Belial, der auf Cors nichts zu suchen hatte. Es spielte keine Rolle, dass er sich noch nicht vollständig gewandelt hatte. Sie würden ihn gefangen nehmen, bevor er Jora in seine Arme schließen konnte.

Das konnte er nicht zulassen.

Die Verzweiflung ließ ihn schneller laufen. Catta war inzwischen so weit hinter ihm zurückgefallen, dass er sie nicht mehr sah. Dasquian blieb stehen und schaute sich nach ihr um, aber in diesem Moment hörte er Jora seinen Namen rufen und schlug mit den Händen nach den Zweigen. Mit jedem Hieb, den er dem lästigen Grün versetzte, wurde ihm die Brust enger. Sein Atem ging rasselnd und stoßweise. Nicht die Anstrengung des Laufens war es, die ihm die Brust zuschnürte, sondern der sich immer weiter ausbreitende Zorn. Wenn er doch nur ein Ventil für seine Gefühle hätte! Er bog um eine Ecke und duckte sich, als von hoch oben ein Zweig auf ihn zugeschossen kam. Reflexartig ging er in die Knie und rollte sich ab, sprang aus der Hocke nach oben und merkte zu spät, dass seine Aufmerksamkeit für den Bruchteil einer Sekunde nachgelassen hatte. Seine Umgebung verblasste und wurde durch das Schwarz-Weiß ersetzt, in der seine Drachenaugen die Welt wahrnahmen.

Sein Drache brach aus ihm heraus. Die Flügel brachen durch seine Haut, breiteten sich aus und fegten mit ihren scharfen Spitzen eine Bresche in die Hecke. Schneller als jemals zuvor breiteten sich seine Schuppen aus und schützten ihn vor den spitzen Dornen. Als er hinabsah auf das, was vor wenigen Sekunden noch seine Hand gewesen war, stieß er ein zornerfülltes Brüllen aus, das einen Wirbelsturm aus losen Blättern entfachte.

Seine schwarze, schuppenbedeckte Haut war von roten, pulsierenden Adern bedeckt.

Seine Schande war für jedermann sichtbar.

Jetzt war ihm alles außer Jora egal. Er stürmte vorwärts, während er seinem Biest befahl, ihre Witterung aufzunehmen. Und schon hatte er ihren köstlichen Duft in der Nase. Ah, wie herrlich sie heute roch! Dasquian sog die gesättigte Luft ein und schmeckte ihre Gefühle auf der Zunge. Keine Spur von Angst, wie er bei ihrer ersten Begegnung wahrgenommen hatte. Wut und Liebe kitzelten seine Rezeptoren. Niemals zuvor hatte er etwas so Köstliches geschmeckt wie ihre exquisite Gefühlsmischung. Mit einem Schlag wurde ihm bewusst, was er gerade wahrgenommen hatte.

Sie liebte ihn.

Die Gefühle, die er ihr genommen zu haben glaubte, waren zurückgekehrt oder nie völlig fort gewesen.

Sie war nicht mehr weit entfernt. Fast meinte er, ihr kleines Herz pochen zu hören. Und noch etwas vernahmen seine gespitzten Ohren. Da war der Herzschlag des Mannes, der einmal sein Freund gewesen war. Das Organ schlug schneller als gewöhnlich. Dasquian frohlockte. Er näherte sich dem Mittelpunkt des Labyrinths und wusste mit absoluter Gewissheit, dass sich sein Schicksal dort entscheiden würde, auf die eine oder andere Art. Er hatte keine Angst vor dem Tod. Zu sterben war besser, als im Kampf mit Thuban zu unterliegen und sehen zu müssen, wie der andere Drachenshifter die Frau, die er liebte, für immer an sich band.

Er stürmte vorwärts durch eine Lücke in der Hecke. Zu spät bemerkte er das Netz, das sich über ihn warf und sich in seinen Flügeln verheddderte. Zwei weiß gekleidete Frauen traten rechts und links neben ihn. Beide hielten die Enden des Netzes zwischen ihren schlanken Fingern. Die Ältere lächelte schmallippig, als Dasquian brüllte und vergebens mit seinen scharfen Krallen gegen die Maschen hieb. Es gelang ihm nicht, sie zu durchtrennen, gleichgültig wie sehr er sich anstrengte. Ohne ein Wort schleiften sie ihn hinüber zum Altar, der sich im Herzen des Irrgartens befand, und hoben ihn auf den grauen Stein.

»Lasst mich frei«, brüllte er, als sie sich anschickten, das Netz unten an den tragenden Säulen festzuknüpfen. »Ihr verdammten Furien, ich muss …«

»Du musst gar nichts, Belial«, spie ihm die entgegen, die er für die Jüngere hielt. »Du bist eine Abnormität, schlimmer noch als deine Brüder.« Sie lächelte, als er nach vorne schoss und sie zu packen versuchte. Spielerisch und überaus elegant versetzt sie ihm einen Fußtritt, der ihn zurück auf den steinernen Tisch katapultierte. Dasquian dachte nicht daran, aufzugeben und versuchte es erneut. Diesmal traf ihn die andere Frau am Kopf. Ihr Tritt war unbarmherzig und ließ ihn in die Knie sinken.

»Verschwindet«, knurrte er, gönnte sich einen Augenblick, um sich von den Anstrengungen zu erholen und nutzte den Moment, um die Frauen genauer zu betrachten. Sie ragten über ihm auf und eine Sekunde lang sah er sich in ihren dunklen Augen gespiegelt, eine kleine Gestalt, erbarmungswürdig auf die Knie gesunken. Das waren keine Sanvi. Genauso wenig wie seine spirituelle Begleiterin nur ein Teil seiner Seele war. Die drei Frauen ... er schloss die Augen und ließ instinktiv den Belial an die Oberfläche kommen. Das Biest schnüffelte. Dasquian merkte, dass er die Zähne fletschte. Sie rochen alt und mächtig und nicht im Geringsten nach Thuban, wie man es hätte erwarten sollen. Nein, diese Wesen waren etwas anderes. Ihre Aura der Macht war so gegenwärtig, dass er unter dem Ansturm der rohen Kraft in die Knie gesunken war.

Etwas in ihm zerbrach, eine Mauer, eine Grenze, die er bislang nicht zu überschreiten gewagt hatte. Ihm wurde kalt, aber der Aufruhr in seiner Brust legte sich, als er sich selber durch die Augen der beiden Sanvi sah.

Das Bild, das ihm entgegensprang, entsprach exakt der Situation in seinen Träumen von Jora. Bis auf das unbedeutende Detail der Fesseln, die ihn hielten.

Eine unnatürliche Ruhe senkte sich auf ihn. Alles war, wie es sein musste. Nun lag es an Jora und ihm, ihre Zukunft in die Hand zu nehmen. Die Gewissensbisse, die ihn wegen Thuban und wegen seines Volkes geplagt hatten, lösten sich in Luft auf. Etwas anderes, Größeres war am Werk, das über seine Kräfte hinausging. Er und Jora waren Spieler in einer Partie, deren wahre Ausmaße sie noch nicht überblicken konnten.

Misstrauisch und in einer Geste, die durch ihre absolute Gleichzeitigkeit lächerlich wirkte, legten die beiden Frauen den Kopf schief und musterten ihn. »Bilde dir nicht ein, aus dem Netz fliehen zu können«, zischte die eine ihm zu.

»Dich binden die Schicksalsfäden, die nicht von Menschen- oder Drachenhand zu zerstören sind«, bekräftigte die andere. »Wir überlassen dich deinem Elend, Drachenmann. Sieh zu, wie die Liebe deines Lebens einem anderen gegeben wird und zerbrich daran.« Dasquian sah sie wortlos an und schwor sich stumm, sie bei der nächstbesten Gelegenheit zu töten.

Kapitel 3

Jora

Sie hörte seinen Schrei und sah sich instinktiv nach Dasquian um, obwohl sie genau wusste, wo sich ihr schwarzer Drache befand. Ein Schwindel erfasste sie, der sich nur unter Aufbietung aller Kräfte niederringen ließ. Es war so weit. Sie war im Labyrinth, ihr Liebster rief nach ihr und sie hatte die Aufgabe, zu ihm zu eilen. Sein Schrei war machtvoll gewesen und hatte ihr Inneres zum Vibrieren gebracht. Der Zorn, den sie lange genug im Zaum gehalten hatte, brach sich erneut Bahn. Mit einem Ruck entriss sie Thuban ihr Handgelenk. Der Drachenshifter blickte sie verdutzt an, bevor er die Hand nach ihr ausstreckte, um sie an sich zu ziehen.

Jora trat einen Schritt zurück und merkte jetzt erst, dass die beiden Frauen verschwunden waren. Endlich war das Glück ihr hold. »Nein«, sagte sie fest und hob den Kopf, bis sie ihm geradewegs in die Augen sehen konnte. »Lass mich, Thuban. Ich bin nicht deine Gefährtin und das weißt du. Dasquian … braucht mich.« Die Worte sprudelten aus ihr heraus. Sie hatte gar nicht so viel sagen wollen, aber die Zeit des Leugnens war vorbei.

»Das ist mir egal«, spie er ihr entgegen und folgte ihr. »Du kannst meine Sanvi sehen. Du bist *meine* Gefährtin.« Vernahm er selbst den leisen Zweifel in seiner Stimme oder bildete Jora sich das nur ein? Sie schöpfte Kraft nicht nur aus der Macht ihres Zorns gegen eine Gesellschaft, die ihr eine Prüfung ihrer Würdigkeit und einen falschen Mann aufzwingen wollte, sondern auch an der Unsicherheit in Thubans Stimme. »Hör mir zu«, sagte sie und nahm spontan seine Hand, »es muss nicht böse enden. Lass mich gehen, ich bitte dich. Wir beide wissen, dass wir nicht füreinander bestimmt sind.«

Sein Gesicht wurde kurz weich und verhärtete sich im nächsten Augenblick wieder. »Das lasse ich nicht zu«, flüsterte er. »Du bist Mein.« Wie zur Antwort ertönte Dasquians Drachenstimme. Unruhig trat Jora von einem Bein aufs andere. Mit Thuban vernünftig zu sprechen hatte keinen Sinn, also musste sie für ein Ablenkungsmanöver sorgen. Auch wenn alles in ihr danach schrie, sich auf dem Absatz umzudrehen und die Flucht zu ergreifen, drängte sie den Impuls zurück. Spätestens nach drei Schritten hätte er sie eingeholt und gepackt.

Sie hatte zu lange nachgedacht. Mit einem Satz war Thuban bei ihr und packte sie. Jora wich ihm aus, wunderte sich für den Bruchteil einer Sekunde, dass es ihr gelungen war und rannte blindlings in die Richtung, in der sie Dasquian fühlte. Ein wütendes Brüllen erklang hinter ihr, ein Schrei und sie fragte sich, was Thuban aufhielt. Egal, es spielte keine Rolle. Sie duckte sich unter peitschenden Zweigen hinweg, tanzte ihnen förmlich aus dem Weg und fühlte ein wildes, irres Lachen in ihrer Brust. Sie wollte Dasquians Namen brüllen, der ganzen Welt verkünden, wie sehr sie ihren schwarzen Drachen liebte, als zwei Frauen ihr den Weg abschnitten. Verdammt. Thubans Sanvi. Sie machte auf dem Absatz kehrt und achtete darauf, die grobe Richtung ins Innere beizubehalten, aber schon nach der übernächsten Biegung tauchten die beiden Frauen erneut vor ihr auf.

»Lasst mich zu ihm«, sagte Jora und versuchte, ihrer Stimme einen festen Klang zu verleihen. Die beiden Frauen lachten schrill. Das Geräusch setzte etwas in Jora frei, von dem sie nicht einmal geahnt hatte, dass sie es in sich trug und das sie kaum zu benennen wusste. Sie schoss nach vorne, links an der jüngeren Frau vorbei, und setzte ihren Lauf durch das Labyrinth fort. Ein formloser Schatten senkte sich über sie und sie sah im Laufen nach oben. Dort flog der rote Drache in stetem Tempo über ihr. Er verfolgte ihren Weg! Hatte sie überhaupt eine Chance gegen die drei? Und wo blieb Dasquians Sanvi nur? Der Dolch, den sie ihr gestern überreicht hatte, wäre ihr in diesem Moment willkommen gewesen, obwohl er lächerlich klein war. In ihren Träumen hatte er seinen Zweck erfüllt und sie schob den leisen Zweifel fort. Der Dolch würde auch jetzt genügen.

Sie näherte sich Dasquian, sie fühlte es. Ihre Liebe zu ihm gab ihr Kraft und sie sprintete los. Der Drache über ihr behielt sein Tempo bei. Das Rauschen des Blutes in ihren Adern übertönte selbst das Schlagen seiner Flügel. Und dann sah sie ihn, endlich. Dasquian stand auf einem steinernen

Altar und jemand hatte ein Netz über ihn geworfen. Er behielt selbst in dieser Situation noch seine Würde. Er mochte geschlagen sein, aber nicht gebrochen. Im Näherkommen sah sie, dass seine Augen vollkommen schwarz waren, dunkle Flecken inmitten seines bleichen Gesichts. Und auch die Farbe und Form seiner Drachenschuppen hatten sich verändert. Statt der goldenen Spitzen überzogen Bahnen aus Rot den Leib seines Drachens, der sich wie in ihrem Traum hinter ihm aufbäumte.

Er war furchterregend. Sein Anblick traf sie mitten ins Herz, seine finstere, leblose Schönheit, in der einzig die dunklen Augen verrieten, dass er nicht tot war. Jora zögerte keine Sekunde. Sie rannte auf ihn zu, immer darauf gefasst, dass irgendjemand sie aufhielt, sich ihr in den Weg stellte, sie von ihm fernhielt. Sie rannte, wie sie noch niemals zuvor in ihrem Leben gerannt war. Ihr Herz schlug laut in ihrer Brust und sie schmeckte Blut auf ihrer Zunge. Hinter ihr kreischten die beiden Frauen, nein – drei Frauen. Eine Stimme gehörte Catta. Sie musste ihnen gefolgt sein und hatte es irgendwie geschafft, Dasquian zu finden. Jora keuchte, als Thubans Schatten größer und größer wurde. Hinter dem unbeweglichen Dasquian trat eine Gestalt hervor, deren leuchtend rotes Haar Jora erkannte.

Endlich.

Die Sanvi ihres Liebsten war da. Jora nahm nur am Rande ihres Bewusstseins wahr, dass ihr ehemals weißes Kleid in schmutzigen Fetzen hing. Eine bösartig aussehende Schramme zog sich vom Mundwinkel bis hinauf zur Augenbraue und verlieh ihr das Aussehen einer archaischen Kriegsgöttin.

Jora sah, wie sie die Hand in einer gebieterischen Geste hob und die Welt um sie herum zum Stillstand brachte. Das wütende Kreischen hinter ihr verstummte. Der rauschende Wind, den sie als Hintergrundgeräusch wahrgenommen hatte, erstarb. Selbst Thubans Schatten schien erstarrt zu sein. Bis auf sie selbst und die Sanvi mit der unfassbaren Macht einer Göttin bewegte sich nichts. Jora starrte sie an und wollte fragen, was willst du von mir, aber kein Wort trat über ihre Lippen.

»Wie weit bist du bereit zu gehen für deine Liebe?« Abwägend schaute die rothaarige, zerzauste Frau sie an. Merkwürdigerweise schienen die Unvollkommenheiten ihres Aussehens sie noch schöner zu machen. »Wirst du ihn trotz seines schwarzen Herzens lieben?«

Jora nickte. Sie war nicht so weit gekommen, um sich von einem schwarzen Herzen, wie auch immer dies aussehen mochte, abhalten zu lassen. Sie sah ihren Liebsten an.

»Immer.«

Mehr als dieses eine Wort brauchte es nicht, um ihr Gegenüber zum Lächeln zu bringen. »Dann nimm diesen Dolch. Du kennst ihn ja.« In einem Wimpernschlag war sie bei Jora und hielt ihr das scharfe, blitzende Messer entgegen. »Dies ist der einzige Dolch, der die Schicksalsfäden durchtrennen kann, mit denen dein Geliebter gefesselt ist. Er gehört jetzt dir. Benutze ihn weise, wenn du es kannst.« Die andere Frau hielt das Messer außer Reichweite. »Ich frage dich ein letztes Mal: Bist du sicher, dass deine Gefühle für den schwarzen Drachen den Namen Liebe auch verdienen? Denn wenn nicht…« Eine unbestimmte Drohung schwang in ihren Worten mit.

»Ich bin sicher«, antwortete Jora und sah ungeduldig zu Dasquian hinüber. In seinen Augen blitzte etwas auf, das sich wie eine Warnung anfühlte, aber Jora ignorierte sie.

»Wie du meinst«, lächelte die Göttinnengleiche Frau. »Aber vergiss nicht, was du mir versprochen hast – du schuldest mir etwas.« Joras Kehle schnürte sich zu. Ihre ausgestreckte Hand zitterte leicht, aber sie zog sie nicht zurück. Sie spähte kurz hinter sich, wo Catta gemeinsam mit Thubans Sanvi zu leblosen Statuen erstarrt war, und nach oben, wo der rote Drache mit aufgerissenem Maul darauf wartete, sie zu verschlingen.

»Ich bin bereit«, versicherte sie ein letztes Mal und nahm den Dolch entgegen. Er schmiegte sich in ihre Handfläche und erwärmte sich. Überrascht sah sie hinab, aber der Moment der Wärme war schon wieder vergangen. Als Jora hochschaute, war Dasquians Sanvi verschwunden, ebenso wie die Frauen an Thubans Seite. Sie war allein mit Catta, die ihr ans

Leben wollte, einem rasenden Drachen und einem Mann, den sie von einem Netz aus Schicksalsfäden zu befreien hatte. Die Tatsache, dass sie Thubans Sanvi nicht mehr sah, konnte nur eines bedeuten: Die Bindung zwischen ihnen war gebrochen, als sie sich für Dasquian entschieden hatte und bereit war, das Netz zu zerschneiden.

Sie gehörte ihm. Auf immer und ewig.

****

Dasquian

Klotho war verschwunden. Sie hatte ihre Schuldigkeit getan, dachte Dasquian und beobachtete, wie Jora mit dem Dolch in der erhobenen Hand auf ihn zustürmte. Dasquian spannte seine Muskeln an und machte sich bereit. Ein tiefer Atemzug und das Netz dehnte sich, bis es zum Zerreißen gespannt war. Es platzte in dem Moment, in dem Jora die Fäden antippte. Er wusste nicht, ob es ihre Berührung war, die den Bann gebrochen hatte, seine Anstrengung, der erste Schnitt des Dolches oder alle Dinge zusammen. Er sah nichts außer Joras angespanntem Gesicht und wusste, er würde das Leuchten in ihren Augen bis ans Ende seines Lebens nicht vergessen.

Es war ihm nicht gelungen, ihre Gefühle für ihn zu zerstören. Zum ersten Mal war er froh über etwas, das sein Vater als Versagen bezeichnet hätte. Joras Liebe war stark genug, um aufs Neue zu erstehen. Nein, *sie* war stärker, als er es sich in seinen kühnsten Träumen vorgestellt hatte.

In diesem einen Augenblick war er vollkommen glücklich. Wäre er jetzt und hier gestorben, es hätte ihm nichts ausgemacht. Doch das Schicksal – oder Klotho? – hatte andere Pläne mit ihm. Die Hände seiner Liebsten griffen nach seinen und mit einem Schrei aus dem tiefsten Inneren seiner Seele hob er sie hoch. Er bewunderte die anmutige Biegung ihres Nackens, den eleganten Schwung ihres Halses, bevor die Einzelheiten ihrer Schönheit fortgewischt wurden von der Intensität ihrer Gefühle für ihn. Sie liebte ihn. Es war eine bedingungslose Liebe, die nichts forderte und nichts verlangte, außer dass er glücklich war.

Sie schlang die Arme um seinen Hals und hob den Kopf. Wenn es je eine Frau gegeben hatte, die bereit war, geküsst zu werden, dann war sie es. Ihre Lippen trafen aufeinander. Sein Inneres explodierte in einem Rausch aus Lust und einem Gefühl, das ihn in die Knie zu zwingen drohte. Aus weiter Ferne hörte er seinen dunklen Drachen triumphierend schreien und spürte, wie das Biest in ihm zum Leben erwachte. Es rollte sich zusammen, sammelte Kraft und drängte dann mit einer Macht nach draußen, die unvergleichlich war. Dasquian fühlte die Flügel, die aus seinem Rücken wuchsen. Sie waren schwerer als jemals zuvor und während er immer noch gierig Joras Atem trank, spannte er sie. Sie waren gewachsen und ohne hinzuschauen wusste er, dass ihr mattes Schwarz von einem feinen Geflecht an roten Adern durchzogen war, die im Rhythmus seines Herzens pulsierten. Er faltete sie vor seinem Körper, bis sie Joras Gestalt völlig verdeckten. Seine Hände gingen auf Wanderschaft, erkundeten jede süße Kurve ihres Körpers und drückten sie an sein Geschlecht. Ihr Duft hätte bereits genügt, um ihm die Sinne zu vernebeln, aber in Verbindung mit ihrer weichen Haut und den üppigen Rundungen trieb sie seine Selbstbeherrschung an ihre Grenzen. Er löste seine Lippen von ihr und sah, wie rot sie waren. Ihr Atem ging schnell, ihre Brüste hoben und senkten sich und unter dem dünnen Stoff zeichneten sich ihre harten Brustspitzen deutlich ab. Fragend sah er sie an.

Ihre einzige Antwort bestand darin, sich noch enger an ihn zu pressen und ihre Hände auf seine nackte Brust zu legen. »Komm«, sagte sie und »jetzt« und mehr brauchte er nicht. Er bettete sie auf den steinernen Altar und fragte sich in einem fernen Winkel seines Bewusstseins, ob er seinen Frevel gegenüber seinem Volk auf die Spitze trieb, wenn er Jora auf der Opferstätte nahm. Ihre Augen flehten ihn an, sie nicht warten zu lassen, also kniete er sich zwischen ihre breit gespreizten Schenkel und schob so langsam, wie es ihm möglich war, ihr Kleid hoch. Ihre schlichte Unterwäsche schlitzte er vorsichtig mit einer Kralle auf, bevor er die dünnen Fetzen mit dem Mund zur Seite schob. Ihr Geschlecht war glatt wie eine Frucht, die Lippen geschlossen und so zart, dass er am liebsten hineingebissen hätte.

Er beherrschte sich und kitzelte sie mit seinem Atem. Sie bog bereits den Rücken durch und hob die Hüften an, also legte er einen Finger an die Spalte und ließ ihn langsam, so langsam in sie hineingleiten. Ihre inneren Muskeln spannten sich an und Dasquian wusste, sie brauchte nicht mehr als einen Schlag seiner Zunge, um ihren ersten Höhepunkt mit ihm zu erleben. Doch dieses Privileg gebührte seinem Schwanz, der mittlerweile pochte vor Verlangen. Ein Ruck und seine Beinkleider fielen, bevor er sich erneut zwischen ihre Schenkel kniete und die Spitze seines Geschlechts zwischen ihren pfirsichglatten Schamlippen positionierte. Jora zuckte und wand sich unter ihm, versuchte, ihre Hüften so zu bewegen, dass er wenigstens ein kleines Stückchen in sie eindrang, aber er war noch nicht so weit. Er wollte ihr Gesicht noch ein paar Sekunden betrachten und jede Einzelheit in seinem Gedächtnis verankern.

Sein harter Schwanz zuckte. Er fühlte, wie er sich mit Schuppen bedeckte. Sie waren nicht so hart wie die am Rest seines Körpers, sondern weich. Bevor er seinen Samen in eine Frau verströmte, schwollen sie an und passten sich der Größe seiner Partnerin an.

Ihr Mund rundete sich und sie stieß einen leisen Laut aus, als er zentimeterweise in sie eindrang. Erst als er sein Geschlecht ganz in ihr versenkt hatte, beugte er die Arme und küsste sie. Er hob die Hüften, glitt aus ihrer feuchten Enge und stieß noch einmal in sie hinein, als Jora auch schon kam. Er spürte jede Zuckung ihres Höhepunkts, als sei es sein eigener. Jeder Zentimeter seiner Haut schien auf einmal übersensibel, während sich die Grenzen zwischen seinem Ego und ihrer Persönlichkeit aufzulösen schienen. Erst als ihr Höhepunkt abebbte, bewegte er sich in ihr. Zwei, drei Mal hob er die Hüften, als er auch schon seinen eigenen kleinen Tod nahen fühlte. Jora sah ihn überrascht an, dann verzog sich ihr Mund zum zweiten Mal innerhalb weniger Minuten zu einer lustvollen Grimasse, die halb Lächeln, halb Flehen war.

Jetzt konnte sie niemand mehr trennen.

Teil 5: Im Netz des Schicksals

Kapitel 1

Jora

Ein ungewohntes Geräusch riss Jora aus ihrem nächtlichen Albtraum und für einen Augenblick hatte sie Schwierigkeiten, sich zu orientieren. Es war dunkel und die Seite des Bettes, auf der Dasquian normalerweise schlief, war leer.

Sie setzte sich auf und strich sich das feuchte Haar aus der Stirn. Ihre Augen brauchten einen Moment, um sich an das Dämmerlicht zu gewöhnen. Suchend tastete ihre Hand über die linke Seite des Bettes, wo Dasquian normalerweise lag. Sein Kopfkissen und die Decke fühlten sich kühl an. Er war also schon eine ganze Weile fort. Wahrscheinlich saß er im Cockpit des kleinen Fliegers und hielt Ausschau nach einem bewohnten Planeten, den sie anfliegen konnten, um ihre Vorräte aufzustocken. Sie waren seit drei oder vier Wochen unterwegs und hatten noch nicht den Ort gefunden, an dem sie den Rest ihres Lebens oder auch nur ein paar Monate bleiben wollten.

Jora seufzte, während sie sich aufsetzte. Ihre dramatische Flucht von Cors zeigte immer noch Nachwirkungen. Sie mit ihren stetig wiederkehrenden Albträumen glaubte, es noch gut getroffen zu haben. Ihr Liebster zog es vor, zu schweigen und das ausdauernd. Wenn sie ihn auf die

Geschehnisse jenes Abends ansprach, behauptete er jedes Mal, sie nicht mit seinen Problemen belasten zu wollen. Wann immer Jora darauf beharrte, mit ihm sprechen zu wollen, lenkte er sie mit seinen Küssen ab. Er war ein großartiger Liebhaber, daran gab es keinen Zweifel. Tatsächlich war er der heißeste Mann, mit dem Jora jemals im Bett gelandet war. Manchmal genügte es, dass er sie aus seinen dunklen Augen ansah und schon spürte sie, wie sich die Hitze in ihrem Becken sammelte und sie nichts anderes wollte, als seine nackte Haut auf ihrer zu spüren. Der Augenblick, in dem er in sie eindrang, genügte schon, um sie das erste Mal zum Orgasmus zu bringen. Gut, sie hatte nicht besonders viele Vergleichsmöglichkeiten, aber ihr Gefühl sagte ihr, dass er in dieser Hinsicht außergewöhnlich war. Andererseits, wie konnte man von einem Mann, der sich einen Körper mit einem Drachen teilte, etwas anderes als ein Überschreiten der Grenzen erwarten?

Und noch etwas gab es, das sie in Unruhe versetzte. Dasquian verbarg etwas vor ihr. Die Veränderung, die mit seinem Gang durch das Feuer begonnen hatte, setzte sich fort. Zuerst hatte Jora geglaubt, seine Schweigsamkeit und die Distanz zu ihr, die sie spürte, hingen mit den Ereignissen vor der Flucht zusammen. Doch mittlerweile war sie überzeugt, dass sich dahinter noch etwas anderes, Schwerwiegenderes verbarg. Die einzigen Momente, in denen sie einander wirklich nahe waren, hatten sie beim Sex. In allen anderen Augenblicken, die sie miteinander verbrachten, war er kalt und unnahbar. Dasquian wies ihre Zärtlichkeiten nicht nur zurück, sondern verbat sie sich geradezu. Niemals sagte er, dass er nicht berührt oder geküsst werden wollte, aber seine Körpersprache war beredt genug. Sie hatte ihn ein einziges Mal gefragt, ob es mit dem unerklärlichen Verschwinden seiner Sanvi zusammenhing, ob er dieses Geistwesen noch fühlen konnte, aber er hatte ihr keine Antwort gegeben, außer ihr den Rücken zuzuwenden.

Es gab Momente, in denen sie ihren eigenen Sinnen nicht mehr traute. Ständig schien ein schwarzer Schatten hinter ihm zu lauern, der manchmal wie ein Drache wirkte und der das Licht in seinen Augen verschlang. Er erinnerte sie an den Mann, den sie in ihren Träumen im Inneren des

Labyrinths erblickt hatte, mit dem Unterschied, dass seine Aura der Bedrohlichkeit die im Traum um ein vielfaches überstieg.

Das Piepsen wurde lauter, der Rhythmus schneller. Jora hatte keine Lust, das behagliche, warme Nest zu verlassen, aber ihre Neugierde war stärker. Sie stand auf und schlüpfte in eines der übergroßen Oberteile, die Dasquian mitgenommen hatte. Zu gerne hätte sie das weiße Kleid, das sie während der Prüfungen im Labyrinth getragen hatte, einfach vernichtet. Leider war es das einzige Kleidungsstück, das ihr passte. Sollten sie tatsächlich irgendwann in den nächsten Tagen auf einem bewohnten Planeten landen, dann wäre ein Einkauf das erste, das sie in Angriff nehmen wollte. Hoffentlich bedeutete das Signal, dass sie sich endlich in einem zivilisierten Sektor des Universums befanden. Jora war froh um die Trockennahrung an Bord, aber nach vier langen Wochen sehnte sie sich nach etwas anderem als Energieriegeln mit Fleischgeschmack. Bereits beim Gedanken an Früchte oder frisches Wasser, das nicht nach dem Plastik der Tanks schmeckte, lief ihr das Wasser im Munde zusammen. Immerhin mussten sie sich um den Antrieb der kleinen Raumschiffe keine Sorgen machen, da es mit Solarenergie betrieben wurde.

Jora hatte in den letzten Wochen gelernt, auch für kleine Dinge dankbar sein.

Sie verließ die kleine Kammer, die seit ihrer Flucht ihr Zuhause gewesen war, und trat hinaus in den Flur. »Licht«, sagte sie und kniff die Augen zusammen, als die Beleuchtung von Dämmerlicht auf grell schaltete. Das Schiff war nicht besonders groß, aber sie neigte dazu, ständig irgendwo anzustoßen. Nicht einmal 6 m entfernt sah sie den blauen Schein, den die Instrumente auf Dasquian Gesicht warfen. Er hatte sie noch nicht bemerkt, sie nutzte den Moment, um ihn unbeobachtet zu betrachten. Seine männliche Schönheit schnitt ihr immer noch mitten ins Herz. Dasquian hatte die langen Beine ausgestreckt und betrachtete mit höchster Konzentration den Bildschirm. Sein Profil war ihr zugewandt. Jora hätte Stunden damit zubringen können, ihn einfach nur anzuschauen. Die dunklen Brauen hatte er zusammengezogen und sie bildeten ein perfektes V über seinen dunklen Augen.

Joras Herz klopfte so schnell, dass sie kaum zu atmen vermochte. Manchmal glaubte sie, dass er ihre Flucht bereute. Sie hatte ihn viel gekostet, mehr als sie selbst. Sie war in eine fremde Welt hineingeworfen worden und hatte sie nach wenigen Tagen bereits wieder verlassen. Dasquian hingegen war dort aufgewachsen. So wenig nahe ihm sein Vater auch stand, er war sein Blutsverwandter gewesen. Und seine Freunde hatte er ebenfalls zurückgelassen. Der Gedanke an Thuban brachte Jora zum Zittern. Das viele Blut und die wütenden Schreie der beiden Drachenshifter würde sie nie vergessen, dazu Cattas fassungsloses, weißes Gesicht – kein Wunder, dass sie Albträume hatte. Wenn sie es schon nicht schaffte zu vergessen, was geschehen war, wie sollte es dann ihrem Liebsten gelingen? Und wie sollte sie ihm helfen, wenn er nicht mit ihr sprach?

Die Szene, die ihrer beider Leben ein für alle Mal veränderte, hatte nicht einmal eine Minute gedauert. In der einen Sekunde lag sie noch benommen in Dasquians Armen und fühlte seinen Höhepunkt, in der nächsten erwachte das erstarrte Tableau um sie zum Leben. Thuban stieß einen markerschütternden Schrei aus. Als hätte er nie wie festgefroren in der Luft gehangen, stieß er auf sie nieder, die Krallen ausgefahren und das Drachenmaul weit aufgerissen.

Dasquian reagierte in der Sekunde, in der er Thubans Schrei hörte. Er stieß sich von Jora ab und verwandelte sich noch im Sprung in den schwarzen Drachen, dessen Anblick sie immer wieder von neuem fesselte. Nur dass ihr diesmal keine Zeit blieb, um die kraftvolle Eleganz seiner Bewegungen zu beobachten. Dasquian schoss nach oben in die Luft, drehte sich noch im Sprung und blockte Thubans herabfallenden Drachenleib mit seinem eigenen Körper. Sein Schweif peitschte über Thubans weichen Bauch, während sich seine schwarzen Krallen in der Brust des roten Drachens verhakten. Jora hatte genug Zeit, um von dem Altar zu springen, dessen Härte ihr schmerzhaft zu Bewusstsein kam, als sie mit dem Arm über den rauen Stein schrammte. Sie sah, dass Catta schreiend näherkam, die Arme wie zu einem tödlichen Schlag erhoben und im Gesicht den Ausdruck reinsten Wahnsinns. Dann hatte sie keine Zeit mehr zum Nachdenken, denn die beiden Drachen stürzten auf den Opferstein. Staub wirbelte auf. Sie hob die Arme, um sich vor dem Hagel aus scharfkantigen Splittern zu schützen, der auf sie herabregnete.

Wie in Zeitlupe sah sie, dass ihr Drache einen seiner schuppenbewehrten Arme hob und dem roten Tier damit über die Brust fuhr. Das Blut, das die Überreste des Altars bedeckte, war dunkel und zähflüssig. Thuban schrie. Dasquian erhob sich. Seine Bewegungen waren mühsam und verhalten. Jora sah, dass er hinkte. Doch noch bevor sie endgültig begriff, was sie getan hatten, war er bei ihr und hob sie in seine Arme.

Sie ließen den tödlich verletzten Thuban und Catta am Ort der Zerstörung zurück und flohen mit dem kleinen Raumgleiter, den Dasquian vorbereitet hatte. Jora erschauerte, als sie sich an ihren letzten Blick auf den sterbenden roten Drachen erinnerte. Catta kniete an seiner Seite, den Kopf gesenkt, während das dunkle Blut ihre Füße benetzte.

»Komm her«, sagte Dasquian. Jora schreckte zusammen. Seine Stimme klang rau und hatte einen Unterton, der ihr eine Gänsehaut über den Körper jagte. Natürlich hatte er die ganze Zeit gewusst, dass sie ihn beobachtete. Vermutlich hatte er sie gewittert oder sogar das Klopfen ihres Herzens gehört. Jora setzte sich in Bewegung und betrat das Cockpit, das gerade genug Raum für zwei bot. »Wir nähern uns Charon X6.« Er deutete mit dem Finger auf einen der größeren Punkte auf dem Radar, der nicht weit von dem roten Punkt entfernt war, der ihr eigenes Schiff symbolisierte. Immer noch sah er sie nicht an. Jora bemerkte, dass sich die Falte zwischen seinen dunklen Brauen vertiefte. Ihr Herz begann laut zu pochen. Jetzt endlich wandte er den Kopf. Seine Augen waren vollkommen ausdruckslos, als er sie ansah.

Etwas stimmte nicht. Sie hatte geglaubt, seine dunkle Seite wäre verschwunden, aber sie hatte sich getäuscht. Die Worte seiner Sanvi hallten in ihrem Kopf nach. Sie schuldete ihr etwas. Joras Puls schlug bis zum Hals und sie versuchte, sich ihre plötzliche Angst nicht anmerken zu lassen. Solange sie ihre Schuld nicht abgetragen hatte, lauerte in ihrem Liebsten immer noch die Dunkelheit und war bereit, jeden Augenblick hervorzubrechen. Doch wie sollte sie eine Forderung erfüllen, von der sie nicht wusste, worin sie bestand? Auch das spurlose Verschwinden der Sanvi machte es nicht leichter. Wo zur Hölle war dieses Wesen?

Jora zweifelte nicht eine Sekunde an seiner Liebe zu ihr, aber es gab Momente, in denen sie nicht wusste, ob ihre Flucht von Cors die richtige Lösung gewesen war.

»Wir werden dort landen und um Zuflucht ersuchen. Aber«, er blinzelte träge, »ich muss dich warnen. Man nennt Charon X6 den dunklen Planeten und das hat einen Grund.«

****

Dasquian

Joras Gesicht wurde noch blasser, als es ohnehin schon war, aber der entschlossene Zug um ihren Mund vertiefte sich. Sie war das Beste, was ihm in seinem Leben jemals passiert war und Dasquian war fest entschlossen, sie niemals gehen zu lassen. Ohne die Gewissheit ihrer Liebe hätte er nicht gewagt, auf Charon X6 zu landen. Die Argal, riesige Adlershifter, die den Planeten besiedelten, waren berüchtigt für ihre Skrupellosigkeit und ihre schnellen Überfälle auf fremde Planeten, wann immer sie ihren Vorrat an Waren aufstocken mussten – oder ihnen die Decke auf den Kopf fiel. Nichts und niemand war vor ihnen sicher und kaum jemand wagte es, uneingeladen einen Fuß auf ihr Territorium zu setzen. Sie plünderten und brandschatzten, nahmen sich, was ihnen gefiel und verschwendeten keinen Gedanken an diejenigen, die nach den Überfällen zurückblieben – wenn jemand lebendig zurückblieb. In ihrer Gemeinschaft herrschte das Recht des Stärkeren und es existierte nur eine einzige Grenze, die sie niemals überschritten. War man jedoch einer der ihren geworden, dann galt die Frau an der Seite des Kameraden als unantastbar. Und nun stand ihm die Aufgabe bevor, den Anführer der Argal davon zu überzeugen, dass sie einen Belial in ihren Reihen aufnehmen sollten.

Die Chancen standen nicht so schlecht, wie man hätte vermuten können, denn in gewisser Weise waren die Argal und die Drachenshifter miteinander verwandt, wenn auch nur entfernt. Die Männer und Frauen von Charon X6 verwandelten sich in mächtige geflügelte Adler, die so zäh wie unerbittlich kämpften.

Für Dasquian gab es nur einen Grund, warum er das Risiko einer Landung auf Charon X6 einging. Jora wusste es selbst noch nicht, aber sie trug sein Kind in sich. Sein erster Impuls war gewesen, es ihr sofort zu sagen. Doch nach einer Sekunde, in der sich sein Belial leise bemerkbar machte, entschied er sich dagegen. Sollte es notwendig sein, dass er sie um ihrer eigenen Sicherheit verließ, dann wollte er versuchen, den Schlag mit einer glücklichen Neuigkeit abzumildern. Und da gab es noch etwas, das ihn zögern ließ. Sie mussten das Kind in dem wilden Rausch ihres ersten Beisammenseins gezeugt haben, denn bereits am ersten Tag ihrer Flucht hatte sich ihr Geruch subtil, aber dennoch deutlich wahrnehmbar verändert. Noch pochte das kleine Herz in ihr nicht laut genug für seine Ohren, aber er war sich seiner Sache so sicher, wie er nur sein konnte. Die Frage war, wie sehr sich das Erbe des Belials in dem Kind zeigte, wenn überhaupt, und bevor er Jora beunruhigte, musste er mehr über den Belial in Erfahrung bringen. Er runzelte die Stirn, als er erkannte, dass ihm wohl letzten Endes nur eine Möglichkeit blieb. Er hatte keine anderen Quellen als die Bestie selbst, um das Wesen des Belials zu erforschen. Der kostbare Aufschub, den ihm Joras Liebe verschaffte, würde nicht ewig reichen, um die komplette Verwandlung aufzuhalten. Es war ein Teufelskreis, aus dem es kein Entrinnen gab. Auf der einen Seite gab ihm ihre Liebe die Kraft, die er brauchte, um den Belial in Schach zu halten. Auf der anderen Seite war er der Mann, der sie verderben und beschmutzen konnte und vielleicht sogar töten.

»Warum landen wir dort, wenn es auf diesem Planeten nicht sicher ist?« Ihre Frage kam so schnell, dass er einen Moment lang schwieg, um die richtige Antwort zu finden, obwohl sie ein Widerhall seiner eigenen Gedanken war. Noch war der Zeitpunkt nicht gekommen, um ihr eine Neuigkeit zu eröffnen, von der er nicht wusste, ob sie ihr willkommen war. Sie hatte gesehen, wie er seinem besten Freund eine tödliche Verletzung zugefügt hatte. Der Vater ihres Kindes war ein Mörder und sie wusste noch nicht einmal das Schlimmste. Für einen Belial war der erste Mord nichts weiter als das: der erste in einer Reihe. Wie schwarze Perlen an einer Kette würden sich seine unverzeihlichen Taten irgendwann aneinanderreihen, um von seiner inneren Verderbtheit zu erzählen.

»Dort sind wir sicher, zumindest fürs Erste. Der Chancellor«, er brachte es nicht über die Lippen, ihn Vater zu nennen, »wird uns dort nicht vermuten und wenn doch, dann wird er es sich zweimal überlegen, dort zu landen.«

»Aber wir gehen das Risiko ein? Warum denkst du, dass es für uns sicher sein wird?« Sie runzelte die Stirn. Dasquian wollte nach ihr greifen, ließ dann aber die Hände sinken. Besser war es, sie fernzuhalten. Er fasste das Wenige zusammen, das er über die wehrhaften Gestaltwandler wusste. Sie hörte mit weit geöffneten Augen zu, die immer größer wurden, je mehr er berichtete. Ihre Arme schlangen sich fester um seinen Nacken und er hörte ihr Herz unruhig in ihrer Brust klopfen. Sie hatte Angst. Das war gut. Je größer ihre Furcht war, desto weniger war sie in Gefahr, etwas Unbedachtes zu tun. »Ich werde mich ihnen anschließen«, endete er und ließ seine Küsse die zarte Haut ihres Nackens herabwandern. »Wer als einer der Ihren aufgenommen wird, dem wird ihre ungeteilte Loyalität zuteil. Wer einen Argal angreift, der greift alle an.«

»Das hört sich einfach an. Wo ist der Haken?« Sie lehnte sich nach vorne, um ihm direkt in die Augen zu schauen.

»Man landet nicht einfach auf Charon X6 und sagt, hey, ist hier noch ein Platz frei für mich«, gab er zu. »Angeblich muss man eine Probezeit absolvieren und«, ihr Stöhnen unterbrach ihn.

»Sag mir jetzt bitte nicht, dass wir schon wieder eine Prüfung ablegen müssen.« Für einen Augenblick verzog sich ihr lieblicher Mund zu einer Grimasse. »Was ist das nur mit euch Männern in den Weiten des Universums, das ihr einander ständig beweisen müsst, wie viel ihr wert seid?«

Er griff nach ihr und küsste ihren Mund, was sie mit einem verhaltenen Stöhnen quittierte. Dieser Laut gefiel ihm. Er zog sie auf seinen Schoß. Ihre verlockend gerötete Unterlippe zitterte, als er erst darüber leckte und dann hineinbiss. Jora presste ihren Unterleib an seinen. Er roch ihre Bereitschaft, die süße Feuchtigkeit zwischen ihren Beinen und schob seine Rechte unter den dünnen Stoff, bis er die Rundung ihrer Brust fand. Der Sex war die einzige Möglichkeit, die ihm geblieben war, um ihr nahe zu sein. Der Belial genoss ihre Berührungen in einem Ausmaß, das es Dasquian erleichterte, ihn unter Kontrolle zu halten. Es war, als ob Joras Hingabe ihm half, die Bestie zu zähmen. »Und eine Aufnahmeprüfung«, beendete er den Satz, den er vor einer gefühlten Ewigkeit angefangen hatte. »Jora, schau mich an«, befahl er, als sie den Kopf abwandte, damit er ihre Tränen nicht sah. »Die

Drachen von Cors werden nicht eher Ruhe geben, bis sie uns gefunden haben«, sagte er mit einer Stimme, die ihm nicht zu gehören schien. »Ich habe den größten Frevel begangen, den man sich vorstellen kann – ich habe einen anderen Drachen«, er schluckte, »getötet. Und nicht nur das, er starb auf den Trümmern des Altars im Zentrum des Labyrinths, das ein Ort mit besonderer Bedeutung für uns ist. Oder war, um genau zu sein.« Ein bitteres Lachen stieg in ihm auf. »Ich habe den Ort entweiht und wer weiß, wie lange es dauern wird, bis er wieder hergestellt ist.«

Ganz zu schweigen von der Tatsache, dass der Belial stärker geworden war. Er hatte den Schub gefühlt, mit dem die Dunkelheit sich tiefer in ihm festsetzte, als er sich auf Thuban stürzte. »Solange ich bei dir sein kann, ist mir alles andere egal.«

»Charon X6 ist einer der wenigen bewohnten Planeten dieses Sektors. Sobald wir in die Gemeinschaft aufgenommen wurden, genießen wir ihren Schutz und können überlegen, wie wir weiter vorgehen. Was wir im Augenblick brauchen, ist Zeit und die können die Argal uns verschaffen.« Hatte Jora erst das Kind zur Welt gebracht, dann genossen sie und der Kleine die Protektion der Krieger, selbst wenn ihm etwas zustoßen sollte.

Sie bog ihren Oberkörper nach hinten und er streichelte ihre Knospen mit harten, aufreizenden Strichen. Dasquian roch ihre Erregung und genoss den süßen Duft, der von ihrem Schoß ausging. Mit einem entschlossenen Ruck packte er sie um die Taille, hob sie hoch und trug sie zur Wand. Ihre Beine umklammerten seine Hüften und er fühlte die Muskeln ihres süßen, runden Hinterns zittern. »Warte«, keuchte sie an seinem Ohr, doch er kam ihr zuvor, schob ihren dünnen Slip zur Seite und drang in sie ein.

Dasquian hatte nicht vor, Jora und sein Kind ungeschützt zurückzulassen. Falls es Chasko gelang, ihn aufzuspüren oder falls der finstere Drache zu stark wurde, als dass er Jora vor ihm und seinen dunklen Gelüsten beschützen konnte, würden andere für sie sorgen.

Kapitel 2

Jora

Sie hielt sich hinter Dasquian, wie er es gesagt hatte. Die Landung auf Charon X6 war problemlos verlaufen. Sie hatten eine sofortige Landeerlaubnis bekommen, am Port angedockt und passierten nun die Sicherheitsschleuse. Die eigentlichen Probleme, hatte Dasquian sie gewarnt, würden sich spätestens dann zeigen, wenn sie dem Herrscher des dunklen Planeten gegenübertraten. Es war überlebenswichtig, dass sie den Blick gesenkt hielt, keinem der Männer in die Augen sah und ihm damit Grund gab, sich von ihr provoziert zu fühlen. Das weiße Kleid hatte sie gewaschen und getrocknet, aber Dasquian hatte ihr als zusätzlichen Schutz vor neugierigen Blicken noch ein relativ kurzes Hemd übergestreift.

Es schmeckte ihr nicht, aber um seinetwillen tat Jora, was er sagte. Welche andere Möglichkeit hatte sie denn auch schon? Bereits der erste Blick auf einen der riesigen Wachmänner, der sie nach dem Einchecken empfing und nach dem Grund ihres Besuches fragte, versetzte sie in Angst und Schrecken. Er wirkte auf den ersten Blick durchaus menschlich, aber unter seiner Haut lauerte etwas, das sie nur als fremdartig bezeichnen konnte. Es war eine Wildheit, die sie unwillkürlich an Dasquians Drachen erinnerte, die aber im Falle des Wächters durch eine wesentlich geringere Selbstbeherrschung gebändigt wurde.

Es dauerte nicht einmal eine halbe Stunde, bis sie vor dem Mann standen, der sich als der Herrscher der Argal bezeichnete. Dasquian hatte ihr zugeflüstert, dass dies ein gutes Zeichen sei. Hätte man sein Anliegen als aussichtslos betrachtet, wären sie nicht einmal in die Nähe des Mannes gelangt, der ihnen Zuflucht gewähren sollte. Der Wachmann, der sie empfangen hatte, winkte sie ohne Weiteres durch die Schleuse.

Jora hätte gerne nach Dasquians Hand gegriffen, aber er baute sich breitbeinig vor ihr auf und senkte den Kopf vor dem Mann, der sich vor ihnen auf einem Thron aus ... waren das Knochen? Sie spähte hinter dem breiten Rücken ihres Liebsten hervor und schaute genauer hin. Ja, das war unverkennbar ein Schädel, der die höchste Stelle der Rückenlehne einnahm. Was auf den ersten Blick wie ein menschlicher Kopf wirkte, offenbarte sich bei genauerem Hinsehen als etwas anderes. Sicher, die Form des Schädels erinnerte an einen Menschen, wenn er auch etwas langgezogen wirkte, aber das zu einem schrecklichen Grinsen erstarrte Gebiss offenbarte Zähne, die eher zu einem Raubtier gehörten. Zu einem fleischfressenden, um genau zu sein. Jora hatte genug gesehen und zog sich eilig hinter Dasquians imposanter Gestalt zurück.

»Was führt dich und dein Weibchen nach Charon, Bruder?« Er sprach langsam und mit tiefer Stimme, die Vokale leicht gedehnt und untermalt von zischenden Lauten, als bereite ihm das Formen der Worte Schwierigkeiten. Er hatte Dasquian Bruder genannt – auch das war ein gutes Zeichen, oder? Und obwohl es ihr keineswegs gefiel, als Dasquians »Weibchen« bezeichnet zu werden, war sie auch über dieses Wort froh, denn es bedeutete zweifellos, dass der Mann auf der perversen Sitzgelegenheit anerkannte, dass sie und Dasquian zusammengehörten.

»Ich habe die Gemeinschaft der Drachen von Cors verlassen und suche eine Bleibe für mich und meine Gefährtin. Ich bin bereit, meine Kraft und meine Fähigkeiten in den Dienst der Argal zu stellen, Lemartho.« Das musste der Name des Mannes sein.

Das Schweigen wuchs und wuchs.

Jora warf einen Blick nach links und rechts, aber sie waren allein mit dem Anführer der Argal und kein Gesicht konnte ihr Aufschluss darüber geben, ob ihr Anliegen Gehör fand.

»So. Du hast die Gemeinschaft verlassen.« Er legte vor dem letzten Wort eine deutliche Pause ein. »Nicht freiwillig, nehme ich an.«

Sie sah Dasquian steif nicken. Die brüske Bewegung seines Kopfes ließ sein blauschwarzes Haar nach vorne fallen. »Es gab Schwierigkeiten.«

»Ist *sie* der Grund für die Differenzen mit deinen Brüdern?«

Jora erstarrte.

173

Er sprach von ihr! Unschlüssig, was sie tun sollte, trat sie von einem Bein auf das andere.

»Du verstehst, dass ich die Gründe für eure Flucht kennen muss«, beharrte Lemartho. »Wir mögen nicht den besten Ruf im Universum haben, aber ich werde nicht riskieren, dass eine Frau Zwietracht unter den Männern sät. Also, sprich. Oder schweig und verlasse Charon wieder.«

»Sie ist meine Gefährtin, wie du mit Sicherheit erkannt hast. Der Chancellor verweigerte mir ihre Hand und ihren Körper und ein anderer Mann beanspruchte sie für sich.« Er zuckte mit den Schultern. »Du verstehst, dass ich dies nicht erlauben konnte. Jora gehörte bereits zu mir, lange bevor sie auf Cors eintraf.«

Sie hörte das Geräusch, das der Thron machte, als sich Lemartho zurücklehnte. Es klang beinahe wie ein Seufzen.

»Ich bin geneigt, dich in den Reihen der Argal willkommen zu heißen, Bruder. Einen Drachen können wir in unseren Reihen gut gebrauchen. Was mich allerdings stört, sind die Lücken in deiner Geschichte.«

Jora hörte Lemartho lachen. Es war ein Geräusch ohne jede Heiterkeit.

»Was verschweigst du mir?«

»Ich habe meinen besten Freund getötet«, erwiderte Dasquian ruhig. Sie fühlte, wie die Schuppen unter seinem Hemd in Bewegung gerieten, aber ansonsten blieb er vollkommen ruhig. Es fühlte sich nicht an, als habe er widerwillig etwas preisgegeben, sondern als ob er mit diesem Eingeständnis gerechnet hatte. Jora hörte, wie der Anführer der Argal den Atem einsog.

»Und, mein Bruder in spe, sag mir: Ist sie es wert?«

Jora hielt den Atem an, aber Dasquian zögerte nicht eine Sekunde: »Jeden einzelnen Blutstropfen, den ich um ihretwillen vergossen habe.« Sie wollte weinen und lachen zugleich. Dasquian liebte sie, das hatte sie immer gefühlt. Dennoch fand er, dass sie den Schmerz, den sie in sein Leben gebracht hatte, durch ihre Hingabe wettmachte. Gleichzeitig schoss das Bild des blutenden, schreienden Thuban durch ihren Kopf.

»Dann lass mich doch einen Blick auf die Frau werfen, die dich zum Ausgestoßenen gemacht hat«, sagte Lemartho nun leise. »Niemand von uns wird sie anrühren, das verspreche ich dir.«

Dasquian griff nach hinten und zog Jora vor sich. Er legte ihr die Hände auf die Schultern und drückte einmal kurz und beruhigend. Sie wagte immer noch nicht aufzuschauen und lehnte sich an Dasquian.

Ohne dass sie es bemerkte, hatte sich Lemartho erhoben und stand nun direkt vor ihr. Sie schaute starr auf die Füße des Mannes und konzentrierte sich darauf, die feinen Silberknöpfe an seinen Stiefeln zu zählen. Jora kam bis sieben, bevor sich die Spitze eines warmen Fingers unter ihr Kinn legte.

»Du erlaubst doch?« Lemartho wandte sich wie selbstverständlich an Dasquian.

»Nur, wenn du sterben willst«, erwiderte Dasquian mit einer Selbstverständlichkeit, die es Jora kalt den Rücken herunterlaufen ließ.

Lemartho lachte. »Es gefällt mir, wenn ein Mann seinen Besitz verteidigt, aber wenn auch sie zu uns gehören soll, dann muss ich sie mir anschauen.«

Jora sah, wie Dasquians Kiefermuskeln arbeiteten, bevor er sie mit einem hoheitsvollen Nicken zur Berührung freigab. »Sie ist mein«, stellte er fest und fixierte den Herrscher von Charon X6 mit einer ruhigen Selbstsicherheit, die Jora ebenso erregte wie verärgerte. Sie biss sich auf die Lippen, um nichts zu sagen, was sie später bereuen würde.

»Du bist dir ihrer so sicher?« Der Mann übte leisen Druck auf ihr Kinn aus, bis sie der Bewegung folgte und ihm in die Augen sah.

»So sicher, wie sich ein Mann der Frau sein kann, für die er getötet hat«, erwiderte Dasquian ohne Zögern.

»Ich verstehe«, kam die Antwort. Fremdartige Augen bohrten sich in ihre. Lemarthos Augenfarbe war ein helles Braun, gesprenkelt von grünen Punkten, aber das Verstörende war die kleine, aber wachsame Iris. Nun hatte Jora auch Gelegenheit, seine strengen Gesichtszüge zu betrachten.

»Sie ist eine sehr schöne Frau«, stellte er fest.

Sie hatte bald genug von dem Taxiertwerden. »Mein Name ist Jora Rhodes«, sagte sie fest und wurde mit einem breiten Lächeln im Gesicht des Mannes belohnt, bevor seine schmale und gespaltene Zunge hervorschoss und in der Nähe ihres Ohres züngelte.

»Das reicht«, mischte sich Dasquian ein. Auch Lemartho schien die unterschwellige Drohung in Dasquians Worten zu vernehmen, denn er kniff überrascht die Augen zusammen. Wahrscheinlich war er es nicht gewohnt, dass ihm jemand sagte, was er zu tun hatte. »Sag mir, ob du mich für eine Zeit lang in deine Reihen aufnehmen willst oder nicht, aber verschwende nicht unsere Zeit mit Spielchen.« Lemartho legte den Kopf schräg und sah an ihr vorbei zu Dasquian, dessen Körper sie von hinten wärmte.

»Du bevorzugst also ein temporäres Arrangement? Wie lange? Bis sie geworfen hat?«

Wovon redete er? Geworfen? Sie war doch kein Tier! Und schwanger war sie auch nicht! Sie war nicht schwanger. Nein. Sie wandte sich zu Dasquian um, der sie ignorierte und ein Blickduell mit dem Anführer ausfocht.

»Das wäre ideal«, sagte er. »Ich stelle mich ganz in deinen Dienst, bis Jora unser Kind entbunden hat. Du gewährst ihr und dem Baby deinen lebenslangen Schutz.« Lemartho glitt zu seinem Thron zurück und ließ sich in die Umarmung der Knochen fallen. In seinem Gesicht sah sie etwas aufblitzen, das seine Heiterkeit verriet, gepaart mit einer widerwilligen Hochachtung. Jora blinzelte. Die Überreste der Toten schienen sich an ihn zu schmiegen. Dann erst sank die Bedeutung von Dasquians Worten in ihr Bewusstsein.

Sie trug sein Kind in sich. Er hatte es gewusst. Warum hatte er es ihr nicht gesagt?

Dasquians Arme schlangen sich um ihre Taille, seine Hände legten sich schützend auf ihren Bauch. Sein angespannter Körper vermittelte ihr ohne

Worte, dass jetzt nicht der Zeitpunkt war, einen Disput auszufechten. Also grub sie ihre Fingernägel in ihre Handballen und biss sich fest auf die Lippe, um all die Worte am Herausströmen zu hindern.

»Es wäre ein einzigartiges Arrangement«, sinnierte Lemartho. »Normalerweise akzeptiere ich Krieger nur auf Lebenszeit. Du müsstest mir schon etwas mehr bieten als einen Drachenshifter in meinen Diensten, um meinen Schutz für dein Weibchen und deinen Nachkommen zu erhalten.«

Dasquian atmete tief ein. Seine Arme schlossen sich so eng um Joras Körper, dass sie zur Bewegungslosigkeit verdammt war. Sie wusste auch ohne hinzuschauen, was er gerade tat: Er weckte den Drachen in sich und ließ ihn an die Oberfläche treten, gerade genug, dass seine Flügel wuchsen und sich halb ausbreiteten. Der Audienzraum des Anführers war nicht groß genug, als dass er Platz für einen Drachen geboten hätte. Sie hörte das Geräusch, das seine Schwingen machten, wenn sie sich entfalteten. Lemarthos Augen ihr gegenüber verengten sich zu Schlitzen, als sein Blick über den schwarzen Drachen wanderte und jede Einzelheit in sich aufnahm.

»Ein Jahr in meinen Diensten gegen lebenslangen Schutz«, bot er überraschend schnell an. Sie fühlte, wie Dasquian hinter ihr nickte. Etwas stimmte nicht, raunte eine leise Stimme in ihr. Das war zu schnell gegangen, zu unkompliziert.

Nach Lemarthos anfänglich vorgetragenen Bedenken hatte sie zähe Verhandlungen erwartet, nicht dieses überaus hastige Nachgeben. Lemarthos Augen funkelten geradezu vor unterdrücktem Vergnügen.

Und noch etwas wurde Jora bewusst. Dasquian hatte sich verkauft, um ihr und dem Kind, von dessen Existenz sie bis gerade eben nichts gewusst hatte, Schutz zu verschaffen. Ein Jahr war eine lange Zeit und Jora wusste nicht einmal, wie oft sie ihn in diesem Jahr zu Gesicht bekommen würde. Dennoch wusste sie, dass sie und Dasquian es schaffen konnten. Die Aussicht auf ein friedliches Leben war genug, um ihnen die nötige Kraft zu geben. Vielleicht hatten Chasko und die anderen Drachenshifter sie bis dahin vergessen und sie konnten unbehelligt weiterziehen.

Nein, es war etwas anderes, das ihr Sorgen bereitete. Dasquian hatte es nicht ausgesprochen, aber jeder seiner Sätze deutete an, dass ihnen eine weitere Gefahr drohte. Es klang, als rechne er damit, in einem Jahr längst nicht mehr unter den Lebenden zu weilen. Und Lemartho hatte erkannt, was ihren Liebsten dazu trieb, sich zu verkaufen, und zwar in dem Augenblick, in dem er seine Drachengestalt erkennen ließ.

Was verbarg der Mann, den sie liebte, noch vor ihr?

****

Dasquian

Er hatte geahnt, dass es nicht ganz so einfach gehen würde, wie er es sich gewünscht hatte, aber am Ende hatte Lemartho ihm gegeben, was er wollte. Ein Jahr seines Lebens wog nichts im Vergleich zu dem Wissen, dass Jora leben würde. Und zwar lange genug, um ihr gemeinsames Kind zur Welt zu bringen. Und das war exakt das, was Dasquian wollte. Während er in Lemarthos Diensten sein Leben aufs Spiel setzte und mögliche Verfolger von Jora ablenkte, würde er lernen, den Belial im Zaum zu halten – oder bei dem Versuch sterben. Er war entschlossen, alles zu geben. Selbst die Götter würde er niederringen, sollten sie sich ihm in den Weg stellen.

Lemartho bot Jora an, sie in ihr Quartier führen zu lassen. Sie verstand sofort, dass dies kein Vorschlag war, den sie ablehnen konnte und zog sich in Begleitung einer der wenigen Frauen auf Charon X6 zurück. »Wir sehen uns gleich«, versicherte ihr Dasquian und schenkte ihr einen Blick, mit dem er sagte, was seinem Mund in der Gegenwart anderer nicht erlaubt war.

Kaum hatte Jora den Raum verlassen, besiegelten Lemartho und er ihren Pakt mit einem Becher Wein. »Sie weiß es nicht.« Es war keine Frage, sondern eine Feststellung.

Dasquian schüttelte den Kopf. »Nein und es wird auch so bleiben. Ich werde einen Weg finden, den Belial zu zähmen.« Er trank einen Schluck. »Oder ihn aus mir herauszureißen, wenn das nötig sein sollte.«

Forschend und mit mehr als nur einer Spur Mitgefühl betrachtete ihn der Anführer der Argal. »Wie zum Teufel willst das schaffen?«

»Bevor ich zulasse, dass ihr durch meine Hand ein Leid widerfährt, werde ich diese Hand abhacken.« Er sagte es so emotionslos, wie es ihm möglich war. »Aber keine Sorge, ich werde meinen Dienst für dich auf den Tag genau ableisten.«

Lemartho verzog den Mund zu einer Grimasse. »Du bist so stolz, wie man es den Corsianischen Drachen nachsagt. Hast du schon einmal darüber nachgedacht, dass es vielleicht ein Heilmittel gibt?«

Dasquian warf den Kopf in den Nacken und lachte freudlos. »Für eine Heilung war es in dem Augenblick zu spät, in dem ich das Blut des Mannes vergoss, der mir Freund und Bruder in einem war. Ich weiß, was ich bin, Lemartho, und ich mache mir keinerlei Illusionen über meinen Zustand. Ich muss den dunklen Drachen besiegen, bevor er zu stark wird.« Sie maßen einander mit Blicken. »Und deshalb kommt es mir gerade recht, wenn du mich auf eine Mission schickst, die mich möglichst weit fort von ihr führen wird. Je gefährlicher, desto besser.« Auf die fragend hochgezogenen Augenbrauen seines Gegenübers zuckte er mit den Achseln. »Ich muss ihn beschäftigen. Niemand von euch will erleben, was ein gelangweilter Belial sich unter ungünstigen Bedingungen ausdenkt, um … Spaß zu haben.«

Der Anführer der Argal antwortete nicht gleich. »Da gibt es etwas, dass ich immer schon einmal tun wollte«, lächelte er schmal. »Lass uns später darüber reden. Ich könnte mir vorstellen, dass du und dein Belial an dieser Aufgabe euren Spaß haben werdet, Dasquian. Vorher allerdings müssen wir dafür sorgen, dass du entsprechend ausgerüstet wirst.« Er rief laut nach einem Mann namens Garrok. Der musste vor der Tür bereitgestanden haben, denn er trat sofort ein und verbeugte sich, nicht ohne Dasquian dabei einen prüfenden Blick zuzuwerfen. »Dies ist mein Waffenmeister«, stellte Lemartho ihn vor. »Er wird dir gleich eine Rüstung anpassen und dich mit einem Arsenal an Waffen deiner Wahl ausstatten.«

Er runzelte die Stirn. »Ich brauche keine Rüstung«, sagte Dasquian und ließ seine Schuppen emporkommen, bis sie seine Arme bedeckten. In Garroks Augen blitzte die Neugierde auf und er streckte fragend die Hand aus.

»Darf ich?«

Dasquian grinste und bleckte die Zähne. »Nur zu.« Wenn du dich traust, dachte er und maß den alten Haudegen mit einem herausfordernden Blick. Der Mann war mutiger als die meisten. Prüfend glitten die rauen Fingerkuppen des Waffenmeisters über die Schuppen.

»Interessant«, murmelte er mit geistesabwesendem Blick. »Sie sind härter als die normale Haut eines Drachen. Und die Spitzen scheinen irgendwie verstärkt zu sein.« Er tippte mit dem Zeigefinger gegen eine der steil aufragenden Schuppen. Sofort trat ein Blutstropfen auf seinem Finger heraus. »Großartig«, sagte er wie zu sich selbst. »Wenn es möglich wäre, die Struktur zu reproduzieren und sie in eine Form zu bringen, die …«

»Nur über meine Leiche«, knurrte Dasquian und beobachtete, wie die beiden Männer einen schnellen Blick wechselten. »Denkt nicht einmal daran«, drohte er ihnen leise und erlaubte dem dunklen Drachen, kurz an die Oberfläche zu kommen. Zu seiner immensen Genugtuung erbleichte der gestandene Mann und trat zur Sicherheit ein paar Schritte zurück.

»Selbstverständlich«, versicherte ihm Lemartho schnell. Zu schnell für Dasquians Geschmack. »Dann schlage ich vor, dass du nun mit Garrok in die Rüstungskammer gehst, bevor du zurück zu mir kommst und wir über deinen ersten Auftrag reden.« Er lächelte schmallippig. »Ich schlage dir vor, die letzte Nacht mit deiner Gefährtin zu genießen, denn du wirst im Morgengrauen aufbrechen. Nutze die Zeit, Drachenshifter, die dir noch bleibt.«

Dem gab es nichts hinzuzufügen.

Kapitel 3

Jora

Dasquians Gesicht, als er das kleine, aber gemütlich eingerichtete Zimmer betrat, verriet ihr alles, was sie wissen musste. »Du wirst bald aufbrechen. Wann?« Selbst in ihren Ohren klang ihre Stimme so klein und verzagt, wie sie sich fühlte.

»Im Morgengrauen«, antwortete Dasquian. Sie zog ihn auf das schmale Bett und schmiegte sich in seine Armbeuge. Ihre Hand legte sie flach auf seine Brust und tat ein paar Minuten nichts, als dem starken, ruhigen Schlag seines Herzens unter ihren Fingerkuppen nachzuspüren.

»Erzähl mir alles«, verlangte sie mit geschlossenen Augen, damit er ihre Tränen nicht sah. »Und wage es ja nicht, etwas auszulassen.« Das tat er. Er begann damit, wie er ohne ihr Wissen und ihre Zustimmung die Liebe zu ihm aus ihr herausgerissen hatte und endete damit, dass ihm keine Wahl blieb, als sie zu verlassen. Es dauerte eine ganze Weile, bis sich der Aufruhr in Joras Brust gelegt hatte und sie brauchte all ihre Selbstbeherrschung, um ihn nicht zu packen und zu schütteln.

»Du hast also deine Gabe eingesetzt und mir meine Liebe zu dir genommen, weil du mir das Leben retten wolltest und dachtest, ich wäre ohne dich und ohne dieses Gefühl zu dir besser dran.« Sie setzte sich auf und fuhr sich durch die Haare. »Soweit, so … schlecht. Aber lassen wir das. Du hast in der besten Absicht gehandelt, das erkenne ich an.« Sie funkelte ihn an, unfähig, ihren Ärger auch nur ansatzweise zu verbergen. Sie wollte ihm einen halb spielerischen, halb ernst gemeinten Schlag mit der Hand versetzen, aber er war schneller und fing ihre geballte Faust mitten in der Bewegung ab. Das Blau seiner Augen war, wie so oft in letzter Zeit, einem dunkleren Ton gewichen. Selbst jetzt, wo sie wusste, was der Grund dafür war, jagte ihr der Abgrund in seinem Blick eine namenlose Furcht ein. Sie schrie auf, als er ihre Finger fester als nötig zusammenpresste und versuchte, ihre Hand aus seinem Griff zu lösen. Einen Herzschlag lang glaubte sie, er würde ihr die Hand brechen, aber dann kehrte ein wenig von dem Blau zurück und er war wieder Dasquian.

»Du hast mir weh getan«, sagte sie und konnte die Fassungslosigkeit in ihrer Stimme nicht unterdrücken.

»Gut«, erwiderte er und fixierte sie. »Dann weißt du jetzt, dass du mit einem Belial nicht spielen solltest. Das war nichts, verstehst du: Nichts im Vergleich zu dem, was dieses Biest in mir tun möchte.«

»Es tut mir leid«, flüsterte sie.

Sie schwiegen eine Weile, bis Jora sich ein Herz fasste. »Wie lange dauert es, bis dein Drache sich in einen Belial verwandelt?«

»Nicht allein der Drache«, korrigierte Dasquian und gab ihre Finger für einen Moment frei. »Ich bin es, der sich in einen Belial verwandeln wird. Der Drache und ich sind eines. Der eine kann ohne den anderen nicht existieren. Wir beeinflussen einander. Wird ihm die Gefährtin genommen, die er als die seine erkannt hat, verändert sich sein Wesen. Es ist eine Art Wahnsinn, eine Perversion seines Charakters. Wie eine Wendung um 180 Grad. Du darfst nicht vergessen, dass das Tier und damit letztendlich auch ich instinktgesteuert sind. Nimmt man uns das Liebste, was wir haben, beginnen wir, um uns zu schlagen.«

»Aber«, wandte Jora ein, »wir sind doch jetzt zusammen. Ich bin bei dir. Ich bekomme dein Kind, um Himmels willen. Warum beruhigt sich dein Instinkt nicht?«

Jetzt setzte er sich auch auf. »Das ist nichts, was man wieder rückgängig machen kann. Wer einmal von der Finsternis gekostet hat – und das habe ich – der kann sie eine Weile in Schach halten, aber nicht aufhalten.« Er griff nach ihren Locken und ließ sie durch seine Finger gleiten. »Wir haben einen Aufschub erhalten, als ich dich zur Gefährtin nahm, aber die Wandlung ist unaufhaltsam. Und deshalb muss ich dich verlassen.«

»Nein, das musst du nicht«, schrie Jora mit einer Wut, die sie selber überraschte. »Ich werde das nicht zulassen. Ich erlaube es nicht!«

»Das ist nichts, was du erlauben könntest, meine Liebste.« Dasquians

Augen funkelten dunkel. Jedes Gefühl verschwand aus seinem Gesicht. Er war immer noch wunderschön, vielleicht sogar schöner als jemals zuvor in seiner Kälte, aber er machte Jora Angst. Er lächelte triumphierend, als er den Anflug von Furcht auf ihrem Gesicht sah und beugte sich zu ihr herab, bis seine Nase in ihrer Halsbeuge zu liegen kam. Sie spürte seinen heißen Atem auf der empfindlichen Haut. »Ich kann deine Angst riechen, Liebste«, stellte er fest. Das dunkle Timbre machte ihr eine Gänsehaut.

Und dann, so schnell wie der Belial gekommen war, war er auch wieder verschwunden.

»Was ist mit mir?«, fragte sie und gab sich keine Mühe mehr, ihre Tränen zu verbergen. »Habe ich gar nichts zu sagen? Vielleicht möchte ich lieber sterben, als ohne dich zu leben!«

»Du hast jetzt einen Grund zu leben«, gab Dasquian mit einem Blick auf ihren Bauch zurück.

»Den hast du auch, verdammt noch mal!« Jora warf sich in seine Arme und klammerte sich an ihn. »Verlass mich nicht, mein Liebster. Bitte, lass uns gemeinsam nach einer Möglichkeit suchen, dieses … Ding in deinem Inneren loszuwerden. Es muss eine Möglichkeit geben!«

»Wir werden sehen«, sagte Dasquian. Jora wusste, er sagte es nur, um sie zu beruhigen und nicht etwa, weil er an eine Heilung glaubte.

»Was ist mit deiner Sanvi?« Sie war nicht bereit, aufzugeben. Selbst die Aussicht, jene ominöse Schuld abtragen zu müssen war besser, als ihn gehen zu lassen.

Und dann fiel es ihr ein. Es gab eine Sache, die bleiben würde, selbst wenn ihr Liebster starb.

»Was soll mit ihr sein? Du hast sie ja kennengelernt. Ich kann mir nicht vorstellen, dass sie aus dem Nichts auftaucht, um uns ein glückliches Ende zu schenken.« Er küsste sie zart und Jora erwiderte seinen Kuss mit einer Verzweiflung, die vollkommen war. Sie wusste, er hörte ihr Herz schnell und ängstlich schlagen, aber den Grund dafür musste er nicht wissen. Der Abschied sollte ihm nicht noch schwerer fallen, als er es bereits war. Und dann fiel es ihr auf – sie handelte genau wie er. Auch Dasquian hatte versucht, ihr einen harten Schlag zu ersparen, weil er sie liebte. »Lass uns die Zeit, die uns bleibt, nicht mit nutzlosen Grübeleien verschwenden. Ich möchte dich noch einmal lieben, Jora.«

Er sagte nicht »ein letztes Mal lieben«, auch wenn es seinen Worten deutlich anzuhören war. Jora erwiderte seinen Kuss. »Dann komm«, sagte sie. »Aber glaub nicht, dass ich einfach aufgeben werde.« Und ihr Kind, schwor sie sich stumm, würde sie mit ihrem letzten Atemzug davor bewahren, in die Hände eines so skrupellosen und wankelmütigen Geschöpfes wie seine Sanvi es war, zu fallen.

****

Dasquian

Kurz vor Sonnenaufgang erhob sich Dasquian und streifte Joras Lippen mit einem letzten Kuss. Sie hatten sich die ganze Nacht geliebt und Jora war gerade erst in einen unruhigen Schlaf gesunken. Dasquian lag bewegungslos neben ihr und sah ihr beim Schlafen zu, bis es Zeit war aufzubrechen. Lautlos verließ er die kleine Kammer, die bis auf weiteres Joras Zuhause sein würde. Stumm schwor er sich, zumindest noch ein Mal zurückzukehren, um sein Kind in den Armen zu halten.

Lemartho erwartete ihn bereits, ebenso wie Garrok. Den dritten Mann kannte er nicht. Es war ein hagerer, kleiner Mann, dessen Züge vogelartig wirkten und dessen flinke, abgehackte Bewegungen Dasquian irritierten.

»Das ist Mashari«, stellte der Anführer der Argal ihn vor. »Ihr beide werdet nach Titan fliegen und dort nach einem Artefakt suchen, das der hiesige Clanführer besitzt.« Masharis skeptischem Gesichtsausdruck war zu entnehmen, dass die Einzelheiten ihres Auftrags auch für ihn neu waren und ihm nicht schmeckten. Lemartho reichte ihnen jeweils ein flaches Logpad. »Hier findet ihr alle weiteren Informationen zu dem Auftrag. Es ist verschlüsselt, den Code erhaltet ihr, sobald ihr den dritten Mond Titans passiert habt. Und versuch bitte nicht, den Code früher zu knacken. Jeder unbefugte Versuch, früher an die Informationen zu gelangen, löst eine Selbstzerstörungssequenz des Schiffes aus.«

In Dasquians Magengrube breitete sich ein ungutes Gefühl aus. Bereits gestern hatte Lemartho seine Fragen nicht beantwortet und nun ging er einem direkten Gespräch ebenfalls aus dem Weg. War das hier üblich bei den Argal? Er glaubte nicht, dass es so war. Sein Kollege machte keinen allzu glücklichen Eindruck.

»Warum die Eile?«, fragte er und beobachtete, wie sorgsam der Anführer und der Waffenmeister es vermieden, einander anzusehen. Sein Instinkt sagte ihm, dass irgendetwas an der Mission nicht sauber war.

Lemarthos Augen verengten sich.

»Es ist eine heikle Mission«, gab er zu. Seine Augen fixierten sie unnachgiebig. »Ich lege in diesem Fall großen Wert auf Geheimhaltung; je weniger ihr vor eurem Aufbruch wisst, desto weniger Gelegenheit habt ihr, mit anderen darüber zu sprechen. Ich weiß«, er hob die Hand, als sowohl Dasquian als auch Mashari den Mund öffneten, um zu protestieren, »dass ich mich auf euch verlassen kann. Mashari ist bereits seit vielen Jahren in meinen Diensten und *du* hast einen ausgezeichneten Grund, mein Vertrauen nicht zu enttäuschen. Aber es gibt nur einen Mann, auf den ich mich einhundertprozentig verlasse. Du verstehst?« Er schien nicht im Geringsten überrascht zu sein, dass Dasquian misstrauisch war, ganz im Gegenteil – Lemartho zwinkerte ihm gut gelaunt zu. Und Dasquian verstand tatsächlich.

Wenn seine Vermutungen bezüglich des Artefakts, wie Lemartho es so schön nannte, korrekt waren, dann war er genau der Richtige für die Reise nach Titan. Er war ein Mann, der keine Chance auf ein Leben mit seiner Gefährtin und seinem Kind hatte und der bereit war, sein Leben aufs Spiel zu setzen. Angesichts ihrer kurzen Bekanntschaft war Lemarthos Vorsicht keinesfalls unangebracht und Dasquian verstand den alten Haudegen. Titan war ein Planet, auf dem ein Belial in allem schwelgen konnte, was sein Herz begehrte.

Wenn Charon X6 der dunkle Planet war, dann war Titan ein Höllenloch.

Masharis Anwesenheit diente vermutlich nur dazu, den Transport des Artefakts zu sichern, falls Dasquian nicht überlebte. Lemartho hatte wirklich an alles gedacht. »Titan ist 30 Tagesreisen von hier entfernt«, überschlug er grob die Distanz und sah Lemartho scharf an. »Du bist sicher, dass diese alte Klapperkiste«, er legte die Hand auf das Raumschiff, »uns sicher ans Ziel bringen wird?«

»Keine Sorge, die Lady Stardust hält im Inneren einige Überraschungen bereit«, mischte sich nun Garrok ein. Er grinste so breit, dass man sogar seine Backenzähne sah. »Von außen mag sie aussehen wie eine Rostlaube, aber im Inneren ist sie so frisch wie eine auserwählte Jungfrau der Heskaria.« Dasquian verkniff sich jeden Kommentar.

»Also, seid ihr bereit?« Lemartho klopfte Mashari auf den Rücken und wollte das Gleiche bei Dasquian tun, der aber einen Schritt zurücktrat.

»Aye, Sir«, salutierte sein Kollege und Dasquian deutete eine ironische kleine Verbeugung an.

»Wir sehen uns«, sagte er und drückte den Scanner, der ihm Einlass ins Innere der Lady Stardust gewährte. Er schnaubte. Der Name war hoffnungslos romantisch und passte so gar nicht zu einer Mission, die sehr leicht tödlich enden konnte.

Selbst für einen Belial.

Kapitel 4

Jora

Die Tage ohne Dasquian waren schlimm. Die Nächte waren schlimmer.

In jeder Nacht sah sie ihn sterben. Es half nichts, dass sie sich beim Aufwachen immer wieder sagte, dass es nur ein Traum war. Für sie war Dasquians Tod real. Schon einmal hatte sie Träume gehabt, die sich als wahr erwiesen – warum sollte es diesmal anders sein? Die Qual in seinem dunklen Gesicht, das blaue Leuchten in ihrer Hand, die roten Adern auf seiner Haut – all das erschien ihr mit jeder Nacht, die verging, wahrhaftiger als ihre Erlebnisse am Tage.

Wie alle anderen Männer und Frauen auf Charon X6 hatte man ihr einen Aufgabenbereich zugeteilt, der sie ausreichend auf Trab hielt, dass sie abends erschöpft ins Bett sank. Lemartho hatte sie am Tag von Dasquians Abreise zu sich gerufen und sie gefragt, worin ihre besonderen Fähigkeiten lagen.

»Ich habe keine«, hatte Jora geantwortet und dabei an ihren Liebsten gedacht, an seinen Vater und die anderen Drachenshifter auf Cors. »Ich bin nur ein Mensch.«

»Unsinn«, war die Entgegnung des Anführers gewesen. »Diese Antwort lasse ich nicht gelten. Entweder bist du übermäßig bescheiden, wozu du keinen Grund hast, oder du willst dich vor der Arbeit drücken. Also, ich frage dich noch einmal: Was kannst du besonders gut?« Seine harschen Worte standen im Gegensatz zu dem verschmitzten Lächeln, mit dem er ihr ein heißes Getränk herüberschob. Jora schnupperte vorsichtig und schloss dann verzückt die Augen. Es duftete nach Minze und Honig. Überrascht merkte sie, wie ihr Magen verlangend knurrte, also probierte sie einen kleinen Schluck. Bevor sie sich versah, hatte sie den ganzen Becher geleert.

»Früher habe ich Kinder unterrichtet«, begann sie zögernd. »Eigentlich ist es noch gar nicht so lange her, dass man es als früher bezeichnen könnte.

Ein paar Wochen nur, um genau zu sein.«

»Na also«, bemerkte der Mann ihr gegenüber mit einem zufriedenen Lächeln. »Das ist doch wunderbar. Ich werde dich Kiana vorstellen. Sie wird sich freuen, wenn du ihr hilfst, die Rangen im Zaum zu halten.«

****

Jora war nicht ganz so zuversichtlich, als sie die veritable Amazone erblickte, die sich hinter dem femininen Namen verbarg. Sie überragte Jora, die gewiss nicht klein war, um mindestens zwei Köpfe und sah aus, als verstünde sie keinen Spaß.

Diesen Eindruck musste Jora korrigieren, als sie die dunkelhäutige Frau im Umgang mit den Kleinen sah, die im Übrigen gar nicht so klein waren, wie Lemartho sie hatte glauben machen.

Die Ältesten waren etwa dreizehn oder vierzehn Jahre alt und verbrachten nur die Vormittage in der Schule, wie der karg möblierte Raum vollmundig genannt wurde. Nachmittags erhielten die älteren Kinder Unterricht im Kampf, wie Kiana ihr erzählte.

»Auch die Mädchen?«, fragte Jora, die das kaum glauben konnte. Sie hatte geglaubt, die Gesellschaft der Argal sei eine durch und durch patriarchalische Gemeinschaft und wurde von ihrer neuen Kollegin eines Besseren belehrt.

»Was denkst du denn? Auch die Mädchen müssen lernen, wie man kämpft. Oder möchtest du dich ausschließlich auf deinen Mann verlassen? Was ist, wenn jemand dich angreift? Wenn er dir Gewalt antun möchte und dein Mann ist gerade auf einem Raubzug? Du kannst ja mal probieren, den Bastard, der dich überfällt, um ein wenig Geduld zu bitten.« Ihre violetten Augen hatten zornig geblitzt und Jora fragte sich, welche Geschichte sich hinter dieser sonst so wortkargen, im Umgang mit ihren Schützlingen aber so liebevollen Frau verbarg.

»Dürfen die Mädchen denn auch Krieger werden?« Es fiel ihr nicht leicht, Kiana nach deren Ausbruch die Frage zu stellen, aber wenn sie längere Zeit auf Charon X6 leben wollte, dann musste Jora so viel wie möglich über das Leben auf dem gar nicht so dunklen Planeten erfahren.

»Wenn sie wollen, dürfen sie wie alle anderen auch die Prüfung ablegen. Wir unterscheiden nicht nach dem Geschlecht, sondern nur nach den Fähigkeiten im Kampf.« Und schon war die Fragestunde wieder vorbei gewesen. Kiana hatte sich ihren Zöglingen zugewandt und Jora mit leisem

Kopfschütteln angesehen, bevor sie ihnen ein paar mathematische Gleichungen zu lösen auftrug.

In den ersten Tagen kam sich Jora wie das fünfte Rad am Wagen vor. Die Kinder waren zurückhaltend und Jora verspürte ihnen gegenüber eine merkwürdige Scheu, weil sie sie nicht einordnen konnte. Die kleinen Shifter hatten ihre Wandlungsfähigkeit noch nicht unter Kontrolle – um das zu lernen, verbrachten sie eine Stunde täglich in einem speziellen Raum unter der Aufsicht von gleich drei Erwachsenen – und tendierten dazu, sich zu wandeln, wann immer sie aufgeregt waren. Das erste Mal, dass sie einen kleinen Jungen sah, dessen Körper zuckte und sich mit Federn bedeckte, hatte Kiana sie ungeduldig fortgescheucht, bis der Kleine sich wieder beruhigt hatte. Doch spätestens seit dem Tag, als der Alarm einen Angriff ankündigte und drei der elf Kinder sich wandelten, bevor sie im Schutzraum waren, hatte Jora die Berührungsängste verloren. Sie hielt den winzigen Shifter schützend an ihre Brust gedrückt und brachte ihre Schutzbefohlenen gemeinsam mit Kiana in Sicherheit. Es war nur ein falscher Alarm gewesen, aber er hatte etwas bewirkt, für das Jora zutiefst dankbar war.

Er hatte ihr vor Augen geführt, dass diese Kinder, so fremdartig sie auch wirken mochten auf einen Menschen wie sie, ihre Hilfe brauchten. Seit diesem Tag war Kiana geduldiger mit Jora und manchmal hatte sie sogar das Gefühl, in der seltsamen Frau eine Freundin finden zu können. Ob Chasko Catta wohl einem anderen Drachenshifter gegeben hatte? Jora lächelte ganz kurz, als sie sich vorstellte, was Kiana wohl dazu gesagt hätte, dass ein Mann eine Frau einem anderen zuteilte.

Sie selbst hatte sich ja schon innerlich dagegen aufgelehnt, aber Kiana hätte vermutlich mit Chasko kurzen Prozess gemacht und sich den Mann genommen, der ihr am besten gefiel.

Wie sie selbst es ja eigentlich auch getan hatte. So groß war der Unterschied zwischen ihnen wohl doch nicht, wie Jora zuerst geglaubt hatte.

Wie es wohl Catta ging?

Ihr Magen zog sich schmerzhaft zusammen, als sie an ihre letzten Momente auf Cors dachte. Thuban war tot. Cattas totenblasses, zu einem lautlosen Schrei verzerrtes Gesicht tauchte immer wieder in ihren Träumen auf. Ihre weit aufgerissenen Augen und das wild abstehende Haar hatten sich tief in ihr Gedächtnis eingeprägt. Sie schauderte und legte die Hände auf den Bauch. Manchmal, wenn sie nachts aufwachte und sich fragte, wie es soweit hatte kommen können, hatte sie Angst um ihr Kind. Es fühlte sich an, als sei es unter einem Fluch gezeugt worden. Der wilde, hemmungslose Rausch, als sie sich Dasquian auf dem Altar hingegeben hatte, war ihr zu diesem Zeitpunkt richtig vorgekommen. Sie bereute nicht eine Sekunde ihrer Liebe und sie wusste, sie würde sich immer wieder für ihren schwarzen Drachen entscheiden. Doch manchmal fragte sie sich, ob sie nicht an einer einzigen Stelle eine andere Entscheidung hätte treffen müssen. Oder gründlicher nachdenken. Oder selber mit Chasko reden.

Jora weinte sich jeden Abend in den Schlaf. Sie sehnte sich nach den Träumen, die ihr auf der Erde so viel Angst gemacht hatten, und versuchte, sie herbeizuzwingen, aber vergeblich. Nicht ein einziges Mal erschien ihr Liebster ihr im Traum, egal wie sehr sie sich nach ihm verzehrte. Einige Male versuchte sie, Lemartho auszuhorchen, aber er wimmelte sie ab, wich ihr aus oder war schlicht und einfach »zu beschäftigt«. Er erkundigte sich oft genug nach ihrem Befinden und überraschte sie mit der Mitteilung, dass die Argal sowohl eine Ärztin hatten als auch eine Hebamme, aber über Dasquians Verbleib kam keine Silbe über seine Lippen. An ihrem ersten Abend in der Halle hatte er sie als die Gefährtin des Mannes vorgestellt, der gemeinsam mit Mashari unterwegs sei. Jora wunderte sich, dass nur so wenige den Raum bevölkerten, der offensichtlich für eine deutlich größere Menge an Kriegern errichtet worden war, sagte aber nichts. Die fünfzig Männer und zehn Frauen, die ihr daraufhin zugenickt hatten, waren freundlich, aber distanziert. Sie kannte nicht einmal die Hälfte der Männer beim Namen, da sie sich meistens in einem anderen Teil der Siedlung aufhielten und die Frauen nur beim Essen sahen. Selbst diejenigen, die als Paar galten, verbrachten die Tage und die meisten Nächte getrennt voneinander. Es war eine merkwürdige Gesellschaft, in die Jora hineingeraten war. Sie konnte nicht aufhören, das Leben auf Charon X6 mit dem auf der Erde und der streng hierarchischen Ordnung auf Cors zu vergleichen und fand, sie hätte es schlechter treffen können. Sie bekam zu essen, hatte ein Dach über dem Kopf, eine Beschäftigung und ein weiches Bett.

Nur dass dieses Bett leer war und sie nicht wusste, ob sie ihren Liebsten überhaupt je wiedersehen würde.

Und die Träume kamen zurück. Sie waren anders und doch gleich, auf eine schwer fassbare Weise bedrohlich. Sobald Jora aufwachte und versuchte, sich an die Gesamtheit des Traumes zu erinnern, desto verschwommener wurden sie. Manchmal erinnerte sie sich wieder an diesen leuchtenden Stein – war es ein Stein, war es ein blaues Juwel? – er pochte wie ein lebendiges Herz und sie brachte dessen Strahlen sofort mit dem azurfarbenen Herz des schwarzen Drachens in Verbindung. Es trieb Jora fast in den Wahnsinn, dass sie die Bedeutung des Traums nicht begriff. An anderen Tagen sah sie das Gesicht Cattas vor sich, verzerrt in einem Gefühl, das sie nur als reinen Hass deuten konnte.

Am schlimmsten waren die Nächte, in denen sie von Dasquian träumte. Nicht nur seine Drachengestalt, auch seine menschliche hatte sich verändert. Die pechschwarze Haut war durchzogen von pochenden roten Adern und nicht das Geringste war übrig geblieben von dem Mann, den sie geliebt hatte. Er trank im Traum ihre Angst wie Wein und lachte, als sie vor ihm zurückwich. »Komm, meine Liebste«, sagte er in einer dunklen, honigsüßen Stimme, die ihm nicht zu gehören schien und die doch auf schreckliche Weise zu ihm passte. »Geh mit mir bis ans Ende der Welt und darüber hinaus. Wir werden uns am Weinen unserer Feinde erfreuen und an dem Geräusch, mit dem ihre brechenden Knochen von Schmerz und Tod singen. Komm, Liebste.«

Und sie gehorchte ihm im Traum.

****

Dasquian

Es war, wie Lemartho gesagt hatte. Sobald sie den Mond des Titan passiert hatten, ertönte ein penetranter Alarm, der Monitor erwachte zum Leben und die Informationen über ihren Auftrag waren zugänglich.

Es war noch schlimmer, als Dasquian vermutet hatte. Selbst Mashari, dessen Lebensspanne 70 Jahre umfasste und der 60 davon in Lemarthos Diensten verbracht hatte, schüttelte fassungslos den Kopf und fluchte, als er die Neuigkeiten hörte. »Eines sage ich dir«, knurrte er und kratzte sich den Bart, den er sich während der 28-tägigen Reise hatte stehen lassen. »Wenn ich heile herauskomme, werde ich diesem verrückten Idioten den Rücken kehren und mein eigenes Ding durchziehen. Was denkt er sich dabei? Wir sollen das Auge des Titanen stehlen?«

»Es ist machbar«, sagte Dasquian langsam, der wider Erwarten Gefallen an der Herausforderung zu finden begann. Mashari schnaubte, aber Dasquian ließ sich nicht beirren. Ein völlig verrückter Plan begann, in seinem Kopf Gestalt anzunehmen. »Du weißt, was ich bin?« Es war eine Feststellung von seiner Seite aus, keine Frage, aber er wollte völlig sicher sein, bevor er den anderen in seine Pläne einspannte.

»Das ist kaum zu übersehen«, kommentierte Mashari trocken. »Was denkst du, warum ich mich von dir fernhalte, wann immer ich schlechte Laune habe?« Er warf ihm einen schrägen Blick zu. »Wenn man weiß, worauf man achten muss, sieht man es auch an deinem Äußeren, Kumpel.«

Dasquian ließ ihm die vertrauliche Anrede einmal durchgehen. Er hatte selbst bemerkt, dass seine Haut wieder etwas dunkler geworden war. Hier und da schimmerten die roten Adern auf, die einen Belial so leicht erkennbar machten. Er schnaubte und kam zum Ausgangspunkt ihres Gesprächs zurück. »Schlechte Laune? Das ist die Untertreibung des Jahrhunderts.« Sein Kollege war ein Choleriker sondergleichen. Der erste Wutanfall in Dasquians Gegenwart hatte ihn eines Besseren belehrt, als sich seinem Zorn angesichts einer Kleinigkeit wie einem lauwarmen Getränk hinzugeben. Dasquians Drache war an die Oberfläche gekommen und mit ihm der Belial, der sich träge an dem maßlosen Zorn Masharis geweidet hatte. Dasquian war es gelungen, ihn zurückzudrängen, aber nicht bevor er von dem destruktiven Gefühl gekostet hatte. Seitdem injizierte sich Mashari ein Mittel, das sein Tier unterdrückte. Lemartho musste ihn vorgewarnt haben, was Dasquian dem Anführer der Argal nicht übel nahm. Es war besser, sein Partner war gewarnt und gewappnet, als dass er noch vor dem Ende der Reise als ausgezehrter Leichnam endete. Trotz des Medikaments (oder der Droge, wie Dasquian fand) spürte der schwarze Drache die brodelnden Gefühle seines Gegenübers.

Es war eine anstrengende Reise nach Titan gewesen. Und der schlimmste Teil lag noch vor ihnen.

»Lass hören«, forderte Mashari ihn schließlich auf. »Mir ist alles recht, solange ich mit heiler Haut wieder zurück nach Hause komme. Ich habe eine Frau, die dort auf mich wartet, genau wie du.« Er grinste zum ersten Mal seit 28 Tagen.

An Jora zu denken war schmerzhaft. Dasquian starrte Mashari an, bis dieser den Blick senkte. »Schon gut. Du willst nicht über deine Kleine reden, hm? Gut, das ist deine Sache. Ich wollte dich nur daran erinnern, dass dies nicht für jeden von uns ein Selbstmordkommando ist.«

»Das muss es auch nicht werden, wenn du dich an meinen Plan hältst«, bemerkte Dasquian so ruhig er konnte, obwohl sein Blut kochte. Mashari musste nicht wissen, dass Dasquian mehr vorhatte, als nur das berüchtigte Auge des Titanen zu stehlen. Genauer gesagt, er wollte es nicht stehlen, sondern … austauschen. Er schaute durch die Luke und bemerkte, dass es nicht mehr lange dauerte, bis sie die Atmosphäre des Titan erreichten. Die Lady Stardust hatte zwar exzellente Tarnvorrichtungen, aber Dasquian gedachte nicht, aus ihrer Ankunft auf dem Planeten ein Geheimnis zu machen. Im Gegenteil, je mehr Leute mitbekamen, das ein Belial dem Titan einen Besuch abstattete, desto besser. »Du kennst doch das alte Sprichwort von der Nadel im Heuhaufen? Nein? Vielleicht das vom Wald, den man vor lauter Bäumen nicht sieht?« Jora hatte diese beiden Redewendungen auf ihrer Reise nach Charon X6 erwähnt und sie hatten Tränen gelacht bei ihrem Versuch, ihm die Bedeutung zu erklären. Jora war immer bei ihm, mit jedem Atemzug, den er tat, in jedem Wort, das er äußerte. »Pass auf. Wir werden folgendes tun…«

Er lehnte sich zurück und begann zu erzählen, wie ihnen der Raub eines der berühmtesten Artefakte des Universums gelingen würde.

Kapitel 5

Jora

Die Ungewissheit war das Schlimmste.

Jeden Morgen fragte sie sich, ob heute der Tag war, an dem Dasquian zurückkehren würde. Jeden Abend weinte sich Jora in den Schlaf, weil die Antwort wieder einmal »Nein« gewesen war. Es war schwer, die Hoffnung nicht aufzugeben. Geduld, mahnte sie sich und fügte in Gedanken hinzu, dass ihr Bauch sich noch nicht einmal rundete, dass also noch nicht so viel Zeit vergangen sein konnte. Es fühlte sich an, als wäre sie bereits Jahre auf Charon X6 und unterrichtete die Winzlinge, die irgendwann einmal Argal sein würden. In manchen erkannte sie die Kämpfer, die sie einmal sein würden und noch immer erstaunte es sie, wie offen man auf dem dunklen Planeten, wie ihr Liebster ihn genannt hatte, mit den Geschlechterrollen umging. Ob sie selbst auch das Zeug zu einer Kriegerin gehabt hätte? Wohl kaum, dachte sie bedauernd und tröstete die neunjährige Xedra, die ihrer Puppe die Haare kahl geschoren hatte und nun vergeblich versuchte, die Zottel wieder am Kopf des malträtierten Spielzeugs zu befestigen. Für Bedauern blieb ihr wenig Zeit, denn je länger sie hier weilte, desto mehr Aufgabengebiete taten sich auf. Jora unterrichtete das neue Fach »irdische Umgangsformen« und »irdische Geschichte«. Manchmal hatte sie den Verdacht, dass die Pläne Lemarthos weitreichender waren, als sie sich vorstellen konnte. Er schien nicht in Jahren zu denken, sondern in Generationen. Aber war nicht genau das eine Eigenschaft, die einen guten Anführer ausmachte?

Ihre Gedanken drehten sich im Kreis, als ihr bewusst wurde, dass sie und Dasquian keine gemeinsame Zukunft haben konnten, wenn es nach ihm ging. Noch war sie nicht bereit aufzugeben, aber sie fand einfach keinen Punkt, an dem sie ansetzen konnte. Ein einziges Mal hatte sie das Wort »Belial« erwähnt, aber niemand hatte reagiert – oder, um genauer zu sein, niemand hatte mit ihr gesprochen. Es war, als liefe sie gegen eine

Wand aus Stille, wann immer sie versuchte, mehr über dieses Wesen zu erfahren, in das ihr Liebster sich verwandelte.

Sie fragte sich nicht, ob er sie vermisste. Daran zweifelte sie nicht. Was sie innerlich zermürbte war die Frage, wie es ihm ging. Hatte er dieses schwarze Wesen in seiner Brust noch unter Kontrolle? Falls er jemals zurückkehrte, würde er sie dann noch lieben? Wusste er als Belial überhaupt noch, was Liebe war? Es gab Momente, da dachte sie über eine Flucht zurück nach Cors nach. Sicher wussten die Drachenshifter mehr über den Belial, als es die Argal jemals wissen würden. Dasquian hatte gesagt, dass die Drachen keinen wie ihn in ihrer Mitte duldeten, also mussten sie auch die Gründe dafür kennen. Wenn es einen Ort gab, an dem sie vielleicht sogar ein Heilmittel finden konnte, dann war es Dasquians Heimat. Aber wie sollte sie dorthin kommen? Sie konnte kein Raumschiff steuern, sie kannte den Kurs nicht. Himmel, sie hatte ja nicht einmal ein Raumschiff. In einem sehr schwachen Moment spielte Jora mit dem Gedanken, Lemartho darum zu bitten, sie zurück nach Cors zu verfrachten. Sicher würde Chasko ihr nichts zuleide tun, wenn er erfuhr, dass sie das Kind eines Drachen trug. Wenn es ihn schon kalt ließ, dass er Großvater wurde und sein eigener Sohn ein Kind gezeugt hatte, dass die Linie fortführte, dann mochte der schwindende Bestand der Drachenshifter ein Grund sein, sie aufzunehmen.

Sie würde Catta wiedersehen und konnte versuchen, ihr alles zu erklären und ihr zu sagen, wie leid ihr alles tat. Hatte Thuban eine Familie? Sie würden ihr vermutlich nicht vergeben, aber sie konnte auch ihnen versuchen zu erklären, was geschehen war.

Ihr Wunsch sollte schneller in Erfüllung gehen, als sie erwartete.

****

Der Angriff auf Charon X6 kam so unvermutet, dass der Alarm nicht einmal lange genug schrillte, dass sie sich alle in Sicherheit bringen konnten. Die Drachenshifter von Cors drangen in die Siedlung ein und entfesselten ein blutiges Inferno.

Jora hatte nicht gewusst, dass sie tatsächlich Feuer speien konnten, aber als sie sah, wie die ersten Shifter brennend aus ihren Häusern taumelten, fing sie an zu schreien, als wolle sie nie wieder aufhören.

Es war ihr Schrei, der die Aufmerksamkeit des Anführers der Drachen von Cors auf sie lenkte. Sie erstarrte mitten in der Bewegung. Das Herz schlug ihr bis zum Hals und sie blinzelte. Das Gefühl, in einem Albtraum festzustecken und nicht aufwachen zu können, verdichtete sich. Das war einfach nicht möglich. Sie hatte gesehen, wie Dasquian Thuban aufschlitzte. Sie hatte das Blut des roten Drachen gesehen, hatte es gerochen und seinen Todesschrei gehört.

Und da war er.

Der rote Drache schritt durch die Flammen wie ein König aus der Hölle, bis er vor ihr stand. Fordernd streckte er die Hand nach ihr aus. »Komm«, dröhnte seine Stimme durch das Chaos aus Schreien und Weinen. Die Flammen prasselten, aber Jora hörte nichts als seine Stimme und das boshafte Zischen der beiden Frauen. Für eine Sekunde hoffte sie, dass auch Dasquians Sanvi auftauchte und ihr helfen würde, aber dann begriff sie, dass sie auf sich allein gestellt war. Und noch eines verstand sie, als sie in die diamantharten Augen Thubans schaute: Nach Cors zurückzugehen wäre ein Fehler. Dort würden sie und Dasquian niemals Vergebung finden und falls es ein Heilmittel gab, dann würden die Drachen es ihnen verweigern und zuschauen, wie sie und ihr Liebster zugrunde gingen. Was also wollte Thuban von ihr? Warum war er nach Charon X6 gekommen?

Jora schüttelte den Kopf. »Nein«, sagte sie einfach.

»Oh, ich denke doch«, entgegnete der rote Drache und schenkte ihr ein schreckliches Lächeln. »Schau mal, wen wir mitgebracht haben.« Er deutete nach links, wo der Rauch am dichtesten war. Jora sah zuerst nichts, aber dann … schälten sich zwei Gestalten aus den Schwaden. Eine hatte blondes Haar und die andere war ein Mann. Ein älterer Mann, dessen gebeugten Gang sie überall wiedererkannt hätte.

Es war ihr Vater.

****

Dasquian

Dasquian rannte. Das Auge des Titanen sandte sein blaues Licht hinaus in die Welt und verriet seinen Verfolgern seine exakte Position, aber das scherte ihn nicht. Er vernahm genau, wie es um die Ausdauer der Männer stand, die ihm auf den Fersen waren. Ihr Atem ging so laut, dass sie nicht zu überhören waren. Die Wachen im Palast des Skorus waren so langsam gewesen und so leicht zu übertölpeln, dass es lächerlich einfach gewesen war, das Juwel zu stehlen. Sie hatten sich in den letzten hundert Jahren auf dem Ruf ausgeruht, eine uneinnehmbare Festung zu bewachen und nichts dafür getan, dass der Palast es auch blieb.

Der Belial lachte. Dies hier war ein kurzweiliges Vergnügen, das Dasquian half, ihn weiterhin unter Kontrolle zu halten. Er spürte, wie sehr sich die Bestie nach einem Kampf sehnte und war in Versuchung, sein Tempo zu verlangsamen. Sollten die Wachen ihn doch einholen! Er würde sie bei lebendigem Leibe zerfetzen und ihnen dabei ins Gesicht lachen!

Doch das war nicht nötig. Eine Kugel streifte sein Ohr. Die Wunde war nicht schlimm, aber schmerzhaft. Und sie verärgerte den Belial über die Maßen.

Mit einem Schrei drängte sich der dunkle Drache an die Oberfläche, verharrte kurz und entfaltete seine Flügel. Dasquian fühlte, wie die Macht des Belials ihn von den Zehenspitzen bis zu den Haaren erfüllte, wenn auch nur zögerlich. Er brüllte seine Irritation laut hinaus und kümmerte sich nicht darum, dass der Schrei die Wachen näher zu ihm führte. Das pulsierende Juwel immer noch umklammernd, drehte er sich um, breitete die Arme aus und präsentierte sich seinen Verfolgern.

Die Männer hielten inne. Erst malte sich Erstaunen auf ihren Gesichtern ab, dann Verachtung, die schließlich von Misstrauen ersetzt wurde. Zwei der fünf Männer ließen ihre Waffen sinken. Selbst von hier aus sah er, wie die Hände von zwei anderen Männern zu zittern begannen. Sie witterten, dass etwas nicht stimmte und begannen langsam, sich zurückzuziehen.

Der eine, der keine Angst zeigte, war der erste. Dasquian sprang auf ihn zu, überwand die Distanz zwischen ihnen in weniger als einer Sekunde und schlitzte dem Mann mit der Kralle die Kehle auf. Nummer zwei, drei und vier folgten auf dem Fuße. Dem Letzten gab er einen aufmunternden Schubs und befahl ihm, seinem Herrn mitzuteilen, was Dasquian von ihm hielt.

Er würde nicht sein Leben darauf verwetten, dass der einfältige Mann den Mut hatte, Dasquians Worte vor seinem Herrn zu wiederholen. Doch was scherte es ihn? Er hatte das Juwel, hatte seinen Auftrag erfüllt. Es gelang ihm, den triumphierenden Belial zurückzudrängen und das war ein noch süßerer Sieg als der über seine Verfolger.

Er hatte den Belial im Griff.

Nicht einmal das vergossene Blut hatte bewirkt, dass der Belial stärker als er selbst wurde. Oder lag es an etwas anderem? Bis auf das Auge des Titanen, das ihm in die Hände gefallen war, als besäße es einen eigenen Willen und wollte bei ihm sein, war er derselbe wie vorher. Er sprintete weiter in Richtung des Raumschiffes, auf dem Mashari ihn erwartete, und vertagte die Überlegungen auf später, wenn sie genug Distanz zwischen sich und ihre möglichen Verfolger gelegt hatten.

»Du verrückter Hund hast es tatsächlich geschafft!« Mashari lachte ungläubig, als Dasquian an Bord der Lady Stardust kletterte. »Ich würde dich ja bitten, mir deine Abenteuer in aller Ausführlichkeit zu erzählen, aber das stramme Tempo dieser bewaffneten Männer dort hinten sagt mir, dass wir uns lieber beeilen sollten.« Er drückte den Knopf für den Turbostart und hantierte mit den Schaltern, während das Raumschiff sie förmlich von der Oberfläche Titans katapultierte.

Dasquian lehnte sich zurück und warf einen Blick hinaus, während seine Finger geistesabwesend den blauen Stein streichelten. Das Leuchten hatte sich in das Innere des Juwels zurückgezogen, als er an Bord gegangen war.

Tatsächlich war bereits eine zweite Mannschaft auf der Suche nach ihm, aber sie kamen zu spät. Er grinste und sah, dass Mashari ein wenig blass um die Nase wurde. Der Belial in ihm war immer noch sichtbar, auch wenn er sich überraschend schnell zurückgezogen hatte. Es lag wahrscheinlich daran, dass sein Monster satt und träge war. Es hatte gespeist wie ein König und sich an den Sünden sattgefressen, denen er auf dem Planeten an jeder Ecke begegnet war, und zum krönenden Abschluss hatte es ein Festmahl aus Blut und Angst für ihn gegeben. Aber es war Dasquian nicht nur gelungen, das Auge des Titanen in seinen Besitz zu bringen, sondern auch, den Belial unter Kontrolle zu halten. Die wahre Bewährungsprobe stand ihm bevor, wenn das Sättigungsgefühl nachließ und der Hunger auf die dunklen Gefühle wieder erwachte.

Er hatte genau 29 Tage Zeit, um seine Selbstbeherrschung auf die Probe zu stellen, dachte Dasquian und verstaute den Stein in seiner Jackentasche. Wenn es ihm gelang, sich solange zurückzuhalten, dann würde er Jora mindestens noch einmal sehen können. Ein einziges Mal. Er dachte an ihre leuchtenden Augen, an ihren lächelnden Mund und stellte sich vor, wie er sie langsam auszog und noch langsamer in sie eindrang. Er schloss die Augen und träumte davon, wie sich ihr Mund verzog, wenn sie kurz vor dem Höhepunkt war, und wie sich die zarte Haut am Hals rötete, wenn sie in seinen Armen kam.

Sie war sein. Und die Götter mochten jeden schützen, der sie ihm nehmen wollte.

Teil 6: Das Erwachen

Kapitel 1

Jora

Dasquian war selbst dann noch bei ihr, wenn er nicht anwesend war. In ihren Gedanken brachte sie alles, was sie erlebte, mit ihm in Verbindung. Auf dem Weg nach Charon X6 war sie seine Geliebte, seine Gefährtin gewesen, um derentwillen er Gefahren und Verbannung auf sich genommen hatte. Jetzt war sie eine Gefangene, die man in einer winzigen Zelle gefangen hielt und mit der niemand sprach. Nicht einmal Thuban wechselte ein Wort mit ihr. Sie bat und flehte, sie weinte und tobte, bis sie vor Erschöpfung umfiel. Das Ergebnis war gleich: Jora schien in den Augen des roten Drachen nicht mehr zu existieren. Man gab ihr etwas zu essen und zu trinken, man begleitete sie auf die Toilette, aber sie erhielt weder die Erlaubnis zum Duschen, noch gab man ihr frische Sachen zum Anziehen.

Das alles wäre erträglich gewesen, hätte sie wenigstens ihren Vater um sich gehabt. Jora hatte sich Thuban ausgeliefert, der sie nicht gerade sanft gepackt und an Bord seines Raumschiffes verschleppt hatte. Ihre Schreie und ihre Versuche, sich aus seinen Klauen zu befreien, hatten ihn nicht im Geringsten berührt, ebenso wenig wie ihr verzweifeltes Weinen. Ihr Vater, der sich weniger ängstlich als verwirrt umgesehen hatte, war aus ihrem Blickfeld verschwunden.

Wie war es Thuban gelungen, ihres Vaters in so kurzer Zeit habhaft zu werden?

Was sie wieder zur Frage brachte, die seit dem Überfall unablässig in ihrem Kopf kreiste: Was wollte Thuban von ihr?

Warum war er das Risiko eingegangen, die Argal von Charon X6 herauszufordern? Nur um ihretwillen? Das erschien Jora absurd und viel zu riskant, selbst wenn sie in Betracht zog, dass Thuban sie als seine Gefährtin beanspruchte. Sie sah seine Sanvi nicht mehr, also konnte sie nicht mehr seine Gefährtin sein. Überhaupt war dies einer der Punkte, der ihr jetzt, da sie nichts anderes zu tun hatte als herumzusitzen und auf die nächste Mahlzeit zu warten, am meisten Kopfzerbrechen bereitete. Obwohl sie wusste, dass die Rückreise nach Cors lange dauerte, hatte sie das immer deutlichere Gefühl, dass ihr die Zeit davonlief. Die Stille in dem Teil des Schiffes, in dem man sie eingesperrt hatte, war nach ihrer Zeit bei den Argal nur schwer zu ertragen. Jora schluckte die aufsteigenden Tränen herunter, als sie an Kiana, die Kleinen und an Lemartho dachte.

Sie hatte nicht die leiseste Vorstellung davon, ob sie den Angriff der Drachenshifter überlebt hatten. In dem Chaos aus Verletzten und Toten hatte sie kaum Zeit gehabt zu begreifen, was geschah, bevor ihre Welt sich wieder einmal um 180 Grad drehte.

Ihr Verstand sagte ihr, dass sie keine Schuld an dem Sterben trug. Nicht sie hatte das Feuer auf Charon X6 niederregnen lassen. Ihr Herz sagte etwas ganz anderes. Ohne sie und ihre Kette aus fatalen Entscheidungen wäre es nie so weit gekommen. Vielleicht existierte der Fluch, von dem Thuban ihr erzählt hatte, als er noch Dasquians zuvorkommender Freund gewesen war, tatsächlich. Vielleicht war es einfach nicht ihre Bestimmung, mit dem schwarzen Drachen so etwas wie Glück zu finden. Dasquian hatte es gewusst, schoss es ihr durch den Kopf. Er hatte die Aussichtslosigkeit ihrer Liebe erkannt und einen Versuch gemacht, das Gefühl aus ihrem Herzen und ihrer Seele zu reißen. Es hatte nicht funktioniert und es würde auch nie klappen, dessen war sich Jora sicher. Doch ein kleiner Teil in ihr wusste, dass sie keine Chance mehr hatte, an Dasquians Seite zu leben, ohne dass der Tod ihnen auf dem Fuße folgte. Wohin sie sich auch wandten, sie brachten Zerstörung und Trauer mit sich.

Es war an der Zeit, nicht mehr an sich zu denken, sondern an das, was sie verhindern konnte, indem sie eine vernünftige Entscheidung traf. Jora wusste nicht, was Thuban von ihr wollte und wie ihre Chancen standen, ihn vom Pfad der Zerstörung herunterzuholen, aber sie konnte es zumindest versuchen. Sie ballte die Fäuste und gestattete sich ein allerletztes Mal, ihre Gedanken nach ihrem Liebsten auszusenden. Ein kleiner Teil von ihr wünschte, dass er in Sicherheit bliebe, aber sie wusste es mit einer Gewissheit, die ebenso erschreckend wie schön war: Sobald er sah, welches Schlachtfeld der Zerstörung Thuban auf dem Planeten der Argal hinterlassen hatte und dass sie fort war, würde er ihr folgen. Und gnade Gott denen, die sich ihm in den Weg stellten. Sollte Dasquian jemals erfahren, dass Thuban sie zurück nach Cors brachte, würde Dasquian nichts unversucht lassen, bevor er seinen ehemaligen Freund und alle, die hinter ihm standen, getötet hatte.

****

Dasquian

Mit jeder Sternenmeile, die die Lady Stardust sich ihrem Heimatplaneten näherte, wuchs die Anspannung im Cockpit. Zuerst hatte Dasquian gehofft, das Schweigen auf ihre Erfolgsmeldungen hätte seine Ursache im Versagen der Transmittertechnik, aber weder er noch Mashari hatten nach allergründlichster Überprüfung einen Fehler gefunden. Die Lady Stardust war gut in Schuss und funktionierte einwandfrei. Sie hatten sogar das Risiko in Kauf genommen, dass es bedeutete, mit einem anderen Flieger Kontakt aufzunehmen, nur um sicherzustellen, dass ihnen kein Fehler unterlaufen war. Das Ergebnis war niederschmetternd. Sie konnten Nachrichten aussenden und empfangen, aber wann immer sie versuchten, die Station auf Charon X6 zu erreichen, tönte statisches Rauschen aus dem Empfänger.

»Ist das schon öfter vorgekommen?«, erkundigte sich Dasquian mit kaum gezähmter Ungeduld, während er in Gedanken aufzählte, welche natürlichen Ursachen die Kommunikationssperre haben konnte. Er kam zu keinem Ergebnis, das ihn auch nur annähernd zufriedengestellt hätte. Wie erwartet verneinte Mashari. Dasquians Unruhe wuchs, aber er hielt sich mit Spekulationen zurück. Ohne es zu merken, hatte er das Juwel aus seiner Jackentasche genommen und befingerte es geistesabwesend. Mashari war angesichts seiner Frau bereits nervös genug. Falls dort unten auf dem Heimatplaneten der Argal etwas geschehen war, das rasches und besonnenes Eingreifen erforderte, wollte Dasquian sich auf ihn verlassen können. Und dazu musste Mashari erst einmal aufhören, sich ununterbrochen Fragen nach dem Verbleib seiner Gefährtin zu stellen. Insgeheim fragte sich Dasquian, wie sein Kollege es geschafft hatte, in die Reihen der Krieger aufgenommen zu werden. Oder reagierten alle Shifter auf diese kopflose Weise, wenn sie erst einmal ein halbes Leben lang an die gleiche Frau gebunden waren?

Natürlich war er selbst ebenfalls beunruhigt, aber er verbot sich allzu viele Spekulationen. In etwa sechs Stunden erreichten sie Charon X6. Bis dahin galt es, Ruhe zu bewahren.

»Glaubst du, das Auge des Titanen hat etwas mit unseren Schwierigkeiten zu tun?« Masharis Stimme klang angespannt, beinahe schon brüchig. Er sah das Juwel argwöhnisch an und schnell ließ Dasquian es wieder verschwinden. »Vielleicht sollten wir es loswerden«, schlug er vor, als Dasquian nicht sofort antwortete.

»Ich denke, wenn wirklich ein Fluch auf dem Juwel liegt, wie man behauptet«, sagte er vorsichtig, »dann trifft er vermutlich mich und nicht dich.« Tatsächlich fühlte sich der Stein – denn nichts anderes war er – gut an, wenn er ihn berührte. Er weckte in Dasquians Händen auf unbestimmbare Weise die Erinnerung an seine Liebste und den Wunsch, ihn in Joras Hände zu legen. Was sollte er Mashari sagen? Einen anderen Shifter anzulügen war fast immer sinnlos, denn das Tier in ihnen witterte die Lüge. Dasquian hatte sich für eine Halbwahrheit entschieden, die keine direkte Unwahrheit war. »Immerhin war ich es, der das protzige Ding den Händen seines vorherigen Besitzers entwunden hat.« Und wenn er ehrlich war, dann erfüllte ihn die Anwesenheit des Juwels auf ihrem Schiff mit einer Ruhe, die erstaunlich war. Er hatte sich bereits zwei Mal dabei ertappt, wie er das Auge des Titanen berührt hatte. Im Gegensatz zu Dasquian mochte der Belial das Juwel nicht. Sobald er es sah, fauchte und knurrte er und wann immer Dasquian es berührte, wand er sich in Dasquians Innerem, als wolle er entkommen. Die Idee, das Juwel zu behalten, setzte sich in Dasquians Kopf fest – vielleicht half es ihm, den Belial unter Kontrolle zu halten? Doch was sollte er Lemartho sagen, der mit Fug und Recht behaupten konnte, dass das Juwel in seinem Auftrag gestohlen worden war?

»Ich verstehe nicht, warum du dich überhaupt bereit erklärt hast, Lemarthos Auftrag anzunehmen.« Wie Dasquian gehofft hatte, schnappte Mashari nach dem Köder und ließ sich ablenken, während Dasquian sich fragte, was er Lemartho im Tausch gegen das Juwel bieten konnte. Zu dumm, dass er die Tränen der Hetäre auf Cors zurückgelassen hatte, denn zwei dieses sagenumwobenen Schätze wären mit Sicherheit ausreichend gewesen, sie gegen das Auge einzutauschen.

Dasquian grinste freudlos und dachte nicht daran, Masharis Frage zu beantworten. »Wie lange bist du jetzt eigentlich schon bei Lemartho?«

»Ach, ich habe schon aufgehört zu zählen«, erwiderte der Shifter und winkte lässig ab. »Ich war noch ein junger…«

»Moment. Still«, unterbrach ihn Dasquian und drehte mit dem Finger am Empfangsknopf. Zuerst ertönte nur das zermürbende Rauschen, doch dann drangen Wortfetzen aus dem Lautsprecher. Er hielt den Atem an und spitzte die Ohren.

»SOS… SOS…«, wiederholte die körperlose Stimme ein paar Mal. »Kann mich jemand hören? Hier ist Harush auf Charon X6.«

Mashari und Dasquian beugten sich gleichzeitig vor und griffen nach ihren Kopfhörern. Gleichzeitig drehte Dasquian vorsichtig weiter, Millimeter für Millimeter, bis die Stimme des Mannes am anderen Ende halbwegs klar ertönte. Mashari drückte auf Senden und bedeutete Dasquian zu sprechen. Dasquian schloss die Augen und dachte an Jora. Trotz all seiner hehren Worte über das vergebliche Spekulieren hätte er jetzt gerne gebetet, dass es ihr gut ging und dass sie ihn wohlbehalten erwartete.

»Hier sind Dasquian und Mashari auf der Lady Stardust«, sagte er so ruhig, wie es ihm möglich war. Sein Herz schlug hart gegen die Rippen, also holte er Luft und befahl seinem Körper, einen Gang herunterzufahren. »Unsere Identifikationsnummer lautet…«

»Scheiß auf die Nummer«, ertönte die Stimme erneut. »Macht, dass ihr herkommt!«

»Was ist passiert?«, fragte Dasquian. Mit ruhiger Hand tippte er den Befehl ein, der ihre Geschwindigkeit verdoppelte. Er hatte bisher nicht gewagt, diesen energiefressenden Antrieb einzusetzen, aus Furcht, sie könnten es nicht ohne einen weiteren Zwischenstopp nach Charon X6 schaffen. Die Mischung aus Erleichterung und Verzweiflung in der Stimme seines Gegenübers fegte all seine Bedenken hinweg. Er sah, wie Mashari gegen seinen Sitz gedrückt wurde und spürte den Druck auf den Ohren, als die Lady Stardust ächzend beschleunigte. Hoffentlich hatte Garrak nicht zu viel versprochen und die alte Dame schaffte die Distanz, ohne unterwegs in Stücke zu brechen.

»Geschätzte Ankunftszeit 02:00 PM«, gab er durch. »Wir erbitten einen Lagebericht.«

Seine besonnenen Worte und die formelhafte Sprechweise schienen ihre Wirkung nicht verfehlt zu haben. Harush nahm sich offensichtlich zusammen und gab sich Mühe, seine überbordenden Emotionen unter Kontrolle zu bringen. Gab es denn unter den ganzen verdammten Argal keinen einzigen, der nicht explodierte vor lauter Gefühlsduselei? Herrje, es ging hier vermutlich um Leben und Tod! Es war wichtig, einen kühlen Kopf zu behalten. Niemand wusste das besser als er, der beim Gedanken an seine verletzte oder gar tote Geliebte fühlte, wie die Lust am Töten zurückkehrte. Eine kurze Vision Joras, die mit verdrehten Gliedern wie ein achtlos fortgeworfenes Spielzeug in der Ecke lag, verdunkelte seine Sicht.

Mit aller Kraft fokussierte er sein ganzes Denken auf das, was vor ihm lag. Jora. Sie musste leben – und er würde sie finden. Gleichgültig, was es ihn kostet, er musste bei klarem Verstand bleiben.

Zehn Minuten später korrigierte er den Kurs. Der Expansionsantrieb machte eine dauernde Überprüfung notwendig. Dann sah er hinüber zu Mashari, dessen weißes Gesicht im flackernden Licht der Kontrollleuchten gespenstisch starr wirkte.

Was sie auf Charon X6 erwartete, war nicht schlimm, sondern übertraf seine schlimmsten Befürchtungen. Jetzt ging es mehr denn je darum, einen kühlen Kopf zu bewahren und Jora an den Ort zurückzuholen, an dem sie sein sollte.

An seine Seite.

Kapitel 2

Jora

Sie hatte jedes Zeitgefühl verloren, aber als Thuban in den Gang vor ihre Zelle trat und zum ersten Mal das Wort an sie richtet, wusste sie: Sie näherten sich ihrem Bestimmungsort.

»Bist du bereit?«

Sie saß auf der schmalen Pritsche und atmete flach, sich ihres eigenen Körpergeruchs nur allzu bewusst. Joras Haar hing fettig und strähnig auf ihre Schultern und die Schmutzränder unter ihren Fingernägeln waren einfach nur widerwärtig.

»Wenn du meinst, ob ich bereit bin, deine Gefährtin zu werden«, sie spuckte ihm das Wort vor die Füße, »dann ja, das bin ich. Immer vorausgesetzt, du willst eine Frau, die dich von ganzem Herzen verabscheut. Und eine, die nicht besonders gut riecht.«

»Zumindest bei Letzterem kann ich Abhilfe schaffen.« Jora weigerte sich, den Köder zu schlucken und trat nach vorne. Mit beiden Händen umschloss sie die Gitterstäbe.

»Was willst du von mir?« Ihre Knöchel wurden weiß. Sie lockerte den Griff und starrte ihm ins Gesicht.

Er lachte und lachte. »Du weißt, was ich von dir will. Spiel nicht die Unschuldige. Sobald wir auf Cors angekommen sind, wirst du offiziell meine Gefährtin.«

Statt einer Antwort spuckte sie ihm ins Gesicht. Er wurde blass und griff durch die Gitterstäbe hindurch nach ihrem Hals. »Bring mich doch um«, krächzte sie. »Du weißt, ich kann nicht deine Gefährtin sein. Ich gehöre zu Dasquian.«

Jetzt lächelte er. »Nur solange er lebt.«

Der Kloß in ihrem Hals wurde dicker und dicker. Trotz ihres Entschlusses, sich zu fügen, um weitere Todesfälle zu vermeiden, konnte Jora nicht verhindern, dass sich ihr Herz gegen die Vorstellung, an Thubans Seite den Rest ihres Lebens zu verbringen, zur Wehr setzte. »Was ist mit meinem Vater? Werden wir die Prüfung noch einmal ablegen?« Sie wagte nicht zu fragen, was Dasquian erwartete, sollte er jemals wieder einen Fuß auf die Corsianische Erde setzen.

Thuban legte den Kopf schief. Seine Augen blitzten vergnügt. »Es gibt keine Prüfungen mehr«, beantwortete er ihre zweite Frage. »Ich habe sie abgeschafft.« Er sah auf furchterregende Weise zufrieden mit sich aus.

Beklommen wagte Jora kaum, die nächste Frage zu stellen, die sich ihr aufdrängte.

»Was sagt Chasko dazu?«

»Nichts mehr.«

Jora fühlte, wie ihr die Farbe aus dem Gesicht wich. Bevor sie sich zurückhalten konnte, stellte sie die Frage, die ihr auf den Lippen brannte. »Bin ich das wirklich wert, Thuban? Du hast einen Mann deines Volkes getötet, nur um mich ohne Prüfungen haben zu können? Was bist du geworden?«

Jetzt trat er so nahe zu ihr, dass sich ihre Körper fast berührt hätten.

Auf einmal war Jora dankbar für den mageren Schutz, den ihr die Gitterstäbe boten.

»Ein Mann, der von den Toten zurückkehrte, nachdem dein Belial ihn ermordet hatte.«

»Du warst tot?« Sie hatte angenommen, dass er lediglich schwer verletzt gewesen war oder dass sie die Schwere der Wunden überschätzt hatte. Denn wie sonst ließ sich die Schnelligkeit erklären, mit der er sich auf die Suche nach ihr gemacht und sie gefunden hatte? »Wie …« Sie schluckte. Wollte sie wirklich wissen, was geschehen war? Es musste etwas mit seinen Sanvi zu tun haben. Wie auch Dasquians spirituelle Begleiterin waren sie mehr als das, was sie auf den ersten Blick zu sein schienen. Welches Wesen außer einer Göttin besaß die Macht, einen Toten ins Reich der Lebenden zurückzuholen?

»Du liegst richtig«, bestätigte Thuban. Gänsehaut bedeckte ihren Körper von den Zehenspitzen bis zum Kopf. »Ich bin jetzt ein anderer. Als kurzzeitige Gefährtin eines Belials sollte dir die Umstellung nicht schwerfallen.«

Unauffällig musterte Jora ihn und suchte nach greifbaren, sichtbaren Veränderungen in seinem Äußeren, fand aber keine. Es bestand die geringe Möglichkeit, dass er log, um ihr Angst zu machen.

Es war ihm gelungen.

****

Dasquian

Das, was einmal die blühende Siedlung der Argal gewesen war, lag in Schutt und Asche.

Nahezu gleichzeitig mit Mashari und Dasquian waren drei weitere Schiffe angekommen, deren Besatzung auf Raubzug gewesen war. Soweit er es überblickte, hatten nur einer der rund fünfzig auf Charon X6 stationierten Männer überlebt und nur wenige Frauen. Immerhin hatten die Drachen den Greis und die Kinder verschont. Geistesabwesend überlegte Dasquian, dass dies ein Fehler gewesen war. Er an Stelle des kommandierenden Offiziers hätte sowohl die Frauen als auch die Kinder getötet, um eine spätere Rache von vornherein zu unterbinden. Wer wusste schon, was aus einem der Kleinen werden würde und welche Motive ihn später antrieben?

Mit einem Seufzer jagte er den grausamen schwarzen Drachen zurück. Es war zermürbend, immer auf der Hut sein zu müssen. Es gab Momente wie jenen, in denen er nicht zu unterscheiden vermochte zwischen dem, was der grausame Belial ihm zuflüsterte und seinen eigenen Gedanken. Vor allem, wenn der dunkle Drache recht hatte mit seinen Überlegungen. Auch Dasquian hätte die Kleinen nicht am Leben gelassen – es gab nur einen entscheidenden Unterschied: Er selbst hätte niemals ein Dorf angegriffen, in dem Frauen und Kinder lebten. Gleichgültig, was ihn antrieb, als Drachenshifter waren ihm weibliche Wesen und Nachkommen jeder Spezies zu kostbar, um ihr Leben zu vergeuden. Machte ihn das zu einem verweichlichten Drachen? Die Antwort seines Vaters wäre sicherlich »Ja« gewesen. Der alte Dasquian selbst hatte geglaubt, dass wahre Stärke sich auch darin zeigte, Gnade zu üben, wenn sie angebracht war. Der Dasquian, der einen Belial in sich trug, hätte vermutlich genauso gehandelt. War er nicht bereits in Gedanken dabei, die Angreifer gnadenlos in den Tod zu hetzen? Vom Gedanken zur Tat war es nur ein kurzer Weg.

Kostbare Minuten vergingen, in denen die Ankömmlinge den entstandenen Schaden abzuschätzen versuchten. Er war erleichtert zu sehen, dass Mashari und auch der Überlebende, mit dem sie kommuniziert hatten, eine Ausnahme waren. Nicht einer von ihnen schämte sich, seine Trauer offen zu zeigen, aber anders als sein Kollege von der Lady Stardust hielten sie ihre Gefühle im Zaum, bis sie gebraucht wurden. Schnell wurde klar, dass die Drachen von Cors für den Überfall verantwortlich waren. Eine der Frauen hatte beobachtet, wie der Anführer der Drachenshifter Jora gepackt und sie zu einem der Schiffe gezerrt hatte. Außerdem hatte man den Leichnam eines menschlichen Mannes entdeckt, dessen Papiere ihn als Arthur Rhodes auswiesen. Ob Jora wusste, dass ihr Vater nicht mehr unter den Lebenden weilte? Dasquian machte sich nicht die Mühe, die Umstehenden über die wahre Identität des Mannes aufzuklären. Er wollte die Dinge nicht unnötig verkomplizieren, vor allem da er sicher war, dass man ihm die Schuld an der Hetzjagd der Drachen geben würde. Kurz schoss ihm der Gedanke durch den Kopf, dass es einer gewissen Ironie nicht entbehrte: Die Argal, die im Universum berüchtigt für ihre gnadenlosen Raubzüge waren, fanden sich auf einmal selbst in der Situation ihrer Opfer wieder. Sie waren sich ihrer Macht zu sicher geworden, dachte Dasquian.

Es war interessant zu beobachten, wie die Männer nach und nach realisierten, was geschehen war.

Lemartho war tot. Die Argal waren führerlos. Für ihn, der allenfalls ein Krieger auf Zeit gewesen war, spielte es keine Rolle, was aus ihnen wurde. Oder doch? Seine widerstreitenden Gefühle hielten ihn auf. Zeit war etwas, das er nicht im Übermaß verschwenden durfte, wenn er Jora finden wollte. Spätestens zu dem Zeitpunkt, an dem von einem roten Drachen die Rede gewesen war, hatte er gewusst, wer hinter der Entführung steckte. Er hatte nicht gewusst, dass einem Mann eiskalt und heiß zugleich sein konnte, bevor er sich Jora in den Armen Thubans vorstellte.

Sein ehemaliger Freund und jetziger Rivale hatte überlebt.

Aber wie war das möglich? Dasquian wusste, er hatte ihn getötet, so sicher wie er wusste, dass er sich in einen Drachen verwandeln konnte. Etwas hatte ihn aus dem Reich der Toten zurückgeholt.

_____

___

Nun, egal ob tot oder lebendig oder irgendetwas dazwischen – er würde ihn ein zweites Mal vom Leben in den Tod befördern und sollte es notwendig sein, auch ein drittes Mal.

»Es ist soweit«, flüsterte eine Stimme in seinem Kopf, die er lange nicht mehr gehört hatte. »Die Zeit der Rache ist gekommen. Wirst du mir helfen, meine Schwestern zu vernichten?« Dasquian musste nicht hinschauen, um zu wissen, wer neben ihm stand und seine kalte Hand in seine glühende schob.

Sie war es. Seine Sanvi, die ihn benutzt hatte, um ihre eigenen Pläne zu verwirklichen. Er fühlte sein Herz dumpf in seine Brust pochen. Mit einer geschmeidigen Bewegung drehte er sich um und packte die Sanvi oder die Göttin oder was zur Hölle sie auch sein mochte, am Hals. Er drückte zu.

Sie lachte, obwohl sich seine Finger fester und fester um ihren zarten Nacken schlossen.

»Du erinnerst mich an jemanden, den ich vor langer Zeit kannte«, flüsterte sie rau. »Sein Name war Kreatos und ich habe ihn sehr geliebt.«

Die Liebe in ihrer Stimme konnte nicht gespielt sein. »Was willst du?«, knurrte Dasquian und ließ sie fallen. Sie erhob sich graziös und klopfte sich demonstrativ den Staub aus den Kleidern.

»Rache«, sagte sie. »Komm mit mir nach Cors. Vernichte den Mann, der deine Geliebte geraubt hat und töte damit auch meine Schwestern. Mehr verlange ich nicht.«

»Mein Weg führt mich nach Cors, ob du mich begleitest oder nicht«, erwiderte Dasquian schroff. Er drehte sich um und machte sich auf den Weg zum Port. Dort lag das Schiff, mit dem er und Jora auf dem Planeten gelandet waren. Er hoffte, dass Lemartho es nicht einem anderen Mann zur Verfügung gestellt hatte, aber auch das würde ihn nicht davon abhalten, die Reise in seine alte Heimat anzutreten und sich Jora zurückzuholen.

Ihn kümmerte es nicht, ob die Frau mit ihm kam oder hier blieb. Er würde Jora retten, auch ohne die Hilfe einer Göttin. Und wenn er auch nur einen Bruchteil ihres launischen, fordernden Wesens richtig einschätzte, dann würde sie auch ohne seine Zustimmung kommen und fordern, was ihr zustand. Oder von dem sie glaubte, dass es ihr zustand. Warum also sollte er seinen Atem verschwenden, um mit ihr zu argumentieren?

»Wo willst du hin, schwarzer Drache?« Die Stimme in seinem Rücken klang befehlsgewohnt, aber Dasquian machte sich nicht die Mühe, sich umzudrehen.

»Ich werde das tun, worüber ihr noch diskutieren werdet, wenn ich längst angekommen bin. Ich fliege nach Cors und werde dem Mann, der diesen Überfall zu verantworten hat, den Kopf abreißen.« Er fühlte, wie der schwarze Drache an die Oberfläche strebte und ließ ihn gewähren. Seine Flügel brachen schmerzhaft auf dem Rücken hervor, die obsidianfarbenen Schuppen bedeckten raschelnd seine Haut. Er blinzelte einmal und schon sah er die Welt im Schwarz-Weiß des Drachen.

»Er ist ein Belial!«

»Sieh nur, welche Kreatur in unserer Mitte wandelt!«

Dasquian sperrte sich gegen das Raunen und die Kommentare und lief weiter. Sie wichen ihm aus und bildeten eine Gasse, damit er ungehindert passieren konnte. Die meisten mieden seinen Blick. In seinem Rücken hörte er den schweren Schritt eines Mannes, fühlte die knisternden Schwingungen auf seiner Haut, die einer Wandlung vorangingen. Nun wandte er sich um, wenn auch nur, um zu sehen, wer ihn aufzuhalten versuchte.

Es war ein Krieger, der mitten in der Wandlung zum Adler steckte. Graue Federn bedeckten seine imposante Gestalt. Sein Gesicht war eine eindrucksvolle Mischung aus Mensch und Tier, das in ständiger Änderung begriffen war. Dasquian erinnerte sich, ihn am Abend vor seiner Abreise kurz gesehen zu haben. Der Mann brachte in seiner menschlichen Gestalt sicher schon über 200 Pfund auf die Waage und hatte kein Gramm Fett am Leib. Dasquian überschlug im Kopf die Zeit, die es kosten würde, sich mit diesem wandelnden Berg aus Muskeln und Federn auseinanderzusetzen. Die Frage war nicht, ob er siegen würde, sondern wie lange es dauern würde. »Man hat mir meine Gefährtin genommen und ich werde sie mir zurückholen.«

»Warte, Drache«, knurrte der Argal. Er überwand die Distanz zwischen sich und Dasquian mit einem mächtigen Sprung und legte ihm die Kralle auf die Schulter. Dasquian versteifte sich und drehte sich langsam um.

»Du willst es doch nicht allein mit einer ganzen Armee aus Drachen aufnehmen? Wie viele werden es sein, die dich erwarten? Fünfzig? Hundert?«

Dasquian entspannte sich. »Ist das ein Angebot?«

»Da kannst du deinen hübschen Hintern drauf verwetten«, sagte der Adler mit einem breiten Lächeln.

»Lieber nicht«, entgegnete Dasquian und erwiderte wider Willen das Grinsen. »Ihr habt genau eine Stunde, um euch bereit zu machen, bevor ich losfliege. Wer um Punkt 02.00 PM nicht am Port ist, hat das Nachsehen.«

»Du willst doch nicht etwa mit der Suppenschüssel fliegen, in der du angekommen bist?« Allmählich setzte die Rückverwandlung ein. Der angriffslustige Shifter zog sich zurück.

Dasquians Drache hingegen war noch nicht bereit, ganz unter der Haut zu verschwinden und spreizte die Flügel. »Warum hilfst du mir, Argal?« Er nannte ihn beim Namen seines Volkes, nicht um ihm Ehre zu erweisen, sondern weil er ihn daran erinnern wollte, dass sie eine Jahrhunderte währende Rivalität verband.

»Das fragst du noch?« Die Adleraugen des Mannes leuchteten. »Die Drachenshifter haben uns überfallen. Sieh dir an, was sie unseren Frauen und Kindern angetan haben. Und du bist meine beste Chance darauf, es ihnen heimzuzahlen. Du kennst Cors und du willst sie ebenso wie ich tot sehen. Oder gibst du so wenig um deine Gefährtin?«

Dasquian versetzte ihm einen Hieb mit der flachen Hand, den der Mann hinnahm.

Zu Dasquians Überraschung grinste er.

»Gut. Jetzt weiß ich, dass ich dir vertrauen kann.« Er machte eine kurze Pause, bevor er weitersprach. »Die Lady Stardust bietet Platz für 25 Mann.

Sie hat eine Tarnvorrichtung und Waffen.« Der Shifter zögerte. »Gib mir zwei Stunden, um alles zu organisieren.« Die blauen Augen des Mannes wanderten umher und blieben an einer schmalen, dunkelhaarigen Gestalt hängen. »Ich möchte den Wiederaufbau der Siedlung in die Wege leiten, damit die Leute nicht in Schockstarre verfallen und wir bei unserer Rückkehr eine halbwegs sichere Struktur vorfinden.«

Dieser Typ war ein Mann nach seinem Geschmack, aber eine Frage galt es ein für alle Mal zu klären, bevor sie aufbrachen. »Ich habe das Kommando«, stellte Dasquian fest. Sein Tonfall machte klar, dass dieser Punkt nicht zur Diskussion stand.

Der andere erwiderte seinen Blick, bevor er zögerlich nickte. »Also gut. Du kennst das Terrain.« Er wartete eine Sekunde, bevor er weitersprach. »Ich gehe davon aus, dass du dich noch unter Kontrolle hast?«

Jetzt war es Dasquian zu nicken. »Darauf kannst *du* deinen Hintern verwetten, Argal.« Er wandte sich zum Gehen, hielt dann noch einmal inne. Er griff in seine Jackentasche und hielt dem Adlershifter das Auge des Titanen entgegen. Dasquian konnte nicht genau sagen, was genau ihn an der Vorstellung störte, den nutzlosen Stein mit auf seine Rettungsmission zu nehmen, aber er warf ihn dem Argal zu. Der fing ihn geschickt auf und betrachtete ihn mit der gleichen Mischung aus Verwunderung und Misstrauen, die er selbst empfand.

»Hier«, knurrte Dasquian und spürte, wie der Belial in ihm sich plötzlich reckte und begann, die Flügel auszubreiten. »Ich brauche dieses verdammte Ding nicht. Behalt ihn.«

»Das war also der Auftrag, den du für Lemartho erfüllen solltest.« Der Argal klang weniger erstaunt als nachdenklich. »Ich bewahre ihn für dich auf, solange du die Stärke des Belials brauchst, aber danach wirst du ihn zurücknehmen. Ich brauche ihn nicht.«

»Was meinst du mit *solange du die Stärke des Belials brauchst?*« Dasquian wusste, die Zeit drängte, aber die Worte des Adlershifter irritierten ihn.

»Man sagt, das Auge des Titanen sei in der Lage, Energie zu binden – hast du das nicht bemerkt?«

Das erklärte einiges. Er würde den Stein nicht immer bei sich tragen können, aber er konnte ihn Jora geben, sobald sie wieder vereint waren. Wenn das Auge des Titanen tatsächlich in der Lage war, Energie zu bändigen, dann hatte Jora mit ihm ein Mittel an der Hand, um sie vor den schlimmsten Manipulationen des Belials zu schützen.

»Also gut, so machen wir es«, stimmte er zu. »Und falls ich es nicht schaffe, dann gib ihn Jora.« Sie würde ihn verkaufen können, falls es notwendig war und den Rest ihres Lebens von der Summe leben, die ihr das Juwel eingebracht hatte.

Das Letzte was er sah, bevor er sich auf den Weg machte, war das blaue Leuchten des Steins, der nun im Besitz des Argals war.

Kapitel 3

Jora

Heute wurde nicht der rote Teppich ausgerollt, als Jora auf Cors ankam. Dankbar registrierte sie, dass es mitten in der Nacht war und sie wenigstens nicht von zweihundert oder mehr vorwurfsvollen Augenpaaren angestarrt wurde. Mit einem Schlag wurde ihr bewusst, dass sie sich nicht einmal ansatzweise vorstellen konnte, was mit den anderen Frauen im Allgemeinen und Catta im Besonderen geschehen war. Chasko war tot, das stand fest. Und die anderen Ratsmitglieder waren vermutlich ebenfalls gestorben, wenn sie sich nicht mit dem neuen Regime arrangiert hatten. Thubans Haltung und die Art und Weise, wie ihm die anderen Drachenshifter begegneten, ließen keinen Zweifel daran, wer hier das Sagen hatte.

Jora musterte Thuban verstohlen, der sie unnötig fest am Arm gepackt hatte und sie in Richtung des Regierungspalastes schleifte. Immer wieder stolperte sie, halb mit Absicht, um ihm zu zeigen, dass er sie noch nicht vollkommen gebrochen hatte. Es war eine erbärmliche Art, aber die einzige, die ihr geblieben war. Hatte sie sich tatsächlich so sehr in dem roten Drachen getäuscht? Zu Beginn war er freundlich und entgegenkommend gewesen. Er hatte Verständnis für sie gezeigt. Diese Veränderung zu einem Mann, der buchstäblich über Leichen ging, war für Jora aus dem Nichts gekommen.

»Was hast du nun vor?« Jora stemmte die Füße in den staubigen Boden, aber das kümmerte den roten Drachen nicht weiter. Er hätte sie vermutlich an den Haaren in den Palast geschleift, wenn sie nicht nachgegeben und hinter ihm her gestolpert wäre. Sein Fauchen verriet ihr, dass er kurz davor war, die Geduld zu verlieren. Er hielt inne und gab seinen Männern ein Kommando, woraufhin sie sich eiligst zurückzogen. Sie hatten den Palast erreicht, aber sein Tempo wurde nicht geringer. Thuban strebte die Stufen herauf, immer noch mit ihr im Schlepptau. Jora, die darauf gefasst war, entweder in einer Zelle oder bei den Frauen im Schlafsaal zu übernachten, wurde übel. Mit sicheren, beinahe schon triumphierenden Schritten eilte er einen Gang entlang, stieß eine angelehnte Tür mit dem Fuß auf und zerrte sie in den Raum.

Ihr wurde schlecht.

Auf den ersten Blick war deutlich, dass dies das Gemach Chaskos gewesen war, das nun Thuban für sich beanspruchte. Die prachtvollen Wandbehänge, der immense Schreibtisch und der Luxus der Ausstattung sprachen für sich. Als sie das riesige Bett in der Ecke des Zimmers sah, verlor sie die Nerven und versuchte, sich von ihm loszureißen.

Vergeblich. Thuban packte sie und warf sie auf das Bett. Jora erstarrte wie die verängstigte Beute eines Raubtieres, das allein durch die Macht seines Blickes sein Opfer zu lähmen vermochte. »Morgen«, sagte er und zog das Wort genüsslich in die Länge, während er sie mit den Augen auszog. »Morgen wirst du meine Gefährtin sein. Ich werde der ganzen Welt verkünden, dass du mir gehörst, mir allein.«

Sie glaubte ein boshaftes Wispern zu hören, aber sie musste sich getäuscht haben. Erleichterung flutete ihren Körper, als sie begriff, dass sie noch einen Tag Aufschub bekam. Thuban hielt seine Begierde im Zaum, weil er sie »der ganzen Welt« als seinen Besitz präsentieren wollte. Vermutlich dachte er, ein Anführer tat gut daran, Selbstbeherrschung zu zeigen. Und falls er wirklich mit ihr Kinder zeugen wollte, dann durften sie nicht mit dem Makel der unehelichen Zeugung vor der offiziellen Verbindung behaftet sein.

Sie widerstand der Versuchung, ihre Hände schützend auf ihren Bauch zu legen.

Jora wurde kalt. Wie hoch standen ihre Chancen, dass ihr Kind die ersten Tage überlebte, wenn Thuban begriff, dass sie von Dasquian schwanger war? Selbst wenn es ihr gelang, dem roten Drachen weiszumachen, dass sie *sein* Kind trug, war ein Leben an seiner Seite keine Alternative mehr. Sie verstand mit einem Mal, dass sie sich etwas vorgemacht hatte, als sie glaubte, ohne ihren schwarzen Drachen leben zu können. Das wäre kein Leben, nicht einmal eine Existenz, sondern allenfalls ein Dahinvegetieren. Selbst wenn es ihr und Dasquian nicht gelang, die Wandlung in den Belial abzuwenden, wollte sie lieber sterben, als sich von Thuban benutzen zu lassen.

Was hatte Dasquian zu ihr gesagt?

Du hast etwas, wofür es sich zu leben lohnt.

Er hatte den Finger exakt auf den richtigen Punkt gelegt. Nur in einer Hinsicht hatte er sich geirrt. Es gab nicht eine Sache, die ihr Leben lebenswert machte, sondern zwei. Die eine war ihr Kind. Die andere war ihre Liebe zu einem Mann, der immer eine Herausforderung sein würde, mit dem sie streiten und mit dem sie sich auseinandersetzen würde, bis sie den letzten Atemzug tat – und dessen Liebe der ihren in nichts nachstand.

****

Dasquian

Die Tarnvorrichtung war aktiviert. Die Waffen waren justiert und die Männer instruiert. Die Lady Stardust und ihre Mannschaft waren bereit zur Landung.

Dasquian und Amris, der neue Führer der Argal, hatten ausgiebig über die richtige Taktik diskutiert. Der Argal hielt sich an die Abmachung und überließ Dasquian widerspruchslos die Führung der Operation. Und das war auch gut, denn es fiel Dasquian mit jeder Minute, die verging, schwerer und schwerer, den Belial im Zaum zu halten. Die dunkle Bestie machte sich mehr denn je bemerkbar. Sie tobte, rollte sich zusammen und wann immer er an Jora dachte, drohte der Belial die Kontrolle zu übernehmen.

Bilder flackerten vor seinen Augen, auf denen er seinen Feinden bei lebendigem Leibe die Haut abzog und sich an ihren Schmerzen satt fraß.

Bald, dachte er und konzentrierte sich auf das, was vor ihm lag. Der schwarze Drache in ihm schnurrte beinahe vor Vergnügen, das ihm die Aussicht auf den Kampf bereitete.

Sie landeten unbemerkt am Rande der Stadt. Dasquian war sicher, dass Thuban im Palast residierte. Chasko lebte nicht mehr, dessen war er sich ebenfalls sicher. Niemals hätte der Chancellor dem jüngeren Drachen gestattet, den Rachefeldzug anzuführen. Er hätte sich selber an die Spitze gesetzt, aber noch wahrscheinlicher war es, dass Chasko erst einmal alle anderen Möglichkeiten auszuschöpfen versucht hätte.

Er fühlte keine Trauer um den Mann, der ihm nur dem Namen nach ein Vater gewesen war. Als er geglaubt hatte, Thuban getötet zu haben, hatte der Schmerz ihn mit der Wucht eines Keulenschlags getroffen.

»Wie lange willst du noch in die Gegend starren?«, holte ihn Amris' Stimme in die Realität zurück. Dasquian fluchte leise, aber der Adlershifter hatte recht.

Er fasste jeden einzelnen der Männer ins Auge, bevor er ihnen ein letztes Mal den Plan in all seinen Schritten einschärfte.

Die Zeit des Grübelns war vorbei. Die Zeit zu handeln war gekommen.

Kapitel 4

Jora

Jede Faser ihres Körpers sträubte sich gegen die Zeremonie. Jora hatte die ganz Nacht lang wach gelegen und nach einem Ausweg gesucht. Laut protestieren, wenn sie gefragt wurde, ob sie diesen Mann ein Leben lang lieben und ehren wollte? Niemanden interessierte ihre Meinung. Die anderen Frauen schnell zu einer Flucht aufstacheln? Es war eher unwahrscheinlich, dass sie sich Jora anschlossen. Sich steif machen wie ein Brett und liegen bleiben? Klar. Thuban würde sie vermutlich wie einen Sack über die Schulter werfen und zum Ort des Geschehens schleifen. Es wäre nicht das erste Mal. Sich umbringen? Nur über ihre Leiche. Haha!

Am Ende stand sie auf und suchte vergeblich nach etwas, das sie als Waffe benutzen konnte. Insgeheim war Jora erleichtert, dass sie keine fand. Nicht nur, dass es ihr an Entschlossenheit mangelte, jemandem einen tödlichen Stich in die Herzgegend zu versetzen. Sie bezweifelte, dass die roten Schuppen so leicht zu durchdringen waren. Außerdem war bereits genug Blut vergossen worden. Sie musste einen anderen Ausweg finden, aber welchen?

Sie musste darauf vertrauen, dass ihr Liebster auftauchte und sie rettete. Sie verzog den Mund bei dem Gedanken daran, aber ihr Kopf war leer, sie sah keine andere Möglichkeit, als sich in Geduld zu üben und die Hoffnung nicht aufzugeben. Um ihres Kindes willen musste sie es schaffen, selbst wenn es bedeutete, dem roten Drachen zu erlauben, sie anzufassen. Und mehr als das. Sie hatte so viel in so kurzer Zeit überstanden und konnte auch das schaffen. Jora brachte es nicht über sich, den Akt als etwas anderes als »das« zu bezeichnen. Dasquian hatte sie gevögelt, genommen, sie herausgefordert und an ihre körperlichen und geistigen Grenzen getrieben, aber er hatte sie in jeder Sekunde geliebt. Das, was Thuban ihrem Körper anzutun gedachte, hatte mit Liebe nichts zu tun. Es war reine Inbesitznahme. Er wollte ihr zeigen, wer der Stärkere war. Sollte er doch!

Er konnte ihren Körper nehmen, aber nicht ihren Geist brechen. Jora würde ihm nicht die Ehre antun, dabei an ihren Liebsten zu denken. Das, was sie mit Dasquian verband, wollte sie nicht in den Schmutz ziehen.

Am Ende weinte sie, weil sie trotz der mutigen Worte einfach nur eine ängstliche Frau war, als man sie nach draußen in den Hof führte.

Die Drachenshifter und ihre Gefährtinnen erwarteten sie. Sie sah weder Chasko noch eines der anderen älteren Ratsmitglieder. Thuban hatte reinen Tisch gemacht. Jora blinzelte den Tränenschleier fort. Wenn sie richtig sah, dann bestand die Gemeinschaft jetzt aus den 99 anderen Frauen, die mit ihr nach Cors gereist waren und ihren Drachenmännern. Catta hatte sich zu Thuban gesellt und wirkte verändert. Jora sah sie an. Cattas Gesicht war hart und angespannt. Sie wirkte verändert, beinahe wie ein sprungbereites Raubtier, und Jora fragte sich, was sie in der Zwischenzeit hatte erdulden müssen. Sie traute Thuban ohne weiteres zu, sie ausgefragt zu haben. Ihr Magen zog sich zusammen. Dem Thuban, der von den Toten wieder auferstanden war, traute sie alles zu.

Catta trug ein langärmeliges, hochgeschlossenes Kleid und Jora fragte sich, welche Verletzungen der Stoff verbarg. Eine neuerliche Welle aus Hass brandete in ihr auf und sie begann zu schwitzen. Cattas geistesabwesender Gesichtsausdruck beunruhigte sie mehr als Thuban neben ihr. Sie kniff die Augen zu und versuchte, die Veränderung, die mit ihrer Freundin vorgegangen war, in Worte zu fassen und fand keine. Sie schien auf etwas zu warten, legte den Kopf schief und lauschte auf etwas, das nur sie hören konnte.

Ein geisterhaftes Lächeln zuckte über ihre Züge, als sie kurz zu Jora herübersah.

Ihr Herz raste. Alle Blicke waren auf sie gerichtet. Thuban hielt sie mit trügerisch lockerem Griff an der Hand. Immer wieder schaute Jora nach oben. Der Himmel blieb leer. »Dein Drache kommt nicht«, flüsterte Thuban, bevor er sich wieder dem Mann zuwandte, der vor ihnen stand und immer wieder in einem rauen Singsang Worte intonierte, die sie nicht verstand.

Es spielte keine Rolle. Dasquian war nicht gekommen, um sie in letzter Sekunde aus den Fängen Thubans zu retten.

Fünf Minuten später war die Zeremonie vorbei.

Jora war jetzt offiziell die Gefährtin des Mannes, der sich selbst zum neuen Anführer der Drachenshifter ernannt hatte. Thuban sagte etwas, aus dem selbst Jora den Triumph heraushörte. Die Zuschauer klatschten und jubelten halbherzig, bevor Thuban sie ins Innere des Palastes zog.

Doch der letzte Triumph blieb Thuban verwehrt. Trotz der Zeremonie blieben seine Sanvi unsichtbar für Jora.

»Komm schon«, zischte er und machte sich nicht die Mühe, seinen Siegestaumel zu verbergen. Er zerrte sie mit sich, ohne sich auch nur einen Augenblick darum zu kümmern, ob sie mit ihm Schritt halten konnte oder stolperte und fiel.

Thuban drehte sich um. Jora glaubte, eine Spur des Mannes in seinem Gesicht zu entdecken, den sie vor wenigen Wochen kennengelernt hatte. Sie schloss die Augen und stellte sich vor, mit ihm zu sprechen und nicht mit dem Drachen, der von den Toten auferstanden war. »Ich schwöre beim Leben meines Vaters, dass ich mich nicht wehren werde. Aber bitte, Thuban, gib mir einen Moment Zeit.«

Seine goldenen Augen verengten sich. »Beim Leben deines Vaters?« Ihr Herzschlag beschleunigte sich bei seinem ironischen Tonfall, aber noch bevor Jora weiter darüber nachdenken konnte, was er zu bedeuten hatte, strebte er die Treppe hinauf und hielt erst inne, als er vor einer prachtvoll verzierten Holztür stand.

»Solange Dasquian lebt, werde ich nicht deine Gefährtin sein«, probierte es Jora in einem letzten, verzweifelten Versuch. »Daran kannst selbst du nichts ändern.«

»Ich bin der neue Herr der Drachen«, sagte Thuban. Eine Ader auf seiner Stirn schwoll an. »Niemand, nicht einmal die Sanvi, werden mein Wort infrage stellen. Hast du das verstanden?«

Ihr Schicksal war besiegelt. Ihr blieb nur eines. Sie würde es ihm so schwer wie möglich machen. Und sollte sie bei dem Versuch, sich Thuban zu widersetzen, sterben – nun, dann war es so.

Selbst der Tod war besser als ein Leben ohne Dasquian.

****

Dasquian

Der Aufruhr, den sein Erscheinen auslöste, war lächerlich klein. In Anbetracht der Tatsache, dass er noch vor wenigen Wochen einer der ihren gewesen war, erschien ihm ihre Furcht aufgesetzt, als hätte man ihnen wieder und wieder eingetrichtert, dass er gefährlich wäre. Dasquian fand großes Vergnügen daran, den Belial vorpreschen zu lassen, zumindest bis zu einer gewissen Grenze. Er spreizte die mattschwarzen Flügel und machte eine große Show daraus, sich zu wehren. Wieder und wieder schlug er sie zurück, um sein voranschreitendes Ermatten glaubwürdig wirken zu lassen. Dasquian war beinahe froh, als sich vier Drachen von hinten auf ihn warfen, um ihn zu bändigen.

Dies war der einfache Teil gewesen.

Er hatte genügend Lärm veranstaltet, um sicherzustellen, dass Thuban, gleichgültig wo er sich gerade aufhielt, von seiner Ankunft in Kenntnis gesetzt wurde. Es dauerte für seinen Geschmack viel zu lange, bis der rote Drache auftauchte.

Wo war Jora? Dasquian hatte damit gerechnet, dass sein Rivale ihm das wahre Ausmaß seiner Macht zeigen wollte, und zwar, indem er Dasquian vor Augen führte, was er verloren hatte.

Der dunkle Drache in ihm brüllte und tobte, dass er kurzen Prozess mit allen machen wollte, die ihn von Jora trennten, und es kostete Dasquian all seine Kraft, der Versuchung nicht nachzugeben. Noch war der Zeitpunkt nicht gekommen, an dem er den Belial von der Leine lassen konnte.

»Du kommst genau richtig«, stellte Thuban fest und trat so nahe an ihn heran, dass Dasquian Jora auf seiner Haut riechen konnte. Die Rage senkte sich auf seinen Geist wie ein roter Schleier, durch den er kaum hindurch zu blicken vermochte. Einzig und allein das zufriedene, schmale Lächeln auf Thubans Lippen hielt ihn davon ab, die Männer, die ihn hielten, mit einem Ruck abzuschütteln und sich auf seinen Feind zu stürzen.

»Ich biete dir einen Handel an«, sagte Dasquian so ruhig, wie es ihm möglich war, während der Drache in ihm nach dem Blut des Mannes vor ihm verlangte. Das tobende Tier zurückzutreiben löste einen physischen Schmerz aus, der gerade recht kam. Er sank mit schmerzverzerrtem Gesicht auf die Knie. Nun schaute er von unten in das Gesicht Thubans und konnte doch nichts anderes tun als sich an den Moment zu erinnern, in dem er ihn im Labyrinth attackiert hatte. Was ihm einmal gelungen war, konnte ihm wieder gelingen.

Er musste nur auf den richtigen Moment warten.

»Lass Jora gehen. Ich werde dir dafür so viele Jahre dienen, wie du für richtig hältst.«

Thubans Lachen trieb ihn beinahe in den Wahnsinn. »Das ist ein Angebot, das ich nicht annehmen werde. Du glaubst doch nicht ernsthaft, dass ich einem Belial so weit vertrauen werde, um ihn für mich kämpfen zu lassen?« Er schüttelte gönnerhaft den Kopf und gab den wartenden Männern ein Handzeichen. »Einmal ganz davon abgesehen, dass mir nicht der Sinn nach der Eroberung fremder Welten steht – noch nicht zumindest – brauche ich dich nicht, Belial. Du korrumpierst und verdirbst meine Männer, während ich brav zu Hause darauf warte, dass du siegreich heimkehrst? Also wirklich.« Er schüttelte gespielt tadelnd den Kopf. »Ich habe eine bessere Idee.«

Diesmal war seine Wut nicht vorgespielt. Der Kieferknochen eines Drachenshifters splitterte unter Dasquians Hieb, ein anderer hielt sich die blutende Seite. Der dritte knickte unter einem gezielten Tritt ein. Erst als die beiden Sanvi auftauchten und ihn hielten, gelang es den Drachenshiftern, ihn zu binden. »Bringt ihn hinauf in mein Schlafzimmer.« Thubans Tonfall war voll des kalten Triumphes.

Dasquian ahnte, was der neue Anführer der Drachen im Sinne hatte. Er wehrte sich noch einmal und obwohl er nicht vorgehabt hatte, das wahre Ausmaß seiner Kraft zu zeigen, konnte er doch nicht verhindern, dass Joras Bild in ihm den Wunsch weckte, sie alle zu töten. Thuban trat näher, als er sicher war, dass sein alter Freund sich nicht mehr wehren würde. Er legte ihm einen Finger unter das Kinn und zwang Dasquian, ihm in die Augen zu schauen, während er ihm ein genau bemessenes Quantum Energie nahm. Es blieb genug, um ihn bei Bewusstsein zu halten und zu wenig, dass er sich wehren konnte.

Jetzt wurde es ernst.

Kapitel 5

Jora

Thuban ließ sie los, als sie das Zimmer betraten. Er machte sich nicht einmal die Mühe, die Tür abzuschließen, so sicher war er seiner selbst. Und recht hatte er, dachte Jora. Sie war ihm körperlich um das Hundertfache unterlegen und hatte keine Chance gegen ihn. Sie hatte Dasquians Haut unter ihren Fingerkuppen gespürt, wenn die Schuppen hervortraten, und wusste, wie hart dieser Panzer war. Ihre Fingernägel waren die einzige Waffe, die ihr geblieben war und wie sollten sie Thubans Drachenhaut durchdringen?

Ihr Körper erstarrte, während ihr Geist verzweifelt nach einem Ausweg suchte. Im Zimmer gab es nichts, das ihr helfen konnte. Was hätte Dasquian gewollt? Dass sie sich ergab oder das sie so lange kämpfte, bis Thuban die Geduld verlor und sie tötete? Sie war sich dessen bewusst, dass der rote Drache sie lebend wollte, aber hatte er auch genügend Selbstbeherrschung, um sie am Leben zu lassen, wenn sie ihn bis aufs Blut reizte? Ihr Liebster war angeblich eine gnadenlose Kreatur, aber als sie ihn mit Thuban verglich, herrschte in ihrem Herzen kein Zweifel daran, wen sie mehr zu fürchten hatte. Und nicht nur sie. Ihr Vater, Dasquians Vater, Catta – die Herrschaft des roten Drachen war eine unbarmherzige.

Dasquian, flüsterte sie in ihrem Kopf seinen Namen. Ich liebe dich. Egal was passiert, ich liebe dich und werde dich immer lieben. Der Klang der Worte ließ Jora beinahe vergessen, wo sie war und ihr wurde leichter ums Herz. Ihr schwarzer Drache war immer bei ihr. Fast glaubte sie, seine Antwort zu hören. Sie legte den Kopf schief und lauschte. Wo bist du, Liebster, fragte sie stumm.

Dasquian war hier. Sie glaubte, seine Anwesenheit fühlen zu können. Mit jedem Atemzug, den sie tat, wurde die Gewissheit größer. Nicht mehr lange, dann war sie frei.

Jora setzte sich auf den Rand des Bettes und wartete.

Die Tür wurde aufgestoßen. Mit einem erwartungsvollen Lächeln schaute sie hoch und merkte, wie ihr das Blut beim Anblick ihres schwarzen Drachens aus dem Gesicht wich. Sie hatten ihn geschlagen, getreten und in Ketten gelegt. Ihre Augen wanderten zu seinem Gesicht und ließen ihn nicht eine Sekunde los.

Sie wusste, was Thuban vorhatte.

Alles in ihr krampfte sich zusammen. Sie hatte *keine* Angst. Und wenn da doch etwas in ihr war, das sich wie Furcht anfühlte vor dem, was der rote Drache ihr antat, dann schob sie das Gefühl weg. Die Gefährtin eines Belials zeigte keine Angst.

Sie schaute ihm in die Augen und sagte ihm lautlos, wie sehr sie ihn liebte. Er knirschte mit den Zähnen, stemmte sich gegen die Ketten und stieß einen markerschütternden Schrei aus, in den er all seinen Schmerz legte und seine Pein. Dasquians Augen wurden schwarz. Sie sah die hauchfeinen, roten Adern und hörte das schreckliche Knirschen, als ihm die Flügel aus dem Rücken wuchsen. Der lichtdurchflutete Raum schien für einen Augenblick dunkel zu werden, als seine schwarzen Schuppen die Strahlen der Corsianischen Sonne tranken. Dasquian stemmte sich gegen die Fesseln. Eine Ader pochte an Hals und Schläfe. Jora meinte, ein Knirschen zu hören als die Ketten nachgaben, aber sie hatte sich getäuscht. Für den schwarzen Drachen gab es kein Entkommen.

Joras Augen hielten sich an Dasquian fest. Mit den Augen sandte sie ihm eine stumme Botschaft: *Ich schaffe das. Alles ist erträglich, solange du bei mir bist und ich deine Liebe fühle.* Er senkte die Lider halb. Sein Brustkorb hob sich in einem tiefen Atemzug.

Dann ertönte ein reißendes Geräusch. Mit einem Klirren, das lauter als gewöhnlich klang und das in ihrem Kopf endlos lange widerhallte, fielen die Ketten, die ihren Liebsten hielten. Jora schaute zu Dasquian hinüber, aber er war nicht mehr dort, wo sie ihn zuletzt gesehen hatte. Die Antwort auf die Frage, wo ihr Liebster war, kam sofort. Etwas krachte, Jora wusste nicht, was es war und sie hob instinktiv die Arme schützend über den Kopf, bis sie merkte, dass sie sich durch die Bewegungslosigkeit selbst einschränkte. Sie wälzte sich zur Seite, um aus der Reichweite der ineinander verbissenen Drachenmänner zu gelangen. Dabei schätzte sie die Größe des Bettes falsch ein und rollte zu weit. Hart schlug ihr Kopf auf dem Boden auf.

Ihren Augen bot sich ein Bild, das sie bis ans Ende ihres Lebens nicht vergessen würde.

Der Belial kam.

Sie fühlte ihn näherkommen und begann zu zittern. Das Zimmer erschien ihr auf einmal viel zu klein, die Luft erhitzte sich und machte ihr das Atmen schwer. Hatte sie wirklich geglaubt, den Belial in Dasquian zu kennen? Bislang hatte sie nicht einmal einen Bruchteil seiner Macht erkannt. Das Wesen, das im Körper ihres Liebsten residierte, war von Dasquian gebändigt worden – und nun hielt er ihn nicht mehr zurück. Er war bereit, seinen Gegner nicht nur zu töten, sondern vom Angesicht des Planeten zu tilgen.

Obwohl die Verwandlung nicht mehr als ein paar Herzschläge dauern konnte, sah Jora die Veränderungen wie in Zeitlupe. Dasquians Haut verfärbte sich, bis sie in einem bläulich schimmernden Schwarz erstrahlte. Der Belial schien das wenige Licht, das durch die Fenster hereinbrach, zu absorbieren, denn es wurde dunkler und dunkler im Zimmer.

Dann brachen die roten Adern auf dem schwarzen Hintergrund hervor. Sie glitten über seine Haut wie lebende Wesen und hinterließen ein Netz, das pulsierte und alles in seinen höllischen Schimmer tauchte, während ein Knirschen an Joras Bewusstsein drang. Es waren seine Knochen, die sich unter der schwarzen Haut bewegten. Sie brachen und formten sich neu, zu einem Wesen, das direkt aus den Tiefen der Hölle zu stammen schien. Das Blau in seinen Augen, in denen sie vergeblich nach einem Wiedererkennen suchte, schmolz mit jedem Atemzug weiter. Für einen Augenblick brannten die Augen des Belials auf ihrem Gesicht, bevor er die Lider halb senkte und seine Reißzähne entblößte. In seinem dunklen Antlitz leuchteten die weißen Hauer umso deutlicher und ohne es zu wollen, wich Jora zurück.

Das Wesen senkte den Kopf und ignorierte den roten Drachen, der sich hinter seinem Rücken langsam aufrichtete. Der Belial fiel auf die Knie, warf den Kopf in den Nacken und schrie, als die schwarzen Flügel aus seinem Rücken hervorbrachen. Dort, wo Dasquian in seiner Drachengestalt schwarze Federn wuchsen, glänzten nun rasiermesserscharfe Spitzen. Mit einem Geräusch, das an klirrendes Metall erinnerte, entfaltete das nachtschwarze Wesen seine Flügel und verdrängte das Licht.

In der Finsternis nahm sie seine Bewegungen nur schemenhaft wahr und zuckte erschrocken zusammen, als die weißen Zähne erneut aufblitzen. Ein schattenhafter Arm zuckte nach oben, verdeckte die Reißzähne. Doch das war es nicht, was sie erzittern ließ vor namenloser Angst. Es waren seine Augen. Sie waren vollkommen schwarz. Nicht ein Funken Licht spiegelte sich in ihnen.

Die Zeit beschleunigte sich wieder. Es wurde laut und Jora konnte nichts tun, als blindlings zu versuchen, eine der Ecken zu finden, die Arme um den Kopf zu schlingen und sich so klein wie möglich zu machen.

Jemand – Thuban? – stöhnte. Ein verhaltener Schrei ging in ein Gurgeln über und erstarb. Der Belial faltete seine Schwingen zusammen und im Raum wurde es heller. Er atmete schwer und einer seiner Flügel hing herab.

Thuban lag auf dem Boden. Sein Gesicht war fürchterlich zugerichtet, ebenso wie sein Körper, aber er bewegte sich nicht mehr. Einzig das Heben und Senken seiner Brust verriet, dass noch ein Funken Leben in ihm steckte. Dasquian stand über ihn gebeugt.

Joras Herz raste.

Jetzt wusste sie, was er mit der Dunkelheit gemeint hatte, die ein Belial verströmte.

Er lächelte oder genauer gesagt: Er verzog die Lippen und zeigte seine Zähne. Millimeterweise hob er den Kopf. Seine Nasenflügel blähten sich. Witternd sog er die Luft ein, bevor er sich dem geschlagenen Feind zuwandte.

Jora begriff, was er tun wollte. Einen schrecklichen Moment lang gab sie sich der Vorstellung hin, wie Thuban starb. Er hatte den Tod verdient und mehr als das. Sie konnte nichts tun, als den Mann anstarren, der in seinem Rachewahn so viel Elend in ihre Welt getragen hatte. Sie wünschte ihm den Tod. Das tat sie doch, oder?

Der Belial sah sie lauernd an. Thuban lag am Boden. Sie blinzelte, als ein rötlicher Nebel aus seiner Brust aufstieg und ihn umhüllte. Was geschah mit ihm? Sie war so unendlich müde, dass sie sich am liebsten auf den Boden gelegt und die Augen zugemacht hätte. Ihre Beine wollten sie nicht tragen, ihre Gliedmaßen fühlten sich taub an. Etwas geschah mit dem roten Drachen, das sich nicht richtig anfühlte, sie spürte es in jeder Faser ihres Körpers und doch konnte sie nichts dagegen tun. Ihr Kopf fühlte sich leicht an, ihr Blickfeld begann zu verschwimmen.

Es war der Belial, der sie mit einer Bewegung seines Kopfes zurückholte, gerade eben, bevor sie das Bewusstsein verlor. Er streckte die Hand nach ihr aus. In der schlichten Geste lag etwas unendlich Verführerisches. Der dunkle Drache legte ihr die Welt zu Füßen. Ohne ihn würden sie aufhören zu existieren.

Sie musste nichts weiter tun als seine Hand zu ergreifen.

****

Dasquian

Er konnte fühlen, wie der Belial in ihm mit jedem vergossenen Blutstropfen und mit jedem einzelnen Hieb stärker geworden war. Mit dem Mann zu kämpfen, der ihm das Liebste genommen hatte, war wie ein Rausch gewesen, aus dem er nie wieder auftauchen wollte.

Dasquian hatte es genossen, Thuban Schlag für Schlag spüren zu lassen, dass sich seine Zeit dem Ende zuneigte. Dies war der Anfang vom Ende der Drachenshifter auf Cors, die ihn aus ihrer Mitte verstoßen hatten. Er hatte sich der Liebe zu einer Frau schuldig gemacht, die man ihm verweigerte aus fadenscheinigen Gründen. Nun sollten sie sehen, was denen geschah, die sich ihm in den Weg stellten.

Und diesmal würde er sich nicht damit begnügen, Thuban schwer zu verletzen oder sterbend zurückzulassen.

Heute starb sein Feind den endgültigen Tod durch seine Hand.

Die Luft im Raum war gesättigt von Gefühlen. Atmend trank er sie und fühlte, wie sie ihm zu Kopf stiegen. Dasquian öffnete den Mund, um die köstlichen Gefühle noch tiefer in sich aufzunehmen. Er war unbesiegbar. Er war das Werkzeug des Schicksals, das in seiner Gestalt der Existenz der Drachenshifter ein Ende bereitete.

Ein glockenhelles Lachen ertönte an seinem Ohr. Der Belial brüllte, als er sah, was geschah. Die beiden Sanvi des roten Drachens schickten sich an, ihn ein zweites Mal zurück ins Leben zu holen. Die Wut in seinem Inneren breitete sich in Sekundenschnelle aus. Das konnte er nicht zulassen!

Die gewaltige Energie des Belials erfüllte jede Zelle seines Körpers, und ohne auch nur einen Moment lang darüber nachzudenken, ob das, was er tat, überhaupt möglich war, hieb er nach dem roten Schleier und trennte ihn vom Körper Thubans. Aus den Augenwinkeln glaubte er wahrzunehmen, wie seine Sanvi hinter ihm hervorglitt und auf den zerstiebenden Vorhang aus roten, von Energie pulsierenden Tröpfchen herabsah. Der Belial schüttelte sich einmal und fokussierte seinen Blick auf die Sanvi, die ihre Arme ausbreitete, den Kopf in den Nacken legte und den Mund öffnete, um den roten Nebel einzuatmen.

Ihre Form aus reiner Energie dehnte sich aus, bevor sie wieder zur vertrauten Frauengestalt wurde. Die Luft flirrte und als der Belial das nächste Mal hinsah, war die Sanvi verschwunden.

Er senkte den Kopf und sah seinem sterbenden Freund in die Augen. Er war der Herr über Leben und Tod. Nein, besser noch: Er war der wandelnde Tod für alle, die sich nicht vor seiner Macht beugten.

Er streckte die Hand nach seiner Gefährtin aus. Nicht nur in guten wie in schlechten Tagen war sie sein, auch in hellen wie in dunklen. Er würde sie lieben, wie es ihr als seiner Gefährtin zustand. Sie und ihr Kind sollten an seiner Seite herrschen. Er war jetzt unbesiegbar und sie würden es ebenfalls sein.

»Dasquian«, flüsterte sie. Er roch ihre Angst, die im Rhythmus ihrer Atemzüge auf ihn einströmte. So süß, so unwiderstehlich!

»Dasquian ist fort«, sagte er und machte eine ungeduldige Bewegung mit den Fingern. »Komm, Jora. Dein Platz und der unseres Kindes ist an meiner Seite.« Er musste seine Gedanken nicht aussprechen, damit sie verstand, was er ihr mit seiner Geste sagen wollte. *Du wirst niemanden fürchten. Niemand wird sich dir widersetzen. Du wirst eine Göttin an meiner Seite sein und alle Kreaturen werden dich fürchten und anbeten. Wirf einen Blick auf die makellose Schönheit, die im Verderben liegt.*

Sie schüttelte den Kopf. Ein Ausdruck von Trotz huschte über ihr eigensinniges Gesicht. Er erinnerte sich, wie sie aussah, wenn sie zum Höhepunkt kam und lächelte. »Dasquian lebt. Ich kann ihn noch fühlen.«

Er lachte und sah, wie ihr Gesicht die Farbe verlor. Gut. Sie sollte wissen, worauf sie sich einließ. Die süßesten Siege waren nicht die, die man sich mit honigsüßen Lügen erschlich. Es waren die, bei denen der Besiegte wusste, was auf ihn zukam und sich trotzdem ganz in die Hände des Siegers begab. »Komm«, knurrte er und diesmal erlaubte er sich, in seiner Stimme einen Hauch von Drohung und Macht mitschwingen zu lassen. Wie hypnotisiert tat Jora einen Schritt auf ihn zu und noch einen. Langsam hob sie die Hand und streckte die Finger aus, bis ihre Fingerspitzen die seinen beinahe berührten. Ihre andere Hand legte sich in einer schützenden Geste auf ihren Bauch. Ihre Augen weiteten sich angstvoll. Er hörte ihr kleines Herz in einem wilden Galopp schlagen.

Ihre Finger streiften seine Hand.

Der Schock war so stark, dass der Belial auf die Knie sank. Er fühlte, wie es in seiner Kehle arbeitete, wie die Adern an seinem Hals hervortraten, aber kein Laut kam über seine Lippen. Der Belial versuchte, seine Hand von ihr zu lösen, um den Schmerz zu unterbrechen, der ihm die Glieder schier zerreißen wollte. Nein, wollte er sagen, ich kann nicht sterben, aber die Worte verloren sich in seinem Kopf. Er sah, wie Jora neben ihm auf den Boden sank. Sie hielt immer noch seine Hand fest. Die Kälte, die er vorher genossen hatte, schnitt in seine Eingeweide und breitete sich in seinem Körper aus. Ihr Gesicht schwebte vor ihm, die Augen weit aufgerissen und mit tränenfeuchten Wangen. »Mein Liebster«, flüsterte sie und etwas in seiner Brust wurde leichter, als er den Ausdruck auf ihrem Gesicht erkannte.

Es war Liebe.

»Ich bin bei dir, Liebster. Immer.« Ihre andere Hand fand sein Gesicht. Dort, wo ihre Finger ihn streiften, wich die Kälte allmählich der Wärme. »Bitte stell mich nicht vor diese Entscheidung. Ich liebe dich. Immer und in jeder Form. Aber lass die Dunkelheit nicht gewinnen. Ich habe genug von all dem Blut und Tod.«

Ein letztes Mal bäumte sich der dunkle Drache in ihm auf und wollte leben. Er sah Jora an und stellte sich vor, wie ihr liebliches Gesicht sich im Laufe der Jahre veränderte, faltig wurde und schlaff. Nur ihre Augen blieben dieselben. Sie leuchteten voller Liebe.

Sie hatte ihre Angst überwunden, um ihm nahe zu sein. Sein Brustkorb hob sich ein letztes Mal in einem qualvollen Atemzug.

Jora liebte ihn.

Das gab den Ausschlag.

Er schloss die Augen.

Er war der einzige Belial, der nicht unbeweint starb.

Sie löste die Hand von seiner Wange. Er spürte die Tränen, die aus ihren Augen auf sein Gesicht tropften, und lächelte. Die Schwärze senkte sich über ihn und nur noch aus weiter Ferne fühlte er, wie Jora etwas Warmes, Pulsierendes auf seine Brust legte.

Er starb.

Und wurde wiedergeboren. Die Schmerzen waren unerträglich, aber etwas zog ihn mit unwiderstehlicher Kraft zurück ins Leben, zurück an die Seite der Frau, die den Belial mehr als ihr eigenes Leben liebte. Er schlug die Augen auf.

Dasquian erwachte.

Kapitel 6

Jora

Ihr Liebster starb.

Sie kniete neben ihm und wagte nicht, auch nur zu blinzeln aus Angst, dass er genau in diesem Moment von ihr ging. Sie schob Thubans toten Körper so gut es ging zur Seite, denn Dasquians letzter Augenblick mit ihr sollte nicht durch die Gegenwart seines Feindes beschmutzt werden. Sie, nur sie allein wollte bei ihm sein. Jora hob den Kopf und sah durch das zersplitterte Fenster. Sie wünschte nichts mehr, als dass sie und ihr Liebster noch einmal gemeinsam in den weiten Himmel schauen könnten, noch einmal gemeinsam fliegen oder wenigstens nur mit den Augen dem Flug der Vögel folgen konnten. Sie glaubte sogar, das Schlagen von Flügeln und den Schrei einer der Kreaturen zu hören, die ihre Freiheit genossen.

Es war keine Einbildung. Das Geräusch wurde lauter. Ein Schatten huschte am Fenster vorbei und der Schrei des Vogels war so laut, dass er nur wenige Meter entfernt sein musste. Und sie kannte dieses Geräusch! Auf Charon X6 hatte sie oft genug gehört, welchen Laut die Adlershifter ausstießen, wenn sie sich gewandelt hatten. Dasquian war nicht allein gekommen oder waren die Argal ihm gefolgt? Noch einmal ertönte der kraftvolle Vogellaut und dann sah Jora, dass es tatsächlich einer der Argal war, wie sie vermutet hatte. Grauschwarzes Gefieder schoss am Fenster vorbei, untermalt von einem blauen Leuchten. Jora schüttelte den Kopf. Was auch immer sie gesehen zu haben glaubte, es erinnerte sie an das blaue Licht aus ihren Träumen.

Der Argal schrie erneut, als wolle er ihr etwas mitteilen. Die Dringlichkeit in seiner Vogelstimme war selbst für sie ohne Zweifel zu verstehen. Sie sah zu Dasquian, der immer noch atmete, wenn auch flach, und rannte zum Fenster hinüber. Sie konnte sich gerade noch rechtzeitig ducken, als etwas mit enormer Wucht in ihre Richtung geschleudert wurde. Etwas Hartes prallte gegen ihren Solarplexus. Die Luft wich aus ihren

Lungen, als sie nach vorne klappte und instinktiv schlossen sich ihre Hände um den Stein. Beinahe hätte Jora ihn wieder fallen lassen. Was auch immer es war, es wurde warm, ja sogar heiß in ihren Händen. Während sie einen qualvollen Atemzug nahm, sah sie, dass es ein blauer Stein war. Das Leuchten … sie schloss die Augen, öffnete sie wieder. Dies war die Quelle jenes seltsamen Lichts, das sie in ihren Träumen von Dasquian gesehen hatte. Es bestand kein Zweifel. Dies war ein weiterer Teil ihrer Träume, der sich als wahr entpuppte. Sie hob den Stein nahe ans Gesicht.

Dies war kein gewöhnlicher Stein. Wenn schon das blaue Licht aus seinem Inneren ungewöhnlich war, so war seine Wärme in doppeltem Maße eigenartig. Sie hatte nicht die geringste Vorstellung, welcher der Argal ihn geworfen hatte und aus welchem Grund, aber … sie schaute hinüber zu ihrem Liebsten, dessen Gesicht unnatürlich blass war, besann sich auf das, was wirklich wichtig war und kniete sich wieder neben ihn. Das Juwel glitt fast aus ihren schweißfeuchten Händen.

Sie sah vom Stein zu Dasquian und von Dasquian zurück zum Stein. Sie hatte die Träume nicht umsonst gehabt. Sie musste daran glauben, dass ein tieferer Sinn hinter ihren nächtlichen Qualen steckte. Mit aller Macht rief sie sich ins Gedächtnis zurück, was sie im Schlaf gesehen hatte. Das Licht war nicht von ihr ausgegangen, erinnerte sie sich. Es war der schwarze Drache gewesen, dessen Dunkelheit von dem tröstlichen blauen Licht gemildert worden war.

Was sollte sie tun? Das Ding in ihrer Hand war unzweifelhaft mehr als ein bloßer Stein, aber sie wusste nicht, wie es ihr helfen sollte. Die Zeit drängte, ihr blieben nicht viele Möglichkeiten, denn mit jeder Minute, die verging, wurde ihr schwarzer Drache schwächer.

Mit zitternden Händen legte sie das blaue Juwel auf Dasquians Brust.

Zuerst geschah gar nichts.

Dann glühte der Stein auf, heller als jemals zuvor. Das blaue Licht wurde weiß glühend und blendete Jora so sehr, dass sie die Hände vors Gesicht hielt und selbst dann noch das Glühen wahrnahm. Die dem Belial zugewandte Seite ihres Körpers wurde heiß. Sie roch verbranntes Haar. Der

Belial schrie, krümmte und wand sich. Was hatte sie getan? Sie hatte geglaubt, er würde in dem Wissen sterben, dass sie ihn liebte und nun … ihre Schluchzer kamen ruckartig und schmerzhaft aus den Tiefen ihrer Brust. Sie versuchte, ihm Kraft zu geben, damit er in Frieden gehen konnte. Das Licht aus dem Juwel wurde schwächer, bis es ganz erlosch, gleichzeitig mit der Hitze.

Vorsichtig nahm sie die Hände vom Gesicht. Das Juwel hatte seine blaue Farbe verloren. Es schimmerte mattschwarz und trübe.

Dasquian lag leblos vor ihr. Sie konnte nicht erkennen, ob seine Brust sich noch hob und senkte. Jora wischte sich die Tränen fort und merkte kaum, dass ihre Wangen sofort wieder feucht wurden. Sie nahm den Stein fort, dessen Oberfläche sich nun rau und porös anfühlte, und verstaute ihn in ihrer Hosentasche. Dann streckte sie sich neben Dasquian aus. Ihre Finger fanden seine. Joras Wange lag an seinem Gesicht, ihre Brust auf seinem harten Brustkorb.

Schwere Hände legten sich von hinten auf ihre Schultern und wollten sie fortziehen von ihrem toten Geliebten. Sie schüttelte die Hände ab und klammerte sich an den kalten Körper. »Komm, Mädchen«, sagte eine raue Stimme. Sie schüttelte nur den Kopf. Unfähig zu sprechen, krallte sie sich in die schwarzen Flügel. Die harten Federn schnitten ihr in die Finger und Jora genoss den Schmerz. Kräftige Männerfinger lösten sanft, aber beharrlich ihren Griff. Der Mann packte sie um die Taille und hob sie hoch. »Du musst an dein Kind denken«, ermahnte er sie. Zornig wollte sie sich umwenden, doch die Worte erstarben auf ihren Lippen.

Der Belial hatte die Augen aufgeschlagen. Sein Oberkörper schoss nach oben. Er versuchte zu atmen und hustete, als sei ihm dieser Reflex fremd. Jora starrte ihn an. Seine Augen … waren immer noch von einem schwarzen Ring umgeben, aber das Blau hatte wieder die Vorherrschaft gewonnen. Und seine Haut – wurde sie heller?

Jora traute ihren Augen nicht, als die Flügel begannen, sich unmerklich zusammenzufalten.

Der Mann neben ihr atmete scharf ein. »Das Auge des Titanen …«, murmelte er. Jora sah aus den Augenwinkeln, wie er den Kopf schüttelte. Er war genauso fassungslos wie sie, was ihr die Gewissheit verlieh, dass sie nicht halluzinierte. Sie wagte nicht, den Blick abzuwenden, aus Angst, diesen magischen Moment zu zerstören.

Der Belial war gestorben. Irgendwie, auf eine Weise, die sie kaum verstand, war Dasquian zurückgekehrt. Die Finsternis um ihn und in ihm war verschwunden. Als er sie ansah, waren seine Augen so blau wie an dem Tag, als sie ihn zum ersten Mal gesehen hatte. Eine Gänsehaut bedeckte ihre Arme, als sie meinte, einen Schatten jenes blauen Lichts in ihnen zu sehen, in dem das Juwel gestrahlt hatte. Sie nahm Dasquians warme Hand in ihre. Vor Erleichterung wurden Jora die Knie weich, als sie den sanften Druck seiner Finger um ihre spürte.

»Es ist an der Zeit, dass ihr eure Schulden bezahlt«, ertönte eine Stimme in ihrem Rücken.

Es war Dasquians Sanvi.

Sie hatte leise gesprochen und dennoch vibrierte ihre Stimme von einer Macht, der sich Jora nicht entziehen konnte. Auch Dasquian und der Mann, der sie von ihm hatte fortreißen wollen, wandten wie magisch angezogen den Kopf in ihre Richtung.

»Wie weit wirst du gehen, um deine Liebe zu retten?« Die Worte kamen in spöttischem Tonfall heraus und Jora begriff, dass sie eine Erinnerung an das waren, was sie Dasquians Sanvi schuldeten.

Jora schüttelte den Kopf, als könne sie damit ungeschehen machen, was sie vor einer Ewigkeit versprochen hatte. Sie öffnete den Mund, um etwas zu sagen, aber die Sanvi hob die Hand und gebot Stillschweigen. »Du schuldest mir einen Gefallen.« Jora wurde eiskalt. Der Blick der Sanvi senkte sich unmerklich auf ihren Bauch und Jora glaubte, ein geisterhaftes Lächeln auf ihren Zügen zu sehen.

Sie schüttelte den Kopf.

»Nein«, flüsterte sie. »Zwing mich nicht, diese Entscheidung zu treffen.« Ihr Mund war ausgetrocknet, die Zunge wollte ihr nicht gehorchen. War es wieder dunkler geworden? Die Sanvi verschwamm vor ihren Augen. Wie viel Zeit blieb Jora noch, eine Wahl zu treffen, die sie nicht treffen wollte? »Wie kannst du nur so grausam sein«, sagte sie und es war keine Frage. Ihre Gedanken flogen zu dem ungeborenen Kind, das in ihrem Leib heranwuchs, und zu Dasquian, der mühsam mit der Hilfe des Fremden auf die Beine kam.

»Ich brauche dieses Kind«, sagte die Sanvi und diesmal klang unmissverständliche Härte in ihrer Stimme mit. »Auch ich weiß, was es bedeutet, einen Mann zu lieben«, setzte sie nach. »Mein Drachenkrieger ist verflucht. Ich kann ihn retten und mit ihm das ganze Volk der Drachenshifter, aber ich brauche dein Kind. Du hast es mir versprochen. Man bricht kein Versprechen, das man mir gegeben hat.«

Der Schmerz zerfraß Jora. Ihre Augen suchten Dasquian, wanderten zurück zur Sanvi, flogen zu dem Fremden. Sie wollte sich nicht entscheiden. Sie konnte es nicht, selbst wenn man ihr in diesem Moment mit dem Tod gedroht hätte.

Die Sanvi schaute sie ein letztes Mal herausfordernd an, dann presste sie zornig die Lippen zusammen. »Wie du willst«, sagte sie leise. Jora hatte den Eindruck, dass sie jede einzelne Sekunde genoss und sogar enttäuscht gewesen wäre, wenn Jora sich kampflos gefügt hätte.

Jora war es so leid. Sie war durch die Hölle gegangen und unversehrt daraus zurückgekehrt. Und gerade als sie glaubte, endlich aufatmen zu können, kam der nächste Schlag. Unauffällig tasteten ihre Hände nach der einzigen Waffe, die sie hatte – dem mattschwarzen Stein. »Und ob ich will«, sagte sie, um die Sanvi abzulenken. »Du glaubst doch nicht, dass ich mich zu einer Entscheidung zwischen meinem Kind und meinem Liebsten zwingen lasse?« Ihre Rechte schloss sich um den rauen Stein.

Die Augen ihrer Gegnerin verengten sich. Jora musste handeln – und zwar schnell. Sie nahm die Hand aus der Tasche und warf den Stein in die Richtung der Sanvi, mit so viel Kraft, wie sie aufbringen konnte. Die Hand der Göttin schoss nach oben und sie pflückte den mattschwarzen Stein aus der Luft. Das kalte Lächeln schaffte es nicht bis zu ihren Augen. Sie öffnete die Hand und sah auf das, was sie gefangen hatte.

Ihr Mund öffnete sich zu einem lautlosen Schrei. Dann ging alles ganz schnell. Ihre Form begann, sich aufzulösen.

Tausende kleiner Funken stoben in die Luft und erinnerten Jora an den roten Nebel, der sich über Thuban ausgebreitet hatte. Etwas, vielleicht die Willenskraft der Sanvi, schien die flirrenden Teilchen gewaltsam in Form zu halten, doch ohne Erfolg.

Der Stein fiel zu Boden.

Die Luft flimmerte und sie schien sich vollständig aufzulösen.

»Das war nicht das Ende«, flüsterte sie und schenkte Jora ein letztes Lächeln, bevor die sie endgültig fort war.

»Nicht, wenn ich es verhindern kann«, sagte Jora laut. Ihr war schlecht und sie konnte immer noch nicht glauben, dass es ihr gelungen war, die Sanvi zu vertreiben. Sie schuldete ihr einen Gefallen, es stimmte, aber … niemals war die Rede von ihrem Kind gewesen. Welche Mutter würde einem derartigen Handel zustimmen?

Dasquian löste sich vom Arm des Fremden. Er wirkte erstaunlich kräftig für jemanden, der gerade noch tot gewesen war. Er riss Jora an sich und hielt sie in seinen Armen. Ein trockenes Räuspern unterbrach ihren Kuss.

»Amris«, sagte Dasquian.

Seine Stimme war rau und Jora sank das Herz. Es war die Stimme des Belials, die aus ihm sprach, aber … das war nicht möglich. Sie hatte den finsteren Drachen sterben sehen! »Wir haben noch viel zu tun«, sagte er an Amris gewandt und Jora wurden vor Erleichterung die Knie weich. Sie musste sich verhört haben, denn seine Stimme klang plötzlich doch wieder so, wie Jora sie in Erinnerung hatte – tief und volltönend, nicht raspelnd wie die des Belials. Er küsste sie und warf einen Blick auf seinen sterbenden Freund.

»Nein«, sagte sie hastig und legte ihm die Hand auf den Arm. »Er liegt bereits im Sterben. Du musst nicht … nachhelfen.«

»So leicht stirbt ein Drachenwandler nicht«, stellte er fest. »Er wird sich wieder erholen, wenn ich ihn nicht töte.«

»Lass ihn leben«, bat sie ihn noch einmal. »Er ist es nicht wert, dass du die Schuld an seinem Tod auf dich lädst. Komm. Wir gehen.« Und das taten sie.

Sie hatte Dasquian zurück und sie erwartete ein Kind.

Nichts anderes zählte.

****

Die ersten Stunden auf Cors waren grauenhaft gewesen. Jora hatte jede Sekunde damit gerechnet, dass der Widerstand der Drachenshifter den Belial erneut weckte, aber zu ihrer immensen Erleichterung war der Kampf schnell abgeflaut. Die Argal hatten sich gemeinsam mit Dasquian zurückgezogen, als sie sichergestellt hatten, dass die Drachen ihre Lektion gelernt hatten. Mit dem schwer verletzten Thuban als Anführer war ein neuerlicher Angriff von Charon X6 eher unwahrscheinlich, aber man hatte die Drachenshifter wissen lassen, dass man sie im Auge behielt. Ein Frieden wäre wohl zu viel verlangt gewesen, aber dieser heikle Waffenstillstand musste vorerst genügen. Es gab zu viele Tote auf beiden Seiten, als dass eine der Parteien einen neuerlichen Ausbruch der Feindseligkeiten riskieren wollte – zumindest fürs Erste.

Dasquian und sie hatten beschlossen, bis zur Geburt des Kindes bei den Argal zu bleiben. Jora hatte zwar den Verdacht, dass ihr Liebster auch ein Auge auf seine alte Heimat haben wollte, aber sie war zufrieden, solange er bei ihr blieb. Man hatte Amris zum neuen Anführer gewählt und Jora mochte ihn. Er wirkte besonnen und nahm den Aufbau der Siedlung in seine fähigen Hände. Sie hoffte, dass die Drachenshifter es auf Cors ähnlich handhabten. Wann immer sie an die Frauen dachte, die mit ihr von der Erde in ihre neue Heimat gereist waren, fragte sie sich, was aus ihnen werden würde. Vielleicht gab es eines Tages, wenn die Gemüter der Männer sich beruhigt hatten, eine Möglichkeit, es in Erfahrung zu bringen.

Dasquian legte im Schlaf seinen Arm enger um sie und zog sie an seinen warmen Körper. Das Glücksgefühl in ihrer Brust wurde beinahe unerträglich, als sie daran dachte, wie gut es ihr trotz allem ging.

Dasquian schlug die Augen auf. »Was bedrückt dich?«

Jora lächelte. Seit sie Cors verlassen hatten, war ihre Bindung aneinander noch enger geworden, falls das überhaupt möglich war. Sie fühlte sich auch ohne Prüfung als seine wahre Gefährtin. Zuerst wollte sie ausweichend mit »nichts« antworten, besann sich aber eines Besseren. »Was machen wir, wenn sie zurückkommt?« Sie musste nicht sagen, wen sie meinte.

Er griff nach ihrer Hand und legte sie auf seine Brust.

»Wenn sie zurückkommt – was ich nicht glaube – werde ich alles tun, um sie davon abzuhalten. Alles. Du verstehst, was ich damit meine? Auch der Macht einer Göttin sind Grenzen gesetzt, wie du gesehen hast.«

»Was hat es mit dem Auge des Titanen eigentlich auf sich?« Sie trug den Stein, der immer noch mattschwarz war, an einer schlichten Lederschnur um den Hals. Jora mochte sich nicht von dem Stein trennen, der in den Augen der meisten Menschen wohl unansehnlich war. Für sie war er kostbarer als der hochkarätigste Diamant.

Dasquian runzelte die Stirn. »Es gibt viele Legenden um das Auge des Titanen. Manche meinen, er sei verflucht. Andere wiederum behaupten, er verleihe seinem Träger göttliche Macht. Ich neige dazu, Amris Version als die wahrscheinlichste zu betrachten.«

»Und wie lautet sie?«

»Er meint, der Stein sei in der Lage, Energie zu dämpfen und zu absorbieren.« Dasquian setzte sich auf. »Als ich den Stein stahl, da fühlte ich mich irgendwie … eingeengt, wann immer ich ihn berührte. Der Belial spürte seine Präsenz, da bin ich sicher, und fürchtete sich vor seiner Kraft.«

»Das ist keine Schande«, sagte Jora schnell. »Selbst eine Göttin hatte Angst vor dem Auge – und zu Recht, wie wir gesehen haben.« Sie schluckte. »Er ist also nicht wirklich tot, dein Belial?«

»Ich kann ihn immer noch spüren, irgendwo tief in mir. Er ist verletzt, aber er lebt.«

Sie erschauerte, aber sie verstand die winzige Andeutung von Erleichterung, die er empfand. Als Drachenshifter hätte er gegen eine Göttin kaum eine Chance gehabt, egal wie mutig er war. Nein, der Belial war seine, war ihre einzige Chance, sollte Klotho jemals zurückkehren und das Kind von ihnen fordern. Die neue Härte in ihr fühlte sich merkwürdig an, aber nicht schlecht. Sollte es notwendig sein, würde sie töten, um ihre Liebsten zu beschützen. In dieser Hinsicht war sie ihrem Geliebten ähnlicher geworden.

Manchmal verstand sie selbst nicht, was sie dazu bewogen hatte, Dasquian davon abzuhalten, Thuban den Gnadenstoß zu versetzen.

Der rote Drache hatte ihren Vater ermordet. Er hatte ihr Gewalt antun wollen und war bereit gewesen, Dasquian zu töten. Wie hatte sie ihm jemals verzeihen können? Nun, es war zu spät, um sich darum noch Gedanken zu machen. Dasquian und Amris hatten dafür gesorgt, dass die Drachenshifter den Argal und ihnen den Respekt erwiesen, der ihnen gebührte. Sie zog die Knie an die Brust. Dasquians Hand kam auf ihrem Rücken zu liegen und streichelte sanft ihre Wirbelsäule hinauf und wieder hinunter. »Was meinst du, wird Catta hierbleiben?« Sie hatte ihrer Freundin angeboten, sie nach Charon X6 zu begleiten. Catta verbrachte viel Zeit mit den Frauen der Argal, die noch keinen Gefährten gefunden hatten, und schien sich dort gut zu erholen. Jora hatte sie gefragt, was Thuban ihr angetan hatte, aber noch keine Antwort bekommen. Manchmal ertappte Jora sie dabei, wie sie einen sehnsüchtigen Blick auf Joras sich langsam rundenden Bauch warf und das gab ihr Hoffnung. Thuban hatte es nicht geschafft, alles in Catta zu töten.

Jora hob den Kopf, um ihn zu küssen. Ein weiterer Gedanke schoss durch ihren Kopf und sie setzte sich auf. »Warum hat Klotho sich ausgerechnet dich und mich ausgesucht, um den Fluch zu brechen und Rache an ihren Schwestern zu nehmen?« Sie schüttelte den Kopf. »Hätte ich es nicht selbst erlebt, ich würde es nicht glauben. Eine erschafft den ersten Drachenkrieger und verliebt sich in ihn. Als ihre Schwestern ihn mit einem Fluch belegen, schwört sie Rache.« Er setzte sich ebenfalls auf und rückte sie so zurecht, dass sie zwischen seinen Beinen zu sitzen kam. Jora lehnte sich mit dem Rücken an seine bloße Brust, während er die Arme um sie legte. »Und du glaubst … ja, was eigentlich?«

Er seufzte. Der warme Atem streifte ihren Hals. Strähne für Strähne schob Dasquian ihre Haare zur Seite, bis ihr Nacken entblößt war. »Ich glaube, dass die drei Sanvi Verkörperungen dieser Göttinnen waren, die uns in ihren jahrtausendealten Zwist hineingezogen haben. Vergiss nicht, die Göttinnen hatten keinen Körper, ebenso wenig wie die Sanvi, die ja reine Energiewesen sind. Vermutlich hat diese Energie sie angezogen und sie nutzten die Gelegenheit, ihren alten Streit auszutragen.« Er strich ihr zärtlich eine Strähne aus der Stirn. »Hattest du nicht auch manchmal das Gefühl, das Eingreifen des Schicksals zu spüren?«

»Du meinst also, dass weder wir noch Thuban für das verantwortlich sind, was geschehen ist?«

»Ja und nein.« Er küsste Jora. »Nein in dem Sinne, dass unsere Handlungen die Kette der Ereignisse erst in Gang gesetzt haben. Und ja, ich glaube, dass wir in gewisser Weise auch nicht schuldig sind an allem. Wir haben voneinander geträumt, noch bevor wir uns das erste Mal gesehen haben. Unsere Liebe ist nichts, was wir hätten irgendwie beeinflussen können.« Dasquian zog sie näher an sich, bis sie sein Herz schlagen fühlte. »Wenn man schuldig gesprochen wird, weil man liebt, dann bekenne ich mich mit Freuden schuldig.«

Mehr gab es dazu nicht zu sagen, dachte Jora und sah ihm ins Gesicht. Seine blauen Augen sagten ihr mehr noch als seine Worte, wie sehr er sie liebte. Sie streifte seine Lippen mit ihren und schloss die Augen. In dem Bruchteil der Sekunde, bevor ihre Lider zufielen, glaubte sie, einen schwarzen Schatten hinter dem Blau zu sehen. Der Anhänger um ihren Hals glühte auf, doch als ihre Hand hinauf fuhr, war er kalt. Sie musste sich getäuscht haben.

Ihn zu lieben löste nicht alle Probleme, aber manchen Schwierigkeiten musste man sich stellen, wenn sie auftauchten. Nicht früher, aber auch nicht später.

Was auch immer das viel beschworene Schicksal für sie bereithielt, sie war an der Seite des Mannes, den sie liebte.

ENDE

Liebe Leserinnen und Leser,

am Ende eines Buches ist die schwierigste Frage immer die nach der nächsten Lektüre. Ich selber mag mich oft nicht trennen von einem Autor oder einer Autorin, deren Bücher mich in eine faszinierende fremde Welt entführt haben.

In diesem Sinne empfehle ich Ihnen eines meiner Bücher, dessen Hauptfiguren zu meinen ganz persönlichen Lieblingen gehören. Der Alienmann Ar'Van wird engagiert, um menschliche Frauen zu Forschungszwecken zu entführen. Er, der seine dunkle Seite normalerweise sehr gut unter Kontrolle hat, lernt mit Mia eine Frau kennen, die ihn an seine Grenzen treibt. Als in der Enge des Raumschiffes jemand beginnt, die Frauen zu töten, steht plötzlich für den besten Jäger des Universums mehr auf dem Spiel als sein guter Ruf – er läuft Gefahr, die einzige Frau zu verlieren, die es mit seiner Bestie aufnehmen kann.

»Ar'Van – Die Bestie« bietet Ihnen alles, was sie für ein fesselndes Leseerlebnis brauchen: Mitreißende Charaktere, atemlose Spannung und nicht zuletzt eine Liebesgeschichte, in der viel mehr auf dem Spiel steht, als man glaubt. Schauen Sie gerne in die Leseprobe im Anschluss.

Wenn Sie das Buch Ar'Van bereits kennen und einen weiteren Roman über mutige Drachenwandler und außergewöhnliche Frauen in einer fremden Welt suchen, möchte ich Ihnen ein weiteres Buch von mir ans Herz legen.

In »Alien – Drachenkrieger« wird Amanda von Jaroth entführt. Der Drachenshifter hat eigentlich keine Verwendung für die Informationsspezialistin, die seinen Plänen in die Quere kommt. Theoretisch will er sie schnellstmöglich loswerden. Praktisch jedoch erweist sich das als ausgesprochen schwierig. Die ebenso kluge wie dickköpfige Frau weckt in dem kühlen Drachenkrieger eine Leidenschaft, die nicht nur für die beiden Konsequenzen hat, sondern für seine gesamte Rasse.

Ich wünsche Ihnen knisternde und spannende Lesestunden mit den Drachenkriegern und ihren Erdenfrauen.

Herzlichst,

Jenny Foster

Leseprobe

Leseprobe von Jenny Foster, die Ihnen auch gefallen könnte:

Es brauchte nur eine Geste, um das raue Jubeln aus den Kehlen seiner Männer zu einem erwartungsvollen Grollen zu dämpfen. Der Blick des Commanders glitt über die zwanzig ausgesuchten Männer, die ihn auf seinem Raubzug begleiteten, und beendete die Versammlung. Ihr Ziel war beinahe schon in Sichtweite und nun hieß es aufpassen, dass ihr Raumschiff sich so elegant und wie ein Schatten unter den terrestrischen Schutzschirmen hindurchbewegte. Mit einer Armbewegung sandte Ar'Van seine Mannschaft aus dem Raum. Jeder einzelne von ihnen bewegte sich umgehend an den Platz, an dem er sein Bestes und mehr leistete.

Er lächelte, als er an die arglosen Bewohner des Blauen Planeten dachte. Sie würden in den nächsten Stunden das Wertvollste verlieren, das ihnen geblieben war: fruchtbare Frauen. Es war seine Aufgabe, sicherzustellen, dass die Qua'Hathri eine repräsentable Auswahl an fortpflanzungsfähigen weiblichen Menschen bekamen. Sie bezahlten ihn mehr als gut dafür, sich ein paar Exemplare der Spezies zu schnappen, damit die Wissenschaftler der Qua'Hathri sie auf ihre genetische Tauglichkeit überprüfen konnten. Bevor der Warlord der kriegerischen Qua'Hathri den arglosen Erdlingen ein Tauschgeschäft vorschlug, wollte er sicher sein, dass ihre Frauen sich mit ihnen erfolgreich fortpflanzten. Die Menschen würden bei diesem Tauschgeschäft den Kürzeren ziehen, aber das interessierte Ar'Van nicht. Seine Aufgabe war nicht, faire Vertragsbedingungen für die Erdlinge auszuhandeln. Rein, die Beute greifen, raus – das war ein Konzept, mit dem er bis heute gut gefahren war, egal ob es sich um Frauen, Artefakte oder anderen Kram handelte, nach dem es seine Auftraggeber gelüstete. Im Falle der Qua'Hathri waren es fruchtbare Frauen, die der Warlord benötigte. Khazaar, dieser schlaue Bastard, und seine Männer stünden bei ihrem Deal mit den Menschen auch noch als die strahlenden Helden da, die den Sieg der geplagten Erdbewohner gegen die Sethari sicherten.

Er selbst und damit auch seine Männer wären um etliche Spacedollars reicher und würden sich den nächsten Auftrag in aller Ruhe aussuchen.

Ar'Vans Lächeln vertiefte sich, als ein dreidimensionales Bild der Erde auf seinem Monitor auftauchte. Es war kein gütiges Lächeln, aber der Commander war auch nicht für seine Güte oder sein Mitgefühl bekannt – das wusste jeder, der es in sein Team aus handverlesenen Kämpfern geschafft hatte. Er war nicht nur einer der besten Beutegreifer, die man sich für Geld leisten konnte, sondern schlicht und einfach der Beste. Das hatte nichts mit Selbstüberschätzung zu tun, sondern vielmehr mit der makellosen Erfolgsquote von 100 %. Wer Ar'Van anheuerte, um ein wie auch immer geartetes Objekt zu bekommen, der zahlte viel und bekam immer, was er sich wünschte.

Die Erde war für Ar'Van ein neues Jagdrevier, auch wenn er noch nicht oft dort unten gewesen war. Er lehnte sich zurück und verschränkte die Arme hinter dem Kopf. Das Jagdfieber sang in seinen Adern, und sobald er festen Boden betrat, würde er die Spur aufnehmen und nicht eher an Bord zurückkehren, bis er die anvisierten Objekte sicher auf seinem Schiff wusste. Die Recherche seines Bibliothekars hatte ihn mit der zündenden Idee versorgt. Sein Beutezug war nicht zu kompliziert, und die Tarnung als Arzt war perfekt. Statt sich fortpflanzungsfähige Frauen mühsam herauszusuchen, kamen sie zu ihm. Die Falle schnappte zu.

Auftrag erledigt.

Er zweifelte nicht daran, dass er und sein Team die Jagd nach fruchtbaren Menschenfrauen rasch und effizient erledigten.

****

Mein Armband piepste. »Mia Bishop wird am Ausgang von Sektion B2 erwartet«, las ich auf dem Kommunikator. Die leuchtend roten und blinkenden Buchstaben signalisierten mir, dass ich meine Arbeit sofort stehen und liegen lassen sollte, um mich in der genannten Sektion einzufinden. Es war schon wieder Zeit für meinen monatlichen Fruchtbarkeitstest. Noch während ich meine Utensilien beiseite räumte, begann das Ding zu vibrieren. »Jaja, ich komme schon«, murmelte ich verdrossen. Die Menschen, die für die interne Kommunikation und das Weiterleiten von Nachrichten zuständig waren, hatten gut lachen. Die saßen in ihren Büros und taten den lieben langen Tag nichts anderes, als Botschaften und Befehle hin und herzuschicken und darauf zu achten, dass sie umgehend ausgeführt wurden. In meinen aufsässigeren Momenten fragte ich mich, ob diese Menschen wie ich per Armband Anweisungen erhielten und wer sie überwachte.

Ich versteckte das Buch, in dem ich seit gestern gelesen hatte, unter einem Stapel Zeitungen. Dann machte ich mich auf den Weg, bevor die Überwacher auf den Gedanken kamen, mich holen zu lassen. Das war nicht nur peinlich, weil die Wachen mich an meinen Kolleginnen vorbeischleppten. Alles, was mit der monatlichen Eizellenspende zusammenhing, unterlag einer umgehenden Gehorsamspflicht. Trödeln wurde auch mit Lohnkürzung bestraft. Was verständlich war, bedachte man den Wert der Eizellen in unserer Gesellschaft. Normalerweise erfüllte ich meine Bürgerpflicht gerne, nur nicht heute. Vielleicht hatte ich Glück, und heute war keiner meiner fruchtbaren Tage. Die Prozedur der Eizellenentnahme war nicht schmerzhaft, aber heute erschien sie mir lästig.

Schuld daran trug das verflixte Buch, das mir gestern beim Schreddern in die Hände gefallen war. Nur durch Zufall hatte ich eine Seite überflogen – und war prompt gegen meinen Willen hängengeblieben. Die antiquierte Sprache hatte mich amüsiert, aber je mehr Seiten ich las, desto faszinierter war ich von dem alten Schinken. Hatte es tatsächlich Menschen gegeben, die einander auf so komplizierte Weise umwarben, statt ihr genetisches Profil zu vergleichen? Ich war nicht sicher, warum ich dieses ganze Hin und

Her zwischen Mann und Frau so faszinierend fand. Fakt war, dass ich eifrig (und verbotenerweise) in dem Buch las, während ich mit der Linken mechanisch Zeitungen schredderte. Selbst bevor die Sethari über uns hergefallen waren, hatte es dieses umständliche Werben nicht mehr gegeben. Mehr als einmal las ich ganze Absätze zweimal, um zu begreifen, was der Mann und die Frau in Wahrheit voneinander wollten. Das Ganze erschien mir barbarisch und äußerst primitiv – und doch hatte ich nicht aufhören können, Seite um Seite umzublättern. Ich hatte nicht gewagt, es hinauszuschmuggeln und in meinem kleinen Wohnwürfel weiter zu lesen, und trotzdem hatte es mich den größten Teil der Nacht vom Schlafen abgehalten. Zum einen, weil ich wissen wollte, wie es weiterging mit den beiden, und nicht aufhören konnte zu spekulieren. Zum anderen, weil der Mann sich seinen Weg in meine Träume bahnte und ich mich an Stelle der Heldin wiederfand.

Normalerweise träumte ich nicht, was dieses nächtliche Erlebnis umso verstörender machte. Was mir jedoch beim Weckruf die meisten Sorgen bereitet hatte, war die Intensität, mit der ich jede Geste, jede Berührung erlebte. Im Buch wurde der dreiste Strauchdieb, der einer Gräfin einen Kuss raubte und ganz nebenbei das Herz brach, als schneidig beschrieben. Ich hatte nur eine ungefähre Ahnung davon, was dieses Wort bedeutete, also hatte mein schlafendes Gehirn aus ihm buchstäblich den Mann meiner Träume gemacht. Er war hochgewachsen, muskulös und hatte die leuchtendsten graugrünen Augen, die man sich vorstellen kann. Ich erinnerte mich genau, wie sie sich in meine gebohrt hatten, bevor er sich daran machte, mein Hemd aufzuknöpfen. Im Traum erstickte er meine anfänglichen Proteste mit einer Zunge, die nur von seinen flinken Fingern an Geschick übertroffen wurde. Seine kühlen Hände hatten sich in die erstbeste Lücke geschoben, die sich im Stoff auftat, und setzten seinen Angriff fort. Ich glaubte zu fühlen, wie sich seine Rechte sanft um meine Brust legte, bevor er sich ganz auf die harte Spitze konzentrierte. Seine Zunge in meinem Mund fand ihren eigenen, schnellen Rhythmus, der von Daumen und Zeigefinger aufgenommen wurde. Immer wieder presste er meine steif aufragende Knospe zwischen seinen Fingern, wurde schneller, verlangsamte sein Tempo und zog es wieder an. Ich fühlte seine Erregung an meinem Schenkel, und die Härte brachte mich beinahe ebenso um den Verstand, wie seine Berührung.

Selbst schlafend wusste ich, dass dieser Mann eine Ausgeburt meiner kranken Fantasie war. Etwas wie ihn gab es nicht in der Realität, und das, was ich empfand, als seine kühle Haut meine berührte, war unanständig. Es war zu viel in seiner Intensität. Überall dort, wo sein Körper meinen berührte, brannte meine Haut. Ich hörte mich im Traum stöhnen, und es war mit Sicherheit kein Laut der Angst, der über meine Lippen kam.

Sicher, auch in unseren harten Zeiten gab es Männer und Frauen, die sich auf natürlichem Wege paarten, so hieß es zumindest. Aber das galt nur für die untersten Klassen, die nicht viel besser als Tiere waren. Gesteuert von den niedrigsten Instinkten, vereinten sie sich um der Lust willen – nicht, um ein Kind zu zeugen und damit ihren Teil zur Gesundung unserer Gesellschaft beizutragen. Alle anderen, normalen Menschen verließen sich bei der Partnersuche auf die genetischen Profile. Das war sicherer. Und besser für unser Land.

Der Weckruf war meine Rettung. Bevor ich mich noch mehr in meinen zuckenden Gliedern verlor, war es an der Zeit, aufzustehen.

Ich hoffte sehr, dass der Test heute negativ verlief und ich gleich wieder zurück an meinen Arbeitsplatz gehen konnte. Der Traum hing mir immer noch nach, wie eine Stelle am Rücken, die juckte und die man selbst nicht mit den Händen erreichte. Je öfter ich an die eigenartigen Empfindungen dachte, die meinen Körper vom Kopf bis zu den Zehenspitzen erfüllten, desto unruhiger wurde ich. Immer wieder sah ich zu dem verbotenen Buch herüber, das etwas in mir geweckt hatte, das ich nicht ganz verstand. Ich wagte weder, weiter zu lesen noch es der endgültigen Zerstörung zuzuführen. Beim Gedanken daran, es anzufassen und noch eine Seite, eine einzige Seite nur, zu lesen, rutschte mir das Herz in die Kniekehlen. Erst als ich zum Ausgang bestellt wurde, um den Stand meiner Fruchtbarkeit überprüfen zu lassen, wurde mir bewusst, dass ich es unmöglich in fremde Hände fallen lassen wollte. Also versteckte ich es, so gut es irgend ging.

Ich bahnte mir den Weg durch die Abteilungen des Bibliotheksgebäudes in Richtung Exit und winkte meinen Kolleginnen zu, die kaum den Kopf von ihrer Tätigkeit hoben. Bereits seit einer Woche schredderten wir Bücher und Zeitschriften, die unnützes Wissen enthielten, und ein Ende war nicht in Sicht. Papier war ein wertvoller Rohstoff, der in den Kreislauf der Wiederverwertung kam, sobald die mechanischen Fluggeräte die vollen Behälter mit den Papierschnipseln abgeholt hatten. Ich wich einer der Drohnen aus, die mit kaum hörbarem Surren durch den Gang flogen, und wendete den Kopf, um ihrem Kameraauge auszuweichen. Ich hasste es, wenn sie mich mit ihren Insektenaugen anstarrten. Jaja, ich wusste, dass sie leblose Werkzeuge waren, aber allein die Vorstellung, von ihnen erfasst und abgescannt zu werden, jagte mir eine Gänsehaut über den Rücken.

Wie alle Menschen, die dem hundertjährigen Krieg mit den Sethari noch nicht zum Opfer gefallen waren, trug ich meinen Teil zum Überleben der menschlichen Rasse bei. Ich hatte so viel bekommen: Ein Dach über dem Kopf, etwas zu essen, und ich hatte eine Arbeit, die ein gewisses Maß an Verantwortung mit sich brachte. Nicht jeder durfte in der Bibliothek arbeiten, wo sich brisante Informationen verbergen konnten. Warum also sollte ich nicht das zurückgeben, was ich entbehren konnte? Mir war bewusst, dass ich riesiges Glück hatte. Die Arbeit in einem der Außentrupps war zwar höher angesehen, aber auch gefährlicher. Die Männer und Frauen im Außeneinsatz verteidigten unsere Stadt gegen Renegaten und Mutanten. Ich fand zwar nicht, dass mein Beitrag weniger wert war. Und auch nicht weniger gefährlich, wie ich am Beispiel dieser merkwürdigen Liebesgeschichte gesehen hatte. Aber ich fand, ich war reif genug, um mir selbst ein Bild davon machen zu dürfen, wie man vor hundert oder mehr Jahren gelebt hatte. Ich war jetzt 24 Jahre alt, meine fruchtbare Phase näherte sich dem Ende, und wann, wenn nicht jetzt, sollte ich weise genug sein?

Ich dachte an die Träume, die das Buch ausgelöst hatte. Ich war sicher gewesen, mit einem Roman voller fast hysterischer Emotionen umgehen zu können. Vielleicht, gestand ich mir mit einem Seufzer ein, war ich doch noch nicht so weit.

Es hatte schon seinen Grund, warum es Frauen erst am Ende ihrer fruchtbaren Phase erlaubt wurde, mit einem Partner zusammenzuleben.

Geistesabwesend warf ich einen Blick nach oben. Der Anblick der Glaskuppel in der Eingangshalle war so schön, dass ich vom ersten Tag an getrödelt hatte, nur um durch sie den Himmel anzuschauen. Ich war in der Stadt aufgewachsen, und der Blick auf die blaue Weite über mir löste normalerweise eine leichte Beklemmung in mir aus. Doch durch die Kuppel betrachtet, liebte ich den grenzenlosen Himmel. Ich hätte stundenlang stehen und den Zug der Wolken beobachten können.

Die Bibliothek war ein prachtvolles Gebäude, das den Krieg bislang unversehrt überstanden hatte. Vielleicht hatten die Sethari kein Interesse an Büchern. So wie die Menschen mit dem reinen Überleben beschäftigt waren, konzentrierten die verhassten Eroberer sich auf die gnadenlose Unterwerfung der Erdenbewohner. Eine Sammlung von bedrucktem Papier war in ihren Augen wahrscheinlich ebenso nutzlos wie Musik, Filme oder andere Arten der Unterhaltung. Ein Sethari kannte nur ein Ziel: sich zu ernähren. Sie waren eine Rasse, die sich von der Energie anderer Lebewesen ernährte und zogen auf der Suche nach Nahrung eine Spur der Verwüstung nach sich. Sobald die Ressourcen eines Planeten erschöpft waren, reisten sie fett und wohlgenährt weiter. Dabei kümmerte es sie nicht, ob ihre Vorräte, in welcher Lebensform auch immer, nur kurz vorhielten. Ich hatte mich schon oft gefragt, wie die Sethari, die nicht weit voraus planten, es überhaupt schafften, zu überleben. Aber ganz offensichtlich war ihre Taktik erfolgreich, denn sie lebten auf der Erde dank ihrer überlegenen Waffen und ihrer fortschrittlichen Technik seit drei Generationen wie die Maden im Speck. Vor zwölf Jahren hatten sie sogar einen Virus freigesetzt, der binnen kürzester Zeit die Mehrheit der Frauen unfruchtbar zurückließ. Nur unseren Wissenschaftlern und einer straffen Organisation der Behörden war es zu verdanken, dass die Geburtenrate langsam wieder anstieg. Und Frauen wie mir, die monatlich ihre Eizellen spendeten, damit eine neue Generation Menschen heranwachsen und die Sethari bekämpfen konnte.

Das verhaltene Licht, das durch die dichten Wolken drang, ließ die Kuppel für einen Moment golden glänzen. Ich blieb stehen und sah nach oben in den Himmel. Er war so unendlich weit entfernt, und doch so nah, als müsste ich nur die Hand danach ausstrecken, um das dumpfe Graublau zu berühren. Eine unerklärliche Sehnsucht nach etwas anderem, nach mehr, presste mein Herz zusammen.

Ein drohendes Prickeln an meinem Handgelenk lenkte meine Gedanken zurück in die Realität. Es war die letzte Warnung, bevor sie mich holen kamen. Ein letzter Blick hinauf zur Kuppel, und schon hatte ich den Ausgang erreicht.

Ich trat durch die breite Tür hinaus. Zwei schwer bewaffnete Wachen nickten mir zu. Selbst Arbeiterinnen wie uns schützte man vor den Angriffen durch wilde Bestien und die Renegaten, die sich am Rande der Städte sammelten und gelegentlich Blitzangriffe durchführten, um Nahrungsmittel und wertvolle Rohstoffe zu erbeuten. Ich fragte mich zwar, was die Rebellen mit Papierschnipseln anstellen wollten, war aber trotzdem dankbar für den Schutz, den die Wachen uns Frauen boten.

Nach dem Freisetzen des hinterhältigen Virus waren nicht nur die meisten Frauen unfruchtbar geworden, es waren auch grauenhafte Mutationen entstanden, von denen niemand wusste, ob sie einmal Mensch oder Tier gewesen waren.

Der Transporter wartete bereits. Ich kannte die Prozedur und ging ohne Zögern auf den kleinen Flieger zu. Wie erwartet öffnete sich die Tür noch nicht, um mich hereinzulassen. Ich hielt zunächst mein Armband an den Scanner, und erst als das schrille Piepsen ertönte, streckte ich meinen Finger in die dafür vorgesehene Öffnung. Es war nur ein kurzes Piksen, mit dem der Hormonspiegel in meinem Blut getestet wurde. Ein gelbes Licht signalisierte mir, dass meine Eizellen erst in 24 Stunden bereit waren, entnommen zu werden. Ein grünes Licht bedeutete, dass meine Eizellen bereit zur Entnahme waren. In diesem Fall würde ich in den Transporter steigen und mit den anderen Frauen direkt in die Sektion M7 fahren, wo die Mediziner ihren Sitz hatten. Es war das rote Licht, das ich am meisten fürchtete. Es bedeutete, dass meine Eizellen fast bereit waren und nur ein wenig Stimulation brauchten, um zur vollkommenen Reife zu gelangen.

Frauen, die das rote Licht sahen, wurden direkt in den U-Sektor gebracht. Dort setzte man die Frauen so lange sexuellen Reizen aus, bis ihr Körper wie von den Medizinern gewünscht reagierte und die wertvolle Eizelle zur Reifung brachte. Das Zeitfenster, so hatte man mir in der reproduktionsmedizinischen Abteilung einmal erklärt, in dem das Ovum die besten Voraussetzungen zur künstlichen Befruchtung bot, umfasste nur eine Stunde. Je schneller die Eizelle entnommen wurde, desto besser.

Ob Glück oder Schicksal, ich war der demütigenden Behandlung bisher entkommen. Doch heute, wo immer noch das schlechte Gewissen sich mit der körperlichen Unruhe vermischte, die der Traum mir hinterlassen hatte, erfüllte mich eine mehr als bange Vorahnung.

Ich starrte gebannt auf das Lämpchen. Meine Kehle wurde trocken, und in meinem Universum existierten in diesem Moment nur die Lampe und ich. Ich schloss die Augen und malte mir das gelbe Licht aus, das mir einen Aufschub von 24 Stunden brachte, in dem ich mit meinen aufgewühlten Gedanken allein sein konnte. Morgen könnte ich alles ertragen, dessen war ich mir fast sicher. Aber heute brauchte ich eine Atempause, um wieder ganz ich selbst zu werden, die … das piepsende Geräusch, das mein Ergebnis ankündigte, riss mich aus meinem stummen Flehen. Mit zitternden Knien und einem Puls, den ich in meiner Halsbeuge spürte, zwang ich mich, die Augen zu öffnen.

Die rote Lampe blinkte.

Die Türen blieben verschlossen, der Transporter erhob sich und ließ mich vor der alten Bibliothek zurück. Kurz überlegte ich, ob ich nicht einfach an meinen Arbeitsplatz zurückgehen konnte. Wenn ich so tat, als wäre nichts geschehen, wenn ich mich hinter dem Schredder verkroch und brav meiner Aufgabe nachging, würde irgendjemand Nachsicht zeigen.

Doch es war bereits zu spät. Der reguläre Flieger zur Klinik hatte kaum abgehoben, als ein anderes, wesentlich kleineres Flugschiff vor mir zum Stillstand kam. Die Türen öffneten sich. Wo sonst zwei Bewaffnete den Transport bewachten, erwarteten mich nun vier Männer. Sie trugen die gleichen Rüstungen, hatten identische Waffen und wirkten doch eher wie

Wärter auf mich. An Flucht war nicht zu denken. Ich straffte die Schultern und stieg ein. Je schneller ich diese Prozedur hinter mich brachte, desto besser. Mit ein bisschen Glück war ich in drei Stunden wieder zuhause.

Leider hatte das Glück beschlossen, meine Existenz zu ignorieren, und zwar für sehr lange Zeit.

***

Commander Ar'Van genoss den letzten Moment der Vorfreude, als er und seine drei fähigsten Männer sich am Eingang des Transporters sammelten. Jeder Schritt, vom Doppelcheck der Landungskoordinaten bis zum Uhrenvergleich baute in ihm eine Erregung auf, die er gegen nichts im gesamten Universum eingetauscht hätte. Dies war sein Lebenselixier und gleichzeitig seine Daseinsberechtigung. Nichts kam dem Gefühl gleich, die Spur seiner Beute aufzunehmen, sie einzukreisen und zuzuschlagen. Selbst wenn es, wie heute, nur eine kurze Operation auf feindlichem Territorium wurde, genoss er jede einzelne Sekunde.

Den Auftrag der Qua'Hathri, menschliche Frauen zu kidnappen, hatte er aus mehreren Gründen angenommen, und der reichliche Geldsegen war noch der, der am geringsten wog. Der Einsatz auf der Erde bot ihm und seinen Männern die Gelegenheit, das Terrain genauer zu erkunden. Seine bisherigen Besuche des Blauen Planeten waren Stippvisiten gewesen, deren Kürze ihm keine Gelegenheit verschafft hatte, die Bewohner genauer unter die Lupe zu nehmen. Bevor er die weiblichen Exemplare der Spezies an den Warlord übergab, würde er sie sich genauestens ansehen und im Hinblick auf zukünftige Nebenverdienste gründlich checken. Irgendwo im Universum gab es immer eine Rasse, die auszusterben drohte, und fruchtbare Frauen waren eine vielversprechende Ware. Die Qua'Hathri verlangten menschliche Frauen, um sicherzugehen, dass ihre Gene mit denen der weiblichen Menschen kompatibel waren. Niemand hinderte ihn daran, eine vierte Frau für den Privatgebrauch mitzunehmen. Sollte sie sich wider Erwarten als nutzlos erweisen, konnte er sie einem seiner Männer mit niederem Rang anbieten oder als Sklavin verkaufen.

Die letzten beiden Wochen hatten er und sein Team auf der Erde verbracht. Ihre sorgfältige Tarnung als menschliche Männer hatte jeder Überprüfung standgehalten. Die Menschen, die einstmals als die naivste Rasse im ganzen All galten, hatten seit dem Ausbruch des Krieges die Sicherheitsbedingungen verschärft. Aber auch die strengsten Sicherheitsvorkehrungen hatten nicht verhindern können, dass Ar'Van sich dank der exzellent gefälschten Papiere Zugang zum medizinischen Sektor hatte verschaffen können. Manchmal zahlte es sich eben doch aus, eine Staffel aus gewieften Gaunern an Bord zu haben, die keine Skrupel kannten.

Wie ihr Boss, dachte er und überprüfte ein letztes Mal den Sitz der Schutzkleidung. Cathar, sein bevorzugter Spion, hatte ausgezeichnete Arbeit geleistet. Die Ausrüstung samt der Waffen stammte aus einem vergessenen Lager, und es gab kein Anzeichen, dass ihr Diebstahl bemerkt worden war.

Ar'Van fletschte die Zähne und gab seinem Ingenieur das Zeichen, den Transportflieger startklar zu machen.

****

Ich war die Letzte, die den Transporter der Schande bestieg. Außer mir waren noch drei andere Frauen an Bord. Die zarte Blondine weinte leise. Eine stattliche Brünette rang die Hände und murmelte etwas vor sich hin, das wie ein verbotenes Gebet klang. Die hübsche Schwarzhaarige versuchte vergeblich, es sich auf dem harten Plastiksitz bequem zu machen, und verfiel schließlich auf den Gedanken, gymnastische Übungen zu machen – bis einer der stummen, bewaffneten Männer drohend auf sie zutrat. Er tat nichts anderes, als sie aus dem Schutz seines blickdichten Visiers anzustarren. Das brachte sie recht schnell dazu, sich still zu verhalten. Unbeteiligt sah ich aus dem Fenster und beobachtete, wie die Dämmerung sich auf die Stadt senkte. Ich dachte daran, wie sehr sich unser Leben seit dem Krieg mit den Sethari verändert hatte.

Seitdem die Sethari uns überrannt hatten, trug jeder einzelne sein Scherflein dazu bei, dass der Krieg nicht endgültig verloren ging. Wie die meisten Menschen hatte ich erst die Hoffnung auf einen schnellen Sieg und schließlich auf einen Sieg überhaupt aufgegeben. Das Beste, was wir im Augenblick erreichen konnten, war den Status quo aufrecht zu erhalten und die Areale, die noch nicht vom Gegner erobert waren, zu sichern. Ich starrte auf den Boden und versuchte mich darüber zu freuen, dass ich den Rest des Tages freibekam. Jede Frau, die sich der kurzen Behandlung unterzog, durfte in ihre Baracke zurückkehren und wurde erst am nächsten Tag wieder zur Arbeit erwartet. Ob das auch bei der Spezialbehandlung galt? Anders als sonst gelang es mir heute nicht, die Aussicht auf Freizeit zu genießen. Worauf sollte ich mich auch freuen? Ich lebte in einem winzigen Wohnwürfel, der Wand an Wand mit unzähligen anderen im Areal der unverheirateten Frauen stand. Ich kannte keine einzige gut genug, um sie »Freundin« zu nennen. Wir alle waren viel zu eifrig damit beschäftigt, zu arbeiten und die Abwesenheit der kämpfenden Männer aufzufangen, um miteinander zu sprechen.

Es dauerte noch gut zwei Stunden, bis der Transporter endlich den Eingang zum Hochsicherheitsbereich passierte. Ich spähte durch die Scheibe, die mich vor der Außenwelt und den lauernden Gefahren beschützte, und spielte gedankenverloren mit dem Anhänger meiner Kette.. Wenn ich mich nicht täuschte, waren wir in einem Außenbezirk der Stadt gelandet. Kein Wunder, dass die Anzahl der Wachen auf diesem Flug verdoppelt worden war. Im Gegensatz zum Zentrum der Stadt waren Attacken der Renegaten hier an der Tagesordnung. Ein Dutzend Männer in Schutzanzügen und bis an die Zähne bewaffnet winkten uns schnell durch, bevor sie wieder ihre breitbeinige Wachposition einnahmen und den Blick aufmerksam schweifen ließen. Es gab Gerüchte, dass es im letzten Monat einen Angriff durch die Renegaten gegeben hatte, bei dem alle Frauen eines Transporters zur Beute der Rebellen geworden waren. Angeblich verkauften die Rebellen die entführten Frauen weiter, und zwar an den Höchstbietenden. Wenn man bedachte, welcher Abschaum sich im Universum herumtrieb und vermehren wollte, dann war es kein Wunder, dass die Regierung uns gut beschützte. Auch mir war es lieber, einmal im Monat etwas für mein Volk zu tun, als in die Hände eines barbarischen Aliens zu fallen, der in mir nichts als einen Brutkasten sah.

Von außen sah der U-Sektor, bis auf die große Anzahl der Wachen, ziemlich unspektakulär aus. Warum also klopfte mein Herz so laut, dass ich das Gefühl hatte, eine dumpf schlagende Trommel in der Brust zu haben, statt des einwandfrei funktionierenden Organs? Ich hatte einmal mitbekommen, wie sich zwei Frauen aus meinem Wohnareal über die Spezialbehandlung unterhalten hatten. Ich hatte ihre Worte nie vergessen, und nun, da ich selbst kurz davor stand, mischten sie sich mit meinem Traum von heute Nacht. Verstörender als ihre Worte war ihr Gesichtsausdruck gewesen, der so gar nicht zu ihren nüchternen Worten passen wollte.

Der Transporter setzte uns in der Tiefgarage ab, direkt vor dem Aufzug. Es roch nach Abfall und Urin. Zum ersten Mal, seit ich als Spenderin eingetragen war, regte sich in mir ein deutlicher Widerwille. Wer Stimulation brauchte, um eine Eizelle zur Reifung zu bringen, galt bei uns als auf dem besten Weg in die Nutzlosigkeit. Hinter vorgehaltener Hand hatte ich mit den anderen darüber getuschelt, dass diese oder jene Kollegin kurz davor stand, ihre Pflicht gegenüber unserer Gesellschaft, gegenüber dem gesamten Planeten, nicht mehr erfüllen zu können. Wie viele Zellen hatte ich gespendet, ohne mir bewusst zu sein, dass auch meine Nützlichkeit sich irgendwann dem Ende entgegen neigte?

Ich hatte mir nie die Mühe gemacht, nachzurechnen. Warum auch? Ich war fruchtbar geworden kurz vor der Vollendung meines 16. Lebensjahres. Acht Jahre mal 12 Monate machte rund 96 Besuche in der Abteilung für Fortpflanzungsmedizin.

Herrje, was war heute nur los mit mir?

Bislang hatte ich mir die Eizellen entnehmen lassen, ohne darüber nachzudenken, was mit ihnen geschah. Nein, das stimmte nicht. Vor der ersten Behandlung hatte einer der Ärzte mir erzählt, dass die Zellen in ein anderes Labor kamen, dort befruchtet wurden, um dann einer anderen Frau eingepflanzt zu werden, die das neue Leben austrug. Gleich nach der Geburt kamen die Babys in eines der Kinderheime, wo sie liebevoll großgezogen wurden und zu verantwortungsvollen Bürgern heranwuchsen. Niemals hatte ich das Credo infrage gestellt, demzufolge keine Frau behaupten durfte, Mutter eines neuen Menschen zu sein. Weder ich, noch die anderen Spenderinnen, noch die Frauen, die die Kinder neun Monate lang austrugen, hatten es jemals in Frage gestellt. Zahlen schwirrten durch meinen Kopf. Hatte ich tatsächlich schon 96 Kindern die Existenz ermöglicht, ohne ein einziges Mal eines dieser Wesen berührt zu haben?

Ich schüttelte den Kopf, um diesen unliebsamen Gedanken zu vertreiben. Die Gründe dafür, dass die fruchtbaren Frauen ihren eigenen Nachwuchs nicht austrugen, lagen auf der Hand. Nur so konnte es gelingen, die Geburtenrate jedes Jahr zu steigern. Statt der 96 gespendeten Eizellen und der daraus entstandenen Lebewesen hätte ich in meinen fast acht Jahren ebenso viele Kinder zur Welt bringen können, immer vorausgesetzt, dass es keine Komplikationen gab. Selbst wenn alles optimal lief, erschien mir dieses Schicksal nicht erstrebenswert. Denn dann wäre ich wirklich nur ein Brutkasten und nichts anderes. Nein, da war es mir lieber, alles blieb, wie es war.

»Alles in Ordnung?« Ich hatte gar nicht gemerkt, dass der Aufzug schon im obersten Stockwerk angekommen war. Meine drei Leidensgenossinnen trotteten in den Warteraum, nur ich verharrte immer noch in dem stinkenden Metallkäfig. Der Wachmann sah mich forschend an und öffnete den Mund, um etwas zu sagen, aber ich verneinte schnell und machte, dass ich hinter den anderen herkam. Ich verspürte nicht das geringste Bedürfnis, die Aufmerksamkeit eines dieser brutalen Muskelprotze zu wecken, indem ich aus der Reihe tanzte. Seine leuchtend blauen Augen waren der einzige Farbklecks in seiner ansonsten komplett in Nebelgrau gehaltenen Uniform, die ihn von den wuchtigen Kampfstiefeln bis zur Gasmaske verhüllte.

Heute war wirklich ein seltsamer Tag. Nicht nur ich hatte fremde Gedanken, auch der Wächter verhielt sich seltsam. Es war vorher nie passiert, dass einer von den Aufsehern mit uns sprach. Bevor ich den Wartebereich betrat, drehte ich mich noch einmal nach ihm um, aber er war verschwunden.

Da wir in alphabetischer Reihenfolge in den Untersuchungsraum gerufen wurden, würde ich nicht allzu lange warten müssen. Diesmal wünschte ich, mein Nachname würde nicht mit B beginnen und ich hätte noch etwas Zeit, um mich innerlich vorzubereiten. Ein altersschwacher Monitor hing von der Decke. Die Stimmen, die aus den krächzenden Boxen kamen, hingen etwa zwei Sekunden hinter dem flackernden Bild her.

Ich vertiefte mich in die Sendung, die über den Unterhaltungsbildschirm flimmerte. Die Reportage drehte sich um die Tochter unseres Präsidenten und zeigte, wie die junge Frau in eben diesem Warteraum saß. Ihr Name war Alicia Zenkov. Der Berichterstatter betonte gefühlte hundertmal, wie geduldig die Präsidententochter mit dem albernen Namen darauf wartete, aufgerufen zu werden. *Wer's glaubt*, dachte ich mit einem Anflug von Verachtung. Nicht eine der Frauen, die in den ganzen acht Jahren mit mir in der medizinischen Abteilung gesessen hatten, war ein Mitglied der oberen Klasse gewesen. Als ob ausgerechnet die Tochter unseres Staatsoberhauptes sich in Geduld fassen musste – wenn sie jemals in ihrem Leben eine Eizelle gespendet hatte, dann würde ich mich freiwillig dem nächstbesten Alienmann an den Hals werfen.

Kaum hatte ich diesen lächerlichen und für meine Verhältnisse ziemlich rüden Gedanken zu Ende gedacht, öffnete sich eine Tür. Beim Anblick des Mannes, der heraustrat, stellten sich mir die Nackenhaare auf. Er verströmte eine Aura der Gefahr, die in mir nur einen Wunsch weckte: Auf dem Absatz kehrtzumachen, fortzulaufen und die Sektion U für alle Zeiten aus meinem Gedächtnis zu tilgen.

Ein kurzer Blick nach hinten zeigte mir, dass sämtliche Wachen sich vor dem Aufzug postiert hatten. Eine Flucht war unmöglich. Kurz fragte ich mich, wie wir Frauen uns entspannen sollten, wenn der behandelnde Arzt wie ein Mann aussah, unter dessen Haut ein sprungbereites Raubtier lauerte.

Er trug den weißen Ärztekittel, und in seiner Linken hielt er das Tablet, von dem er meine medizinischen Daten ablas. Er lächelte mich an. Das war an sich bereits ungewöhnlich, denn kein einziger Mitarbeiter der reproduktionsmedizinischen Klinik hatte jemals etwas anderes als neutrales Interesse an den Spenderinnen gezeigt. Richtiggehend verstörend war jedoch die Art, wie sich dieses Lächeln auf seinem Gesicht ausmachte. Es erreichte seine Augen nicht, die ausnehmend hübsch waren, wie ich im Näherkommen feststellte. Graublau und umrahmt von dichten, honigfarbenen Wimpern, hätten sie jedes Frauenherz zum Schmelzen gebracht. Immer vorausgesetzt, er hätte diesen taxierenden Blick nicht gehabt, der mich erfasste und in Bruchteilen von Sekunden meinen gesamten Körper von den Haaren bis zu den Zehenspitzen scannte. Kalt war dieser Blick, so kalt, dass sich mir sämtliche Härchen aufstellten und ich am liebsten sofort kehrtgemacht hätte.

Und noch etwas war seltsam. Sein Kittel saß ausnehmend schlecht. Der Mann, der mich keine Sekunde aus den Augen ließ, war groß. Er überragte mich um mindestens anderthalb Köpfe, und ich bin nicht gerade das, was man klein und zierlich nennt. Hinzu kamen ein breites Kreuz und eine Brust, die so breit war, dass die Knöpfe des Kittels deutlich spannten. Ehrlich gesagt hatte ich den Eindruck, dass er nur einmal tief Luft holen musste, um den Kittel zu sprengen, sodass die Knöpfe wie Geschosse durch die Gegend flogen. Er war ohne Zweifel der am besten gebaute und muskulöseste Mediziner, den ich jemals zu Gesicht bekommen hatte. Und das waren nicht wenige gewesen – acht Jahre, nicht wahr? Ich riss meine brennenden Augen von seinen Brustmuskeln los, die sich unter dem Stoff bewegten wie Wellen, und sah erneut in sein Gesicht.

Auch seine Gesichtszüge waren fehl am Platze. Nicht, dass es keine gut aussehenden Ärzte und Assistenzärzte gab, aber er sprengte den Rahmen dessen, was normal war. Woran erinnerten mich diese arrogante Nase, der volle Mund und die hohen Wangenknochen nur? Er war attraktiv genug, um es ins Nachrichtenwesen zu schaffen, oder in eine der diplomatischen Niederlassungen, die vorzugsweise die Attraktivsten einsetzten, um die menschliche Rasse zu repräsentieren. Aber hier stand er und wartete darauf, dass ich endlich die wenigen Schritte in den Untersuchungsraum schaffte.

Ohne es zu merken, hatte ich mein Tempo so sehr gedrosselt, dass man meine Vorwärtsbewegung gerade noch Schleichen nennen konnte. Er machte eine ungeduldige Geste mit dem Tablet und wies in das Zimmer. Ich sah ihn noch einmal an. Sein Gesicht war vollkommen ausdruckslos. Mein Puls schnellte nach oben, während ich die Augen nicht von seinen Augen wenden konnte. *Etwas stimmt nicht*, dachte ich und blieb stehen. In dem Augenblick sah ich etwas in seinem Blick vorbeihuschen, das so fremd und unmenschlich war, dass es mir den Atem nahm.

Ich drehte mich auf der Stelle um. Alle Vorsicht vergessend, rannte ich in Richtung Ausgang. Meine Schuhe trommelten auf dem glatten Linoleumboden einen frenetischen Rhythmus, als ich zum Aufzug sprintete. Ich konnte keinen klaren Gedanken fassen, ja ich wusste nicht einmal, warum ich vor dem Mann flüchtete. In diesem Augenblick zählte nur eines, und das war, mich aus der Gefahrenzone zu bringen. Auf dem viel zu glatten Boden kam ich ins Schlittern und konnte dem Wachmann, der uns nach oben gebracht hatte, gerade noch ausweichen.

»Hilfe«, rief ich. Nein, ich schrie sogar. Meine Stimme klang in meinen Ohren viel zu laut und überschlug sich selbst bei diesem einen Wort. »Da hinten stimmt etwas nicht«, brachte ich hervor, als ich in die harte Rüstung des Wächters bretterte. Ich war außer Atem, meine Brust hob und senkte sich hektisch, obwohl der Weg vom Warteraum bis zum Aufzug nicht einmal fünfzig Schritte lang war. Das Adrenalin, das durch meine Adern raste, brachte meinen ganzen Körper zum Zittern. »Dieser Mann da hinten, er gehört nicht hierher.« Selbst als ich die Worte verzweifelt hervorstieß, wusste ich, dass ich von ihm und seinen Kollegen keine Hilfe zu erwarten hatte. Ihre Haltung sagte mehr als tausend Worte. Ich machte drei vorsichtige, langsame Schritte rückwärts und bemerkte am Rande meines Bewusstseins, wie synchron sich die Männer bewegten. Einer von ihnen kam auf mich zu und legte seinen Arm um meine Kehle.

Hinter mir ertönten Schritte. Sie klangen so ruhig und gelassen, dass es mir eine Gänsehaut über den ganzen Körper jagte. Ich versuchte, mich aus dem Griff des Wachmannes zu winden, der mich immer noch im Schwitzkasten hatte. Ich wusste nicht, was hier vor sich ging, aber eines war sicher. Ich steckte in Schwierigkeiten, und zwar in gewaltigen. Aus den Augenwinkeln sah ich, wie der angebliche Arzt eine Spritze zückte. Der Schmerz, der durch meinen Oberarm schoss, verriet mir, dass er sein Ziel gefunden hatte. Ich erwartete, jeden Augenblick das Bewusstsein zu verlieren, und stemmte mich gegen das Band aus Stahl, das um meinen Hals lag. Mein Herz raste, und die aufsteigende Panik hinterließ einen sauren Geschmack in meinem Mund. Ich hob die Hand, spreizte die Finger und suchte eine Stelle in seiner Rüstung, die nicht undurchdringlich war. Vergebens.

Der Mann, der sich als Arzt ausgegeben hatte, nahm mich in Empfang wie ein Paket und sagte etwas in einer fremden Sprache, die aus zischenden, rauen Lauten bestand. Für einen Augenblick glaubte ich, hinter seinem Gesicht etwas *anderes, nicht Menschliches* zu sehen. Noch bevor ich den Mund öffnen und schreien konnte, war es fort.

Ich tat das einzige, was mir übrig blieb, und versank in eine Ohnmacht. Mein letzter bewusster Gedanke galt der Heldin des Buches, das ich gelesen hatte, und die vor dem entscheidenden Moment ihres Lebens ebenfalls das Bewusstsein verloren hatte…

…..

♥ *Ende der Leseprobe*

Die Autorin

Hallo,

ich bin Jenny Foster. Manchmal muss ich immer noch den Kopf schütteln über mich selbst. Ich und SciFi? „Niemals", hätte ich noch vor ein paar Jahren gesagt. Dazu bin ich viel zu sehr im Hier und Jetzt gefangen. Der Gedanke daran, wie groß das Universum ist und wie klein wir dagegen erscheinen, macht mich ehrfürchtig. Die Vorstellung eines Schwarzen Loches, das mich verschlingen könnte, bereitet mir Albträume. Und doch – irgendetwas an der Vorstellung von Aliens ließ mich einfach nicht los.

Und schon war die Idee zu meinem ersten Alien-Roman mit einem Außerirdischen geboren. Es macht nichts, dass dieser erste Versuch noch heute in der Schublade liegt und dort auch lieber bleiben sollte. Jetzt schaffe ich es, aus meinen Aliens das zu machen, was meiner romantischen Seite entspricht: Männer, die zufälligerweise aus einer weit entfernten Galaxie kommen und die doch so liebenswert, verrückt und leidenschaftlich sind, wie ich sie mir wünsche (und Sie hoffentlich auch).

Meine andere Leidenschaft beim Schreiben gilt den Kreaturen, die sich am Rande unserer Welt bewegen. Werwölfe, Panthershifter, vielleicht auch mal Vampire, sie alle faszinieren mich. Und deshalb versuche ich sie mithilfe meiner Tastatur einzufangen und ihnen Leben einzuhauchen. Den Versuch, sie zu zähmen, habe ich allerdings schon lange aufgegeben.

Neben dem Schreiben gilt meine Leidenschaft zwei Dingen: dem Lesen und meinem Hund. Manchmal backe ich zwar auch, um mich zu entspannen, aber noch viel lieber tauche ich ein in fremde Welten. Ich kann nie aufhören, darüber zu staunen, wie viele Welten in unseren Köpfen schlummern und freue mich über jedes Buch, das mich die Zeit vergessen lässt.

Dafür, dass ich nicht den ganzen Tag vor dem Laptop sitze oder die

Nase in ein Buch stecke, sorgt mein Hund. Mein Tag beginnt und endet mit dem schwarzen Pflaumenaugust, der mir auch schon mal Bescheid sagt, wenn ich zu lange schreibe. Ohne diesen Kasper wäre meine Wohnung zwar sauberer, aber ich wäre vermutlich zwanzig Kilo schwerer und würde nicht mindestens einmal am Tag lachen.

Doch noch einmal zurück zum Schreiben. Vor ein paar Jahren habe ich mich mit anderen Indie-Autorinnen zusammengetan, um einander bei der Karriere und beim promoten unserer Bücher zu unterstützen. Diese sehen Sie auf meiner Website im Bereich »Featured«, schauen Sie mal rein! Wir alle schreiben Liebesromane mit Leidenschaft, mit Heldinnen und Helden, die alles geben (und manchmal noch mehr als das), um das zu finden, was in jedem Leben das Wichtigste ist: die Liebe. Wenn Sie wie ich ein notorischer Vielleser sind, der gerne auch mal über den Tellerrand des Lieblingsgenres hinausschaut, werden Sie jede Menge erstklassiger Unterhaltung finden. Eine kleine Warnung am Rande: Taschentücher sollten Sie sich vielleicht gleich bereitlegen. Denn von himmelhochjauchzend bis zu Tode betrübt werden Sie in unseren Büchern alles erleben, was einen packenden Liebesroman ausmacht.

Zuletzt möchte ich Sie einladen, meine Geschichte »Alpha Alien – Mission Colony 2300« zu lesen, die Sie exklusiv nur über meine Webseite bekommen. Melden Sie sich für meinen Newsletter an und die sexy Geschichte flattert direkt in Ihr E-mail-Postfach. Selbstverständlich können Sie sich jederzeit wieder abmelden, ich gebe Ihre Daten nicht weiter und Sie bekommen kein Spam. Stattdessen erwarten Sie jede Menge News rund um heiße Alienmänner, spannende Fantasygeschichten und knisternde Liebesromane. Schön, dass Sie sich die Zeit genommen haben, mehr über mich zu erfahren. Ich freue mich sehr darauf, Ihnen auf meiner Webseite regelmäßig einige unserer neuesten Lieblingswerke vorzustellen.

Ich freue mich auf Ihren Besuch auf www.jenny-foster.com.

Ihre Jenny Foster

Ihr kostenloses eBook

Alpha Alien – Absturz auf dem Alien-Planeten

Mission Colony 2300

Sein Name:

Vanthor KaThar

Seine Aufgabe:

Den Heimatplaneten vor unerwünschten Besuchern zu beschützen und die Eindringlinge von der Erde abzuwehren.

Seine Lieblingsbeschäftigung:

Feinde aufspüren und töten.

Frauen? Sind für ihn nichts weiter als eine willkommene Zerstreuung, um sich am Ende eines langen Tages zu entspannen.

Bis zu jenem Tag, als ein irdisches Raumschiff auf seinem Planeten abstürzt und er Madeline Phillips aus dem Wrack rettet.

Als eine von vielen Auserwählten für die *Mission Colony 2300* ist sie unterwegs, um die Neuansiedlung eines fremden Planeten abzuschließen. Doch was sich wirklich hinter der geheimen Mission verbirgt, ahnt niemand.

Sie stolpert buchstäblich in Vanthors Arme, und er ist der kleinen Erdenfrau nicht abgeneigt...

Wenn Sie Lust auf eine exklusive und spannende Story haben, sind Sie genau richtig. Die Geschichte führt Sie in eine fremde Welt, umfasst etwa 100 Seiten und hat keinen Cliffhanger, ist also der perfekte Appetithappen für alle, die noch nicht Bekanntschaft geschlossen haben mit einem berauschenden, gefährlichen Helden von einem anderen Planeten.

Exklusiv erhältlich auf **www.jenny-foster.com**

Melden Sie sich für Jenny Fosters Newsletter an und die sexy Geschichte flattert direkt in Ihr E-mail-Postfach.

Weitere übersinnliche Geschichten

Ar'Van von Jenny Foster

Alien – Drachenkrieger von Jenny Foster

Der Panther von Jenny Foster

♥ Besuchen Sie **www.jenny-foster.com**

Hinweise, Rechtliches und Impressum

© 2017
Dasquian – Der schwarze Drache“:
Fantasy Liebesroman;
Jenny Foster;

herausgegeben von:
ARP 5519, 1732 1st Ave #25519 New York,
NY 10128, USA;
Kontakt Red.: info@allromancepublishing.com

Dezember 2017;
1. Ausgabe (Version 1.1)

Image Rights
Cover:
© natushm
© jetz

Illustrationen:
© Günter Donatz

Stand:
6. April 2018